有一种力量，叫文学；

有一种美好，叫回忆；

有一种感动，叫青春；

有一种生命，在鲁院！

鲁迅文学院·百草园文集

火星居民的地球梦

赵 雁 ◎ 著

HUOXING JUMIN DE
DIQIU MENG

知识出版社

这上天入地背后的酸甜苦辣，
点滴润雨般地展示在读者眼前
充满想象的空间，
勾画出人类向往的蓝图，
读后让人荡气回肠。

图书在版编目（CIP）数据

火星居民的地球梦/赵雁著. --北京：知识出版
社，2017. 1
（鲁迅文学院百草园文集）
ISBN 978-7-5015-9403-0

Ⅰ. ①火… Ⅱ. ①赵… Ⅲ. ①中篇小说-小说集-中
国-当代②短篇小说-小说集-中国-当代Ⅳ.
①I247. 7

中国版本图书馆 CIP 数据核字（2017）第 018027 号

火星居民的地球梦

出 版 人	姜钦云	
责任编辑	易晓燕	
装帧设计	游桤渲	
出版发行	知识出版社	
地　　址	北京市西城区阜成门北大街 17 号	
邮　　编	100037	
电　　话	010-88390659	
印　　刷	北京一鑫印务有限责任公司	
开　　本	787mm×1092mm　1/16	
印　　张	16.5	
字　　数	280 千字	
版　　次	2017 年 2 月第 1 版	
印　　次	2020 年 2 月第 2 次印刷	
书　　号	ISBN 978-7-5015-9403-0	

定　　价　　45.00 元

C目录
ontents

加加林的脸

1

张丹阳的梦境常常重复一个场景，那便是眼花缭乱的游乐场。

张丹阳对只有三站公交车远的游乐场如同家一样熟悉。什么摩天轮、海盗船、原子滑车、激流勇进、空中飞舞、旋转木马、碰碰车、火箭升空……哪一项都耳熟能详到没有一点惊喜和刺激，每一个游戏都像一个过程，他只是个参与者而已。

梦中的他在疾速而下的翻滚列车厢座中，紧紧抱着黑色的防护栏，伴着列车的呼啸和乘客观者的惊呼，从高处奔腾而来，脸上被风吹得针刺般微微疼痛，随着耳压的变化，声音变得飘荡。他闭着眼睛大声呼叫着，是一种酣畅淋漓的呐喊，把肺腑中所有的不洁净和不痛快都随着声音扬出，变得通透轻快……

从八岁起，爸爸张连奎几乎每个月都要带着小丹阳来游乐场，一直到他十八岁考上大学。即便丹阳参加工作以后回家，爸爸高兴了，还会指点着儿子带他的朋友去游乐场。仿佛那里是天底下男人招待朋友最美好最盛情的地点。

在游乐场的时光，通常是父子俩最亲密的时候。每到游乐场，平时只要碰见排队的场合就躲的张连奎，突然就焕发了最大的耐心。他给儿子买点小零食，把孩子安顿在视线相及的范围，便心甘情愿地去排那些弯弯曲曲的长龙。当年，这是这座城市唯一的一座游乐场，是孩子们和年轻人快乐的源泉。每到周末，火爆的程度可想而知。张连奎在如此火爆的时段里，一边排队，一边听着头顶此起彼伏的尖叫，这些尖叫声好似悠扬的伴乐，令他更加淡定悠然。

游乐场是张连奎送给八岁儿子的生日礼物。因为此时儿子的身高已经可以获准玩一些危险系数稍小的项目。从最初的摩天轮、旋转木马，海盗船到后来的翻滚列车、火箭升空、原子滑车。

无论是游戏的项目还是游戏的经历，都是一个循序渐进的过程。开始，他示范。孩子看他轻松无所谓的表情和夸张快乐的表述，便极为向往。接着便是陪伴，即便是下来后，儿子鼻涕眼泪的像狼一样哭嚎，抱着张连奎的腿大叫不玩了的时候，这位父亲也不为所动。他耐心地描述着游戏的快乐，表情越发无畏，甚至藐视。他让小家伙明白，这是男人的游戏，更是勇敢者的游戏，即便害怕也不能让人知道，更不能表现出来。

尽管小丹阳的妈妈对丈夫的这套理论并不认同，和丈夫的争吵许多因此而起，但还是不能阻止越长越大的儿子终于变得和父亲一样，痴迷高空游戏，变得越来越享受。无论是压力最大最烦躁的时候，还是失恋悲伤的时候，他总会把自己安放在游乐场，从这里回归平静。

在高速旋转的上升和下落中，一会儿超重，一会儿失重的更替，使他感觉到眼睛发抖，头皮发麻，脚下突然踏空一般，没着没落，接着身体被巨人拎起来在空中甩了又甩，心里却痒痒的，听得到自己的心跳声，温热的血液一会儿涌向头颅，一会儿又迅速散落，漂浮在身体各处……

2

当我仰望星空的时候，我告诉自己有一天我要俯视大地。
这一天真的来了！

我想，我已做好准备。

笔记本上的字迹力透纸背，一个个字奔腾而过，重重砸向心房，血脉贲张过后，心却一点点静下来。当王霆钧合上笔记本时，已是晚上十点多了，他却没有半点倦意。

明天就要出发到塔门发射中心了，王霆钧再一次在脑海里一一搜索着此次任务需要注意的事项，大脑像一台最精密的计算机，将飞行程序重新完整"走"了一遍。都是烂熟于心的老朋友，随意剪切一节，马上精准定位。这是多年练出的真功夫。

手表的指针即将指向十点半，躺在床上的王霆钧越来越清醒。他想把身边的每个地方，每个物件都像过程序一样，再看看，再摸摸。老朋友一般有了不舍。

熟悉也可能带来疏离。桌上的调光台灯换了第三个了，银色的旋钮上的漆色被手指摩挲得已经斑驳，每天晚上八点准时亮起，一直到深夜十二点，十多年从没间断过。他仿佛又听见大队长的敲门声："霆钧，早点睡，明天还有训练！"

笔盒上是俄罗斯"航天之父"齐奥尔科夫斯基的一句话："地球是人类的摇篮，但是人类不会永远生活在摇篮里。"蓝底烫金的字，是大队专门定制的。它曾经鼓舞了一代又一代航天人。

写字台墙上的飞船每个舱段和骄阳号空间站的布局图，一比一操作面板图，分两排挂着。当年为了追求逼真的图片效果，爱好摄影的他在飞船和空间站的模拟器里爬上爬下，角角落落拍了个遍，最后在电脑上 PS 一张环形效果图，关上灯，用投影仪打在墙上，身临其境，即便在公寓也能进行操作训练。而后，他将此"成果"拿出来和航天员弟兄们分享，被大家兴奋"追捧"。航天员教员也将此列为学习方法进行推广。现在技术更先进了，航天员已经有了三维动画式的模拟软件，只需在电脑上就可以操作。但他还是保留习惯，每次任务，都会做一张新的纸质效果图，被图纸包围在这个房间，每天相伴着入睡，他想找的踏实全齐了。

王霆钧一边仔细打量多年来一直陪伴他的这间公寓里的一切，一边嘲笑着自己：又不是不回来，干嘛那么多离愁别绪？

是的，他一下也说不好放不下什么。

肤色黝黑，总是一脸平淡表情的王霆钧此时觉得心里堵得满满的，很多东西一起涌到胸口。他站起身，走在窗前，感到一阵微风浮动。他将食指横在鼻孔下，深深吸了一口。当航天员之前，他吸烟很厉害，为了当航天员，戒了，但这个动作保留下来。从前那根横着的食指，曾是一支烟。

他知道，此时在家中的妻子一定也没睡。

王霆钧在当战斗机飞行员时，曾遇险情无数。空中发动机停止，遭遇冻雨，飞鸟撞击的事儿，他都经历过。因为经历突发事件多，他还被战友评为"冒险王"。他不会忘记，一起在飞行学院学习过的战友就牺牲了两个，有一个还上下铺一个屋住了几年，曾经亲如兄弟。不过即便是遇到、听到这些事，他求飞求战的决心依旧坚若磐石，从未有过动摇。记得战友牺牲的消息，深深刺激到了妻子。妻子若琳曾哭着威胁他换岗，甚至发动多条社会关系，偷偷帮他联系好了接收单位。

飞行员的老婆不好当。空军飞行员都知道这样一句话："巧克力好吃，寡妇难当。"这就是针对飞行员的妻子讲的。困难时期，空军飞行员照样能够保证特殊食品的供应，羡慕死周边人，可飞行的风险也高。

飞行员的老婆个个被训练成了一等一的气象预报员，耳朵更灵敏似雷达，神得能分辨出自己丈夫驾驶的飞机的声音。一到丈夫们集中飞行训练，女人们总想方设法聚在一起，或保持紧密联系。天气晴好，飞机轰鸣，她们就踏实安心，如同听着动听的鸽哨。轰鸣声仿佛是伴奏，她们脚上踩着点儿，干啥都有劲儿。如果哪天安排了飞行，却没有适时听到飞机穿越蓝天的啸响，又看不到他们退场，她们心里就会紧张。焦灼不安的女人会聚在一起，互相打听消息。什么也没心思做，饭也吃不下，只有看到丈夫毫发无损站在面前，才会重新灿烂鲜活起来。要是某天听说哪里发生等级事故，有飞行员牺牲的消息，她们会感同身受，难过叹息，噩梦不断，甚至以泪洗面。只要丈夫在天上飞行，她们的担心和恐惧永远都在，心就提在嗓子眼。

飞行部队一般都离城市很远，条件艰苦，在前不着村后不着店的地方。若琳是干部子弟，家在市里，条件优越，有份好工作。可为了丈夫，每周骑摩托两三个钟头，再坐三蹦子到营区和丈夫团聚。几年颠簸下来，原来个子高挑、丰润可爱的她，体重降到不足100斤，脸黑了，皮肤粗了。王霆钧心疼得很，也不知怎么表达，放假跑到市里最大的商场买了一口袋化妆品回来，全是最贵的。以后半年一次，回回一大包，根本用不完。无奈，一堆护肤霜精华霜，过期后成了擦手油，昂贵的擦手油。用得若琳实在心疼，反复恳求下，王霆钧才没坚持。

后来，有了孩子，若琳也没和家里商量，索性做主把工作换了，调到营区旁边的一所农校当了实验员。要知道，她可是生化专业的研究生。为此，一向疼爱女儿的岳父几个月没理若琳。

在一般人眼里，若琳和王霆钧就是两个世界的人，怎么看怎么不挨着。外貌上一白一黑，性格上一热一冷，一个看着就亲切随和，一个看着冷冰冰，还死倔。职业一天一地，一动一静，家庭出身更没有门当户对。一句话，若琳找王霆钧，就是"下嫁"。

可若琳才不管别人说什么，对王霆钧是绝对的忠贞不二。王霆钧要是高兴，她肯定笑颜如花，王霆钧如果头疼，她一定不舒服。为了丈夫，她什么委屈都可以忍受。

飞行员的生活集体管理多，大部分的时间不着家，飞行待命时，就算所住的空勤楼和家相距不过几百米，也不能回家。若琳有时会溜去操场边看上一眼，开玩笑说简直像是探监。他在家休息的时候简直就是过节，像个老太爷，被伺候得自己都不好意思。一搞飞行训练，他几个月甚至半年不着家，家里的老老小小的照顾，一日三餐，洗买淘烧全靠老婆一人担起来。

那份辛苦和钟情，王霆钧心里最有数。他是个不会表达的人，生活简单甚至刻板。什么浪漫，玫瑰香槟蛋糕，都离他的生活很远。但在他心里，这个家和妻子的分量是最重的。这两口子就是在心里头热乎乎地爱着，好着，用各自的方式。

其实，大部分飞行员的家庭生活都是如此，妻子是大后方的稳固保证，付出总是最多的。所以不知哪里进行过非官方的调查，结果表明：飞行员对老婆大都不错，属模范丈夫范畴。因为他们更珍惜。

正是有这份心，王霆钧虽然和牺牲的战友不在一个部队，但此后，每年他只要有假，一定绕道战友家看望战友的妻女。他还一直坚持寄钱资助战友的女儿读书，如今孩子都高一了。

王霆钧可能对那些飞行数据张口即来，却从不了解柴米油盐的价格。但只要在家，他会努力为家里做些事。妻子包揽了家务，不让他插手。他就琢磨着，成了家里的水电工、木匠、泥瓦匠、修理工。孩子小时候弹的小钢琴，妻子最喜欢用得最顺手的"厨房宝""清洁箱"，都是他的杰作和发明，带给妻子在那帮家属跟前很长时间的荣耀。

一般情况，他都顺着妻子，家里的大事小情，他也统统放权。可在干不干飞行员这件大事上，他倔强的劲头就回来了，<u>丝毫不让</u>。但他知道，妻子担心的都是他的安危。所以，无论是面对妻子的哭泣和火气，王霆钧采取怀柔政策，永远是一副笑脸，在家更模范，就是不与妻子讨论争辩，该干什么就干什么。一来二去，妻子没了脾气，也就认了。

但让王霆钧没想到的是，因为当航天员这件事，妻子差点和自己离婚。他更没有想到，日后，妻子又变成自己在航天员职业中最大的支持者。只是，明天一出发，又会让她寝食不安担心了。

想到这里，王霆钧脸上刚有的一丝笑意，顷刻间不见了踪影。尽管若琳的强韧屡屡令他咋舌，他还是在想明天出发的告别，该怎样让妻子宽心。

桌上的响起的电话铃打断了他的遐思。

电话是张丹阳打来的。

3

这个夜晚，对张丹阳来说，同样心绪难平。桌上的电脑开着。他怔怔地盯着屏保上一张张掠过的照片。那上面是他整理出来的、自己从童年到少年到青年到现在各个阶段的照片。每当看到照片，他就感觉像电影快放镜头，那么短的时间便重走了一遍人生。

这张照片的时间是三岁生日，在照相馆。他坐在母亲的腿上，手上拿着的是个直升机玩具，脸上的表情好像刚哭过，一只手还在摸着耳朵，那是在对精益求精的照相师傅抗议。父亲站在他们身后，身子前倾，用手臂把他们母子护在胸前，扬着头，宽厚地笑。母亲笑得好美，是那种最朴素满足的笑容。

那个时候，自己好像并没有特别地喜欢飞机这些玩具，但是父亲喜欢。印象里，他收到的父亲给的礼物，几乎全是飞机、汽车，枪啊、炮的，飞机最多，父亲总说男孩子要从小培养男子汉气概，别总是玩什么花花绿绿的。当别的小朋友羡慕自己有遥控飞机的时候，他还为自己没有橡皮泥或跳棋和父亲怄气。但是，渐渐地，他和父亲的步调口味一致起来。父亲的那个所谓书房也好，仓库也罢的小屋子，成为他一直想探究，最欲罢不能的地方。

那里有各种各样的缩小比例的飞机模型，各种材质。有木头的，有铝的，还有铁皮铰的，实打实沉甸甸的铜铸的，有用蜡光画报纸叠起，插装精美的飞机，甚至还有用子弹壳一个个粘起来的……最小的是衣服上可别的徽章，最大的就是放在写字台下，在固定台架上高昂头颅、像要直冲云端的模型。模型清一色的战机，美式、苏式、德式、在日式……从父亲嘴里娓娓道来，每个模型都被赋予了鲜活的生命，有历史，有故事。

在这个拥挤得似乎无处下脚的屋子里，还有很多叫得上或者叫不上名的工具仪器，全部摊开来，不比修理铺差，甚至还有一个小巧秀气的节拍器，嘀嗒嘀嗒的，洞穿着小屋的秘密。

房间里吸引张丹阳的还有一堆堆放在书架上的、或是垒在地上的各种画报杂志，多是军事的。张丹阳在这里看到了《孙子兵法》，刻苦钻研了一个暑假。还有一些全是外文的画报，虽然看不懂，但张丹阳真心觉得图上的那些飞机神气漂亮。父亲很爱惜它们，通通包了塑料纸。

正是在那里，他发现了那几张特殊的照片。

照片夹在一个很有质感的皮面本子里，模糊泛黄，但是还是能看出是翻拍杂志或报纸的。这并不是主要的。关键是照片里的人。

照片里的人衣服都很神气。有呢子长大衣配皮靴的，有挂满勋章的军装的，还有戴着头盔的，看着并非中国的服装。可那张脸却是最东方最亚洲人的脸，面部和身体看起来似乎是拼合在一起的。那是父亲的脸：微微突起的颧骨，眉梢上挑，斜侧过的下巴有个弯月形的弧线，整个造型透着一股英气。他确定，照片上的这张脸是父亲照得最帅的样子。他也因为酷似父亲的骨风神色而感到自豪。

可为什么要把自己的照片和这些图片做拼接呢？原来照片上的那张脸呢？

小时候的他，已觉得照片背后必有秘密，跑去问父亲。父亲居然表现得很紧张，甚至有些羞涩，像被儿子戳穿了。张丹阳注意到父亲的耳朵红了。

父亲想发火，却在出口的最后一秒，克制住了。只草草地把儿子扯到跟前，看着儿子的眼睛，一板一眼地说，那是资料，不能乱翻。以后，没有自己在场，张丹阳不得随便进那个小屋。

果真，很快小屋就被钉上门鼻儿，挂上了锁。但那几张照片，却印在张丹阳的脑子里。

直到上了初中，他在兴趣课外小组的书架上，看到一本书。书里的照片看起来非常熟悉，照片和他脑子里的照片渐渐重合，唯有那张脸不同。那是张外国人的脸。那本书的名字叫《永远的加加林》。

张丹阳的心跳开始加速，一个在脑子里盘旋已久的谜团，突然就敞亮在眼前，他激动得如获至宝。那本书，他反复看了几遍。在少年张丹阳眼里，这个遥远国度的、有着迷人微笑的小个子男人，应该是这个世界最帅的男人。当这个人穿着军呢大衣，伴着两侧欢迎的人群，独自穿过红场地毯，向主席台走去，他棕灰色的瞳仁中照亮的该是天与地的辉映，比别人更深邃寥廓。那是拥有整个世界的骄傲。

有一群人，来自地球，却超越地球；有一群人，不在你的视角内，却在你的梦想中；有一群人，不为个人而活，却为太空而存在。几乎在一瞬间，他便迷上了照片中的那个男人。他反复翻看着那几张照片，珍爱地反复摩挲。他在想，父亲的感觉也一定如此。

于是，他反而将好奇心平复下来。他认为已无须再去询问父亲。他甚至觉得，就让这个秘密留存在他们父子之间，也许可以让他们的关系更紧密。

4

犹豫了好一会儿，张丹阳还是抓起了电话。

"霆钧，还没睡吧？"

"没有。你也睡不着？"

"是啊，估计今天晚上会有很多人和我们一样难以入眠。"

王霆钧无声地笑了。此时，尽管内心非常希望和张丹阳坐在一起聊聊，如同以往那些激动难寐的夜晚一样。但他没有说。执行任务前的医学隔离已经开始，尽管同处一层楼，他和丹阳也会严格遵守规定。谁都希望这次任务完美，无任何一点小瑕疵。

"不要有任何负担，更别操心家里，到时我会让惠萍陪着嫂子。你放心吧！早点休息，后面会很忙的。"

几句之后，两人简短收线。类似的话，这些天战友和领导们已经说了很多回，饱尝战友情谊。但今晚听丹阳在这个时候讲，王霆钧不仅仅是感动，简单的几句话里包含很多无法言说的内容。

王霆钧和张丹阳不仅是同一批入选的航天员，还曾是飞行学院的战友。从百里挑一成为飞行员，到过关斩将，千里挑一成为航天员。算算，都快二十年的老相识了，感情不可谓不深厚。尤其在航天员大队，两人每天同一口锅吃饭，同一座房子住着，一同训练，一同上课，和老婆家人待的时间都远远不如他们在一起的时间多。说亲如兄弟一点也不过分。

之前不说，就是从他们进入航天员队伍，有资格飞上太空起，就已经历过三次飞行任务。每一次任务飞行乘组选拔，对于航天员来讲都是人生一次大考验。

在这个部门，从领导连篇累牍的报告，到门口站岗士兵严峻的表情上，王霆钧都知航天员这个职业是崇高的。在王霆钧看来，这种崇高不仅是人类探索未知宇宙空间的勇气，也意味着无数的过五关斩六将的过程。这里有挑战生理极限的超重失重训练、低压和前庭功能训练、头低位训练、不休不眠的外界隔绝训练、水下失重训练、沙漠和海上野外生存训练，更有日复一日的各种模拟器训练……每一项都足以把一个平常人"折腾"得翻江倒海，进行每一个科目的训练都如在太上老君的炼丹炉中煎熬。对航天员训练挑战的新闻报道，近年因报道透明度，不断见诸报端，但都是表面化浅层次的。对航天员来说，训练要求怎样的脱胎换骨都不在话下，割舍多少常人所能享受的亲情友情也一横心就过去了，有多少限制忍受、多少寂寞也都能熬过去。最大的挑战也不仅在于航天员冒着多么大的风险去执行任务。执行航天飞行任务，应该说是一名航天员最高的职业追求，是航天员价值的体现。无论付出再多，经历了多少艰辛，没有上过天的航天员都会有深深的遗憾和失落。而每一次选拔之后，就是从零开始着眼下一次飞行任务的日复一日、年复一年的训练和随时随地的考核，就如西西弗斯那样循环往返永无止境。永不松懈，永不言弃，永远锲而不舍地摸爬滚打。十多年的准备，是怎样的概念？在任何时候都要把自己最亮丽、最光鲜、最精神的精神面貌，体现在训练场上展现给大众。这不是《星球大战》里的怪物，航天员们有七情六欲、有血肉之躯、有唉声叹气的烦恼，也会有情绪失控的时候。选拔时的忐忑不安，超过平常的心理压力，张丹阳与王霆钧都似过火焰山般地浴焰而出。这化蛹成蝶的锤炼包含着多少难以示人的痛苦呢？这是离开地球、一念之差的放飞，可能生，也可能魂洒太空。王霆钧和张丹阳非常明白这一切要靠信念的支撑，当电视广播中不停地称道这个职业和人类理想、国家荣誉紧紧联系在一起的时候，两人会常不由自主地握紧拳头。烦恼、痛苦、不想忍受的压力，所有的一切都化解了。只有在跃上太空的那一刻，才感到灵魂出窍，解放了。

　　在这次飞行任务定选中，王霆钧将作为三人飞行乘组的指令长出征太空。而张丹阳是备份乘组指令长。一切都将在发射前一天，等待工程指挥部的最后确认。"备份"意味着什么？如果任务一切顺利，张丹阳就会又一次和太空失之交臂。对于备份，张丹阳毫不陌生。以往的三次飞行，张丹阳都入选任务梯队，都与太空失之交臂。这一次，又显然与以往不同，按照最高服役年限，这一次飞行任务过后，张丹阳和王霆钧都将退出航天员队伍。

其实，每一次航天飞行任务航天员乘组选拔，都是一个排除量的过程。张丹阳和王霆钧这些活生生的人，在考核专家的眼中，不再是一个具体的血肉之躯，而是抹去名字后一项项成绩的数字，一串串生命染色体的编码。举足轻重的成绩差异甚至微小到小数点后三位的差异，这是选状元、举人的过程。王霆钧们已被异化成了如若琳进行人体解剖医学实验中一具任人切割的实验标本。张丹阳是这些塔尖上的骄子，底下有多少默默无闻的男女在比肩继踵。王霆钧在封闭训练中，隔十天半月才能见到的若琳眼神中都渗透了某种冥冥的期待。若琳常会伏在他肩上喃喃道："老天保佑你吧！这么多人在苦熬苦干。"

5

代号"擎天柱"的任务，是由航天员出舱执行对"骄阳号"太空站外的观测小卫星的维修。这颗"探天"小卫星肩负着宇宙观测的科学使命，已给地面回传了很多珍贵的赤橙黄绿纵横阡陌的影像，那深邃的太空，一览无余的地球，都微妙而又横阔地展现在小卫星的"眼"前。现在这观测的"眼睛"，视力受损，航天员要将它的眼镜再次配好、调准。一旦卫星报废，重新安装，将难以找准瞳孔反射的反光板。

这是张丹阳、王霆钧将进行的是有史以来难度最大、风险最高的一次太空行走活动。

维修过程中最大的威胁来自太空垃圾，"探天"小卫星不同于"骄阳空间站"，太空垃圾不计其数。按照科学家的精密测算，其中有几百个直径超过10厘米的太空垃圾可能对航天器造成威胁。飞速运行的太空垃圾不是浮在地球上空的，它们有着比子弹快数倍的速度，难以捉摸，如若撞击到卫星，卫星便千疮百孔，失效报废，如若碰上执行维修任务的航天员，他们赖以生存的舱外航天服便会被击穿。而一旦失去舱外航天服的防护，在太空真空、微重力、高辐射、高低温交变、微流星体的撞击等恶劣环境中，航天员便不再有生存的可能性。地面专家测算，太空垃圾的碰撞概率为二百分之一。尽管有多种防护措施，但是否真能避开危险，谁也说不好，命悬一线的死亡是两人必须要面对的。

这次维修将分多步进行。不仅在外部修理，还要深入卫星内部更换设备。也是因为任务险重，王霆钧他们的训练也是历史上最艰巨的。在这样狭小的空间进行维修，王霆钧深知自己的工作需要极其小心谨慎，要学会插花绣针、百密无一疏的硬功，还要对太空环境下的工作驾轻就熟。这不仅是一场智慧和勇气的对决，更是一次与体力极限的博弈。

早在一年前，王霆钧他们这些航天员就开始了大量的砥砺磨炼。为了应对太空失重的环境，在航天员训练中心的模拟失重水槽中，他们进行了数百小时的水下训练。在水中，穿着数百公斤的训练服体验了太空维修的情形。目的就是锻炼他们之间的协作配合能力。

地面上看着很简单的一个动作，在水下模拟失重的状态中需要盲人摸象般地凭感觉、凭手触。手的位置在哪里，左手放在哪里，右手搁在何处合适，眼睛要看向哪个方位，脚的位置，在密密麻麻的仪器设备中哪些地方是可以攀的，哪些地方是可以用劲的，都要考虑周全。舱外航天服的背包是最怕磕碰的，一个个小金属细管，一个不大的电台，哪个把手磕碰坏了，都会功亏一篑。

每次这类魔鬼式的训练都让普通人生生变成了卡尔·艾尔（超人）。在王霆钧、张丹阳和他们的航天员战友看来，这些历练不算什么，甚至还有一丝甜蜜。因为能够代表一份崇高，代表那么多翘首仰盼的人登上月球，使命感油然而生。

在这次任务选拔中，王霆钧和张丹阳成绩不分伯仲。差别在于王霆钧曾经执行过出舱任务。工程指挥部在反复权衡，综合评定后，认为经验对于艰险的任务可能更有帮助。于是，张丹阳成为备份。但此"备份"不同于以往。

在飞往发射场的专机上，张丹阳除了和同机飞行警卫和医监医保工作人员聊了几句天，便是反反复复看着一张中国地图。这里是喜马拉雅山脉，那儿是腾格里沙漠，再那边就是南海……一座座山脉，一条条河流，那些带有"中国"标志，红的、黄的、蓝的、褐色的图示，被他一个个记在心底。他又记起，飞行员训练时，有个叫失速和螺旋改出训练，教员要求他们之前要反复拿着小飞机模型，做姿态和跑线。他常常举着模型，边跑边念叨这些熟悉的名字，它们好像停在嘴边，他下意识地脱口而出。也是隔了很久以后，他才恍悟，父亲曾说，要是能到太空看看这些地方，会有怎样的不同。

父亲张连奎是试飞员。试飞员说起来也是飞行，但职业外延和飞行员已有了很大区别。他们的工作是驾驶尚未定型、需要在各种条件下对极限飞行数据进行全面考核的飞机。换言之，他们是给飞机寻找安全边界的人，还被称作"和平时期距离死亡最近的人"。当然，不怕死绝不是从事这个职业的人的唯一特质，他们更需要敏锐而冷静的头脑，过硬的技术。

关于父亲的职业，张丹阳并不十分清楚，只晓得父亲是飞行员。一直到快从飞行学院毕业，学员队风传成绩优异的张丹阳有可能分到列装最好的飞行部队，飞"枭龙"战机。不久，他果真如愿。去部队报到前，他有几天假期，便回家看了看父母。此时的张连奎刚退休没多久。听到儿子颇有些得意地宣布这个消息，久不沾酒的张连奎破天荒拉着儿子碰了杯，曾号称"千杯不倒"的张连奎居然喝了半斤不到便有了醉意。他说的一句话，让儿子对从小到大严肃有余、亲切不足的父亲开始有了前所未有的亲近感。

"儿子，你知道吗？'枭龙'飞机就是我第一个飞出来的！"

他当飞行员到后来当航天员，父亲送他的话都很简单：敢摸天的人是真汉子！

每一次执行飞行任务前，航天中心都会把执行和可能执行任务航天员的亲属接到一起，为航天员壮行。无论对哪一方，都是个安慰。多年来，似乎已约定俗成。在前三次任务中，张丹阳的父亲都会来。每一回，不论儿子失落还是坦然，他会陪着儿子在航天城里一圈一圈散步。这对久未谋面的父子俩来说是绝对难得的聚合，两个男人的脚步把航天城蹀成了圆，柏油路面也被脚印刻下难忘。张丹阳无数次渴望父亲的一句话："别放弃，你能行！因为你离太空就一步之遥。"

父亲始终没说。张丹阳也觉出这渴望背后的浅陋。多年的追求，何以这句话便能慰藉和抚平？十多年，张丹阳眼见父亲的头发从花白，灰白，到几乎全白。唯一不变的是父亲的告别。临走时，父亲没有多余的话，交到儿子手上的，都是一张新版中国地图。在儿子的肩头，一捏一握，便回身上了送行的车。仿佛所有的期盼都在这一捏一握里了。张丹阳不甘心，便去迎接父亲的眼神。不闪烁，唯有清淡。他绷紧的心此后便能舒坦下来。下面的路该怎样就怎样。

这一回，张丹阳的父母都没有来。打电话回家，得知父亲不小心摔了，腓骨骨折。年轻人都要养上一阵，何况花甲年的老人。母亲在电话里语气肯定，"没大事，就是需要个过程。你好好训练，不碍事！"想和父亲说两句，母亲说，"骨折后，老头烦闷，成天翻他那些书，不愿理人。"母亲说得埋怨中透着无奈。将信将疑的张丹阳查了医书，还真是那回事，便放心了。封闭训练紧张，为免干扰，张丹阳的手机总不开。妻子惠萍便充当了他和家里的联系人。隔几天，惠萍便会通报父亲的情况，有时还会特别告诉张丹阳，"父亲今天聊了两句，问你怎样，让你注意身体，心态放松！还说，给你电话，没开。想想你忙，电话就少打吧！"

这像父亲的风格，话少。张丹阳便放心了。这次出征，开始张丹阳得知父母不来，心里还一阵轻松。他实在不愿意父亲再陪着自己围着航天城绕圈圈，他甚至怕了父亲的沉默。而这一刻，他突然很想看看父亲，听听父亲会对此时的自己说些什么。

6

位于西部的塔门发射场从三个月前，便被打破了往日的宁静。火箭、飞船、空间站、科学院等系统的试验队已分批驻扎发射中心，开始了紧张忙碌的工作。组装、测试、联试合练等等，无论是分解动作单兵作战，还是统一行动联合作战，都在有条不紊地进行。仿佛有一双大手在排兵布阵，永远忙而不乱。

如今任务进入倒计时，最后一次发射场合练已经结束。火箭已矗立在发射塔架上，加注完毕。只见它箭指苍穹，威风凛凛期待着它的太空新旅。

工程指挥部发射前的最后一次会议刚刚结束。会议投票通过了执行"擎天柱"任务的飞行乘组人选。王霆钧乘组被确认执行任务。

走出会议室，科学院系统的一位总师对身旁的同事说："不知怎么，今年夏天，发射场好像格外热些。房间的冷气开足了，我还是在出汗！"

"老张啊，我看不是天气的原因。六月份前发射多次了，每次的天气差距都不大。要不气象局的同志该抱屈了！关键是你的心里在着火！"

老总没有接话。

一语中的。谁说不是呢？在如此严峻的任务面前，谁的心里也不释然。

此时，几十公里外的备用发射场，另一枚火箭也已组装测试完毕，进入待发状态。它的任务是，万一任务出现险情，它要带着另一艘飞船出发，准备太空营救。而这艘船的飞行乘组就是张丹阳乘组。

出发前，摄影师为两个飞行乘组分别留影，最后还照了一张合影。王霆钧、张丹阳都笑得很自在。两人的肤色一黑一白相互映衬。就连最不爱笑的王霆钧也露出了标准的八颗牙齿。六个人齐刷刷地身着乳白色航天服，灰色的太空套靴，意气风发的样子，把老练的摄影师也感染了。按快门前，他看了又看，镜头突然不能让他自信，手心也潮润了起来。

那天的气氛很温馨，大家还一一到摄影师的镜头那儿去欣赏，一起和摄影师招呼，"留好啊，每人放个大个的！"王霆钧和张丹阳两位指令长单独照了合影，两人的手紧紧相握。

就在前一天晚饭后，王霆钧趁着和张丹阳在小院散步聊天的空当，交给张丹阳一个小包。

"等发射后帮我带回北京,交给我老婆。哦,皮套里装的手表是给你的。"

王霆钧看了一眼正疑惑地看着自己的张丹阳,轻松地笑了。

"嗨!从飞行员到航天员,这么多年,老规矩了,你还大惊小怪啥!"

张丹阳也笑了,再低头看看小包,没有说话。是的,对高风险的两个职业,这都是一种不成文的规矩。大家都回避谈,但心里都有数。不会明说,更不会过分渲染。那块表,他也知道。是王霆钧完成上次任务后参加国际宇航大会纪念人类首次太空飞行五十年,主席先生代表大会赠予他的一块纪念版太空飞行手表。刻有加加林的名字和飞行标志,很珍贵。张丹阳看过两次,每次都带着白手套,喜欢地反复摩挲把玩,半晌不落手。这次任务选拔前,俩人开玩笑,说要一起摸摸这块表,一定会顺利入选。记得俩人还搞了个小仪式。

"看你每次抚摸它的样子,简直眼里放光。想想还是你保管它合适。本来,想在那个仪式后给你的,后来琢磨,现在最是时候!"

张丹阳知道,王霆钧嘴里的"那个仪式"是指退出航天员行列。这也是一个大家回避的问题。

"东西一定带到!这块表我先替你保管着。你在太空这段日子,有这表在我这里坐镇,我就很满足了!而且一定会一切顺利圆满!"

"说送你就是送你,不开黄腔。你比我更值得拥有!"

"兄弟从不夺人所爱!我一定保管好,等着你回来验收!"

随着一声"点火"的口令,运载火箭在震天的轰鸣声中腾空而起,箭体上五星红旗图案鲜艳夺目,"中国航天"4个大字熠熠生辉。"撼天号"飞船准时在塔门航天中心发射升空。

就在口令发出的那一刻,坐在飞船返回舱中的王霆钧队队友举起右手,通过摄像头向地面敬了一个标准的军礼。

此时，在北京的航天控制指挥中心，身着蓝色防静电工作大褂的若琳目不转睛盯着前方大屏幕。她看起来端庄大气，脸上做了淡淡的修饰，一扫几日来的倦色，唯一掩不住的是下巴上冒出的几个火痘痘。当三名航天员敬军礼的身影出现时，大厅里响起一片掌声。她仿佛隔空接住了丈夫沉着的眼神，心头一热，赶忙也跟着鼓掌，仰脸镇定了一下，眼睛里的湿意才渐渐平息。她知道周围有很多双关切的眼睛。

耳边传来各种调度口令，数十个显示工作站和显示工作台，构成了网络系统。工作台上的显示屏不断刷新着，闪烁跳跃着各种飞行控制数据。台上专线电话即便响铃也很低调，会被迅速接起，工作人员核对着数据曲线，低声回应。不时，有技术人员拿着数据文件交给调度，分批汇总再交给现场指挥。大厅紧张而有序地忙碌着。

一天后，飞船与空间站对接成功的消息传来。这个消息令所有人信心大增。

这次任务将持续14天，航天员除了与"骄阳号"对接，开展相关的空间科学实验，最为重要的一个任务就是出舱维修，维修分两次进行。四天后便要进行第一次出舱维修。

作为这次空间生化实验项目的设计师，若琳整整忙碌了两年。实验论证设计、模型设计、实验准备、设计平台、装舱，若琳全程参与。两年里，若琳自觉练成了"铁人"。"铁人"和女工作强人是有区别的。之所以成为"铁人"，在若琳看来，完全因为爱。爱丈夫，让她全心全意爱这个事业。而因为爱上了事业，自己更加爱丈夫。若琳觉得是这样的逻辑关系。说"铁人"，不是只顾工作，抛下家庭亲情。她既要工作，也要家庭，她要为王霆钧照顾守护好这个家。为了搞好平衡，两年里，"贪心"的她像个最好的系统规划师，把时间切割成分秒计算，一天一计划报表，从来不落。充分挤压着自己的时间空间，挤压着"脑细胞"，做出完美的时间效率方案。

于是，她可以一边在实验室里做细胞培养，尽管隔一会儿就要补液、记录一回，忙得脚底板打后脑勺，忙得两眼冒金星；一边在女儿放学回家后，电话遥控指挥她，顺利从烤箱取出女儿最爱的、松香可口温度刚好的巧克力果仁蛋糕，大快朵颐；她可以一边陪着丈夫跑步，一边帮他复习功课；即便是要工作到凌晨，她也会记得晚上十点半和丈夫通电话，聊聊天，互相放松一下，并互致晚安。实在忙不过来，必须请保姆了，她也一定会每晚陪女儿做一小时功课并安抚孩子睡下。每周末，丈夫从航天员公寓回来，打开门一定会看见窗明几净的家，舒服干净的拖鞋，花瓶里新鲜的百合和康乃馨。当然还有系着围裙、正在厨房全力以赴加工拿手菜，手还未来得及擦干却一脸笑盈盈的妻子，女儿也会娇嫩地喊一声爸爸。那一刻，王霆钧所有的紧张疲惫都烟消云散。

　　在王霆钧和女儿心里，若琳像极了超人，生活里一切麻烦好像都不在话下，都能在她的柔指下，点石成金，重要时段从未缺席。除了踏实心安，王霆钧自然也从妻子越来越深的黑眼圈和鬓角闪出越来越密的白光中，找出端倪。

　　当年为了当航天员和妻子差点离婚的话题，两口子现在几乎不提。其实完全是个误会。

　　当年王霆钧报名参选航天员，若琳确实不愿意，原因和劝丈夫脱下飞行服一样，担心丈夫的安危。但两人结婚时间长了，若琳非常了解丈夫，他打定主意干的事，谁也挡不住。婚姻相处之道告诉她，与其无力阻挡对方，闹个两败俱伤，不如适时顺应，付出努力，帮助对方更完美。当然，这也是经历了一段不长的痛苦挣扎后，得出的真理。

　　选拔航天员，很重要的一个工作，就是对航天员家属和直系亲属的身体检查，以确保没有任何影响航天员健康的隐性和显性因素。然而，不知什么原因，若琳的身体检查报告比同批检查身体家属的到得都晚。这让带着孩子住在招待所等待消息的若琳忐忑不安。在父母眼里一向主意大、主意正的若琳那回颇不淡定。她去找了负责选拔的领导，说，"要是我身体不过关，一定别瞒着我。要是因为我身体的原因，影响了王霆钧当航天员，我现在就敢向组织保证，我会和他离婚，决不当拖后腿的！"

结果就不用说了。但是王霆钧第一次执行航天任务回来，便成为热情的媒体关注的对象。有个记者听说了这个事，煞有介事地把新闻报道的标题整得很醒目：离婚也要当航天员。大小报纸网络纷纷转载，让很多读者误解，这口"黑锅"就被若琳背上了。虽然若琳本人没有抱怨过，但对如愿当上了航天员并且成长为一名优秀航天员的王霆钧来说，思前想后，都觉得对不住妻子。

因为专业对口，若琳也被调到航天员中心，成为一名航天医学生化学的科研人员。白天黑夜地啃咬着那些数字与仪器的若琳，白大褂被酒精烧出过洞，记录珍贵数据的电脑也出现过令她懊丧心悸的死机，标本失败让她重起炉灶。但她还是死命啃下了博士学位，几年后成为该领域的骨干。

对这次飞行任务的实验部分，若琳没有太多担心。这不仅源于对自己和众多实验项目的自信，还有对航天员的信心。每一次飞行任务，都会开展很多科学实验，每一次取得的结果总比预想收获要大，这一次也不会有什么意外。

但对于出舱维修，她确实无法做到平静。毕竟，不可预知的因素太多。

8

之所以安排在三天后出舱，是因为初入太空的三天，是太空运动病的高发期。而太空运动病如果发生，将是航天员完成任务的拦路虎。考虑到此次出舱时间长，对航天员体力消耗大，航天专家谨慎决定留给航天员充分适应太空环境的缓冲期。

太空飞行第四天。

早上六点，王霆钧和乘组便结束休息，开始着手做出舱前准备。出舱需要的必要装备——舱外航天服已在昨天装配完成。舱外航天服的装配是一项费力耗时的工作。地面和太空的操作完全不同，地面上操作几个小时的工作，在太空就会有两倍、三倍的差异。经过十多小时的紧张工作，王霆钧和配合出舱的刘胜体力消耗很大，整个肩部和臂膀像加了铅块，酸痛坠胀。不过，这样的挑战对执行过出舱任务的王霆钧来说，已经不算什么。下面，他们要着手对服装进行检查，还要进行气闸舱泄压和吸氧排氮准备，哪一样都马虎不得。

为了缓解大家的紧张气氛，王霆钧甚至和刘胜开起了玩笑："现在咱们俩这二头肌估计和健美运动员不相上下，等咱们回家，轻轻松松一次 500 个俯卧撑，当仁不让。"

刘胜看着笑呵呵的指令长，心里的紧张也消失大半。他甚至尝试着吹起口哨，吹了两句，才意识到居然是王洛宾的《在那遥远的地方》。哨音开始还有些微小颤音，很快便流畅起来。悠扬的哨音此时此刻成为寂静太空的专属。

"那位姑娘和她轻轻的皮鞭在哪里？"

此时，在地面航天控制中心，却有几百名工作人员忙碌着，和两名航天员配合。偌大的指挥大厅内，操作员正目不转睛地监视着荧屏上一行行流动的数字，飞速地敲击着计算机键盘。各路信号齐备，他们在进行着出舱前的各项技术状态、生理参数确认。

时间一秒一秒地滑过。

"'骄阳号'报告，01 感觉良好，出舱准备完毕！"

"02 感觉良好，出舱准备完毕！"

航天员的声音通过电波清晰地传来，击打着大厅内每个人的耳膜。他们等待着飞控中心发出的出舱指令。

"打开舱门，开始出舱！"总调度向航天员发出了口令。

这一刻是如此的安静，安静得仿佛能听到彼此的呼吸声。决策席上、控制台前，每一个人的目光都极为专注，所有的心跳都凝结在数百公里之遥的太空。

大屏幕上，身着白色舱外航天服的王霆钧，慢慢旋拧头顶上方的舱门，舱门沉重而缓慢地开启，终于完全打开。

头探出，半个身子探出，第一个身影，第二个身影……

"指令长，看，好美的蓝天白云！"

耳麦里传来刘胜兴奋的声音。接下来却又有些迟疑。

"不对，不应该是蓝天白云……"

"你再好好看看，地球在哪里！"

王霆钧轻声嘱咐刘胜。

此刻的地球装满两名航天员的视野，所谓的蓝天白云是他们居住的蓝色星球。在黑天鹅绒般无垠伸展的太空中，这个饱满结实的球体突然给人以压迫，甚至令人有了窒息和害怕被砸在身上的恐慌。他们尽可能避免看这个猝不及防的庞然大物，却又忍不住接纳着这个星球的美丽和光芒。激动、兴奋传遍全身。向脚下眺望，好似站在大峡谷边缘，万丈深渊，深不见底。脚仿佛不是自己的，飘着，顿时无依无靠的慌乱揪住心脏。赶忙摸摸衣服上的挂钩，已安全挂在舱壁。

在地面人员的控制下，太空作业机械臂已启动，并停靠在指定位置。它要抓住小卫星，把它固定在专用的平台上。

王霆钧接过刘胜递来的工具，沿着空间站外壁缓缓移动，一步一步向卫星方向靠近并调整角度。根据事先安排，在接下来的近4个小时里，要把已损坏的隔热板拆除，再清理修补，然后把几个轴承拆下，换上电子数据处理装置和激光成像仪。

不远处的太阳能帆板的银光像涂了层雾，有一些难以判断的斑点散落，还有些坑坑洼洼的麻点，这是微小陨石和碎片撞击的结果。

两名航天员很快会合，简单的准备后，工作开始。此时太空带来的震撼和冲击，他们已无暇品味。王霆钧负责操作，刘胜辅助。王霆钧拿过电筒式红外摄像机，仔细对卫星表面扫描，将数据传到地面，以便发现故障处。而刘胜已将手腕上佩戴的温度传感器小心摘下，一件件测量卫星表面和各种材料的温度，只有在适宜的温度下才能使维修工作顺利进行。数据也会被传送到地面进行分析，所有结果汇总处理过，按照地面指示进行维修更换。这些看起来琐碎的工作漫长而艰巨。

工作进展得并不顺利，一路磕磕绊绊，最后，一颗大螺丝钉出了大麻烦。由于一颗螺丝钉腐蚀被卡，非常顽固，他们尝试了多种工具都未能将其取出。而不顺利取出这个螺丝钉，下面的工作根本无法进行。而一旦螺丝钉断裂，新材料也将无法安装。

王霆钧和刘胜通过耳麦，紧张交换着意见，还不时用带着航天手套的手指点着隔热板周围，两人配合找着力点。手中的控制棒在不停闪烁红色，证明点位没有找到。再试、再试，尝试换方向……

谢天谢地，他们终于联手拔掉了"作梗"的螺丝钉，还未来得及高兴，接着另外一个意外出现。拔出的螺丝钉脱落，瞬间变成致命利器，比一颗子弹飞行的速度还要快，差点击穿了王霆钧所穿航天服的面窗，面窗呈现一块裂纹。正专注工作的王霆钧顿感眼前一片模糊，面窗开始有了雾气，除雾器失灵。他抬手努力去看手腕上的服装压力表，压力表显示数值在一点点缓慢下降。

糟糕，舱外航天服漏气，很快便会失效。一瞬间，王霆钧和刘胜便意识到他们遇到出舱活动的大麻烦。因为一旦失去舱外航天服防护，暴露在真空环境下的航天员会因缺氧、血液沸腾而死。

面对这一突发事故，地面指挥中心的工作人员焦灼异常。电话铃声，调度口令骤起。

指挥部会商后紧急下达命令：结束本次出舱任务，航天员刘胜协助救援，争取时间，两名航天员需要返回"骄阳号"。

太空中的每一步行动都可谓小心翼翼，撤离同样需要时间。

收拾工具，确保无一遗漏，刘胜将救援绳绑在王霆钧身上将他拉回空间站。舱门关闭，检查其密封性，为气闸舱复压……

这是一段异常困难的时间。

9

好不容易回到空间站，王霆钧却沉浸在任务失利的无限自责中。即便知道，这只是个意外事件。

这一刻，他从舷窗望出去，他需要让自己的心沉静下来。俯瞰地球，阳光照在蔚蓝色的海洋上，和湖泊河流一道，点染成深深浅浅的蓝。地球的边缘永远笼罩着一层亮白的光晕，每次飞船从阴影区到阳照区，可以看见地球黑色的边缘都会慢慢变亮，一点点幻化成金色，再从金色渐渐淡出，慢慢明快，一片亮眼的白。白色的浮云浓淡相宜，淡如披上轻纱的仙女，浓时，则向投射地面无数个影子，层层叠叠。透过云层看地球，褐色的陆地，脉络分明，像人的血脉，清晰绵长的海岸线，浑身散发出夺人心魄的彩色的、明亮的光芒，她披着浅蓝色的纱裙和白色的飘带，如同天上的仙女缓缓飞行。

即便是第二次执行任务，太空在王霆钧的眼里依旧新鲜而令人感动。虽然每90分钟就会经历一次日升日落，但王霆钧更愿在夜晚中去凝望地球，在太空之上所有的色彩都变得纯粹，纯粹的黑，纯粹的白、纯粹的蓝……他时常在这样的真实里产生不真实的感觉、甚至在做着抵御。他怀着敬慕，将视线投向太空深处，即便是化不开的漆黑，却依旧清透，星星在远处发出耀眼的光泽，却并不闪烁。好似近在咫尺，又似遥不可及，在如此透彻中，已无法判断距离。不知怎么，他就想到祖国南疆清透的水，无法探究她的深度。他似乎看不到任何国界，觉得地球就是一个美妙的整体，神秘的太空吸纳着天之精华，以她的博大、安详、包容，静静诉说着他所来自星球的前世今源。此时的自己静静地留在一隅，孤独着，却是幸福的。他的心不再空落。

他想到救援返回后，透过可视电话，在空间站和妻子的对话。这是细心周到的地面人员留给他们夫妻的可贵的密话时间。

他可以清晰地看到妻子脸上写着的担忧。

"你瘦了。"

"你也瘦了。"

"夫唱妇随，这样有夫妻相。"若琳说完，望着他短促地笑了一下。突然眼圈便红了。她快快低下头。

"别担心！你看，我哪儿哪儿都是好好的，没问题，就是航天服坏了，可惜。"

王霆钧顿了顿，再次开口。

"我让大家失望了。毕竟，一次飞行的成本代价很高。"

听到这句话，若琳一下冷静下来。

"霆钧，我刚刚参加完系统会，会上传达了指挥部意见。太空探索中，我们都是学生。科学试验不会一直一帆风顺，否则便违背规律。问题在地面显现当然好，但出在天上，也不可怕，可以给研究提出更多完善改进的课题。有些代价是必须付出的。霆钧，魏总让我一定对你说，放下包袱，清空失利的影响。着手等待和下一乘组一道，继续将后续任务完成。这才是最重要的。你放心，对上级的意见我没有任何隐瞒。"

"我知道。我们已接到命令。请转告魏总他们，请大家放心，我们一定完成任务。我们正在整理昨天出舱操作和航天服的工作日志，总结找出避免的办法。"

"我希望你今天能睡个好觉，能梦到我们娘俩儿。"

"我一定争取!"

"等着你!"

"等着我!"

穿过神秘的时空隧道，穿过无数的质子、量子、粒子的包围，天上地下的声音尽管有些闷闷的回音，却清晰，极具穿透感。王霆钧和若琳似乎忘记了他们的距离，又似乎听到对方的心跳和自己的同频共振。结束通话，王霆钧对着已黑了的电话屏幕做了一个亲吻的动作。在茫茫太空，一切情感都变得不一般。情感在这里被无限放大，被重新考量，变得弥足珍贵。也是在这里，王霆钧开始更加珍惜。如果有机会，他愿意用更多的暖去回馈远在地球那些爱他及他爱的人，不再去纠结于失去和得到，不再去怀疑拒绝。他从未像现在这样去认识和反省自己，从前的自己就像被冰封的岩浆，内里的炙热却总用冰冷来掩饰。

10

当张丹阳乘坐的"天神二号"飞船随着火箭呼啸着飞向那个生命中无数次向往却又陌生的领地，他相信此刻是他生命中最灿烂辉煌的时刻。他在心里默念着火箭的工作程序，仔细体味身体的感受，一个个去验证地面无数次训练中经历的程序。

上升！上升！上升！

逃逸塔分离、助推器分离、一二级分离、整流罩分离……张丹阳感觉他裹挟在一群肆意妄为的骏马中，开始了一场疯狂而前途未卜的冒险之旅，那样剧烈的摆动和颠簸让他陌生，却又熟悉。身上好似压了千斤重物，他尽可能调整呼吸，让它平稳下来。一旦熟悉的感觉露出头，张丹阳就坦然了。

他尽力把手放在仪表台正确的操作按钮位置，然后等待伙伴的确认，果断按下开关。

几分钟过后，他突然感到如释重负，一阵轻松。此刻座位上的约束装置齐齐地立起来，好像跳芭蕾的女子优雅地踮起足尖。舷窗一下亮了，微尘也瞬间浮起。在阳光的照耀下，晶亮地眨着眼。铅笔也漂浮起来，似乎要挣脱系绳的束缚，把绳子拉得紧紧的，似乎所有的物体被赐予了生命，都活了起来，从角落和裂缝中偷偷地钻出来，迫不及待想要奔向自由。

他看见，乘组的每个人脸上都洋溢着笑容，纯净的笑容。

一个崭新的轨道。失重的感觉真美。

张丹阳很自然地想起了父亲。他想和父亲说："爸爸，我来了！我一定多看看，也帮您看看太空。"

张丹阳从未像今天这样深刻地理解父亲，和父亲的心离得那样近。就在地球之上，几百公里的轨道上。

不久前，航天员中心举行纪念成立六十周年活动，一批曾经在中心工作过的老专家被请回来。老专家们和航天员及科研人员座谈联欢。一位白发老者看到张丹阳，居然停下来，仔细打量。会下，他叫住张丹阳。

"你姓张？"

在得到肯定答案后，进一步确认。

"你父亲叫张连奎？"

迎着张丹阳讶异的目光，结果再次得到确认后，老者握住他的手，戴着老花镜的脸使劲往他跟前凑。

"像，太像了！简直和张连奎一个模子刻下的。"

在那天，张丹阳知道，父亲曾参加了中国第一批航天员的秘密选拔。无奈，因颈椎管略小于常值的微小的瑕疵，本来很有希望的入选者却成为落选者。老者便是当年负责选拔工作的老主任。他清楚地记得，父亲离开时非常遗憾，找到老主任，说，"中国航天员飞上太空圆梦了，如果我告诉孩子说爸爸曾参加了中国首批航天员的选拔，会违反纪律吗？"

主任觉得难以回答，因为选拔尚未公开，一切都是未知。他笑着作答："这个事业不会忘记你们这一批做过努力和贡献的人，历史更不会忘记！"

那几张照片的谜底缠绕多年，就此打开。张丹阳突然明白了父亲游乐场探险情结，也了解从前家中那个神秘小屋里物件的由来。他几乎在几分钟内就做了决定，等到自己踏上太空，执行任务那天，再和父亲一起分享这个秘密。

飞行控制中心的休息大厅，摆上了各种饮品和茶点，供紧张工作的科研人员在繁忙间隙，舒缓一下疲惫的神经。魏总走出指挥间，端着一杯特意让服务人员配制的一杯浓浓的苦咖啡，悄悄坐在休息厅的角落。几天的连续工作，让他的脸似乎有些浮肿，他用手用力胡噜了几把脸，将手指插入花白的发中，做了做头皮按摩，打在前额显出疲态的头发，也被手指捋出型，他重新焕发精神站立起来。他的脑子还沉浸在"天神二号"和"骄阳号"空间站刚刚对接成功的兴奋中。

航天员报告，"天神二号""骄阳号"状态一切正常，等待对接。

变轨调相、远距离导引。

继续靠近，40米、30米……

精确控制、交会对接，咬合、锁紧……对接成功。

这是"天神二号"第一次和"骄阳"空间站的拥抱。两个飞行乘组的6名航天员在太空相聚在一起，热烈地拥抱、握手、欢笑。王霆钧紧紧握住张丹阳的手，"'骄阳号'欢迎你！太空欢迎你！"

想着这一幕，魏总的脸上浮起一丝微笑。一个不错的开始。

11

在执行出舱任务前，还有许多工作要做。要进行太空物品的卸载、转移、安放。在失重环境下，每个人都成为名副其实的大力士。这次，张丹阳为王霆钧带去了新的舱外航天服。他们将一起执行出舱任务，共同完成对小卫星的维修。

关键的时刻到来了。

出舱前，穿戴完毕的王霆钧和张丹阳同时伸出右手轻轻碰了碰、摆了摆。他们在用特殊的方式相互鼓劲加油。

舱门缓缓打开，他们依次向舱门漂浮过去，探出头，看到了一望无际的夜空和浩繁星光。太安静了，以至于张丹阳能听到自己的呼吸和心跳。他深深吸了口气，跃入那块黑丝绒。他感觉自己像一个精灵，与日月星辰一样，成为浩瀚宇宙的一部分，曾经的苦痛、挣扎全没有了，他满心愉悦地向着新的领域出发，感激、欣喜。

就在张丹阳翱翔太空的时候，家乡的医院正展开一场生死搏斗。

今天已是张连奎第三次昏迷后醒来，他是在老伴和媳妇的呼唤中醒来的。各种输液瓶输液袋插管导管包围着老人。脸色青灰的他已瘦得脱了形。他从被单里慢慢伸出手指，轻轻点了点他的正前方。循迹看去，是挂在墙上的一台电视。老伴和媳妇对望一眼，老伴冲媳妇点点头。媳妇忙走上前去把电视打开。顿时，张丹阳的名字、照片和图像涌满了整个房间。几乎所有的电视频道都在报道这次太空救援任务的新闻。镜头上满是张丹阳乘组出征、日常训练和个人介绍的短片。

"丹阳！"张连奎奋力用手指着屏幕上的儿子。嘴里不停嘟囔着儿子的名字，一侧的泪水顺着脸颊滑下，老伴赶忙拿着纸巾去蘸干，生怕弄疼了他。

"爸，您说的没错，那就是丹阳。他多年的梦想实现，终于飞上太空了！我知道您是为他高兴。"

加加林的脸

张丹阳的妻子惠萍在丈夫乘坐的飞船发射成功的当天，便坐飞机连夜赶回婆家，到医院陪护公公。她甚至在自责，应该再早点来。可是早来，丈夫一定会知道。半年多了，惠萍时时在自责、犹豫中煎熬着。

张连奎不是骨折而是肝癌，癌细胞已经转移。确诊时，正赶上张丹阳进入任务选拔。老头死活不让老伴告诉孩子。可儿子不是个粗枝大叶的人，又孝顺。思前想后，老伴把消息告诉媳妇，两个人同时"演戏"配合瞒着张丹阳。谁都知道，这次任务选拔，对他意味着什么。

因为"演戏"，惠萍觉得每对丈夫撒一次谎，编造一通谎言，都是把自己放在火上烤，疼得想跳。一次次真相话到嘴边，又生生咽下。人说，世界上最痛苦的事，便是子欲养而亲不待。什么最重？人伦之情！未来该如何向丈夫交代？只有自己替丈夫好好尽孝，给丈夫安慰。

后期，张连奎饱受疼痛折磨，一天要用好几支高效止疼药。人已非常虚弱，只有一个习惯保留，看《新闻联播》。还有一个本子一直跟着他。里面夹着的就是儿子佩戴航天员徽章的军装照和那几张拼贴的老照片。没人的时候，他会悄悄取出来看看。但他从不主动打听儿子的选拔结果。老人越来越沉默，越来越虚弱。在乘组飞往发射场那天，老人看了新闻。一言不发。就在那天晚上，发生第一次昏迷。似乎和所有人的愿望一样，老人似乎也不甘心，他一直在等，一直在坚持。尽管他花了一辈子的时间去等，可他从来没有丧失过希望。

看到儿子在太空中的军礼，虚弱的老人也情不自禁把右手伸向额际，尽管为了这个动作，他累得又吸上氧。看到儿子驾驶飞船和空间站对接成功，老人非要挣扎着坐起来，让儿媳妇把病床移到电视机跟前，和画面上的儿子照张合影。这些天，无论清醒还是不清醒，他总要求把电视开着。他是怕自己就此睡过去，他更希望，有关儿子的声音能把他从沉睡中叫醒。他需要儿子的坚持，儿子也需要他的坚持！

此刻，耳边传来儿子的声音。即便是从墙上的电视机里传出来，也还是让他觉得熟悉和振奋。

"霄云，霄云，我是天神。我们已顺利完成出舱任务。"

"天神，检查探天状态，准备启动。"

"天神报告，信号发送完毕，探天已正常启动。"

"天神，准备撤离。"

"霄云，霄云，我是骄阳，准备完毕。"

"撤离。"

当白色的身影在机械臂的帮助下慢慢靠近骄阳，张丹阳冲着摄像头摆手，想来应该是在感谢宇宙的接纳。在蓝色星球和黑色天幕的映衬下，那白色非常醒目。张连奎已发不出声音，只有从嘴型辨别出他说的是"儿子"，被单下伸出手，大拇指微微屈伸着。

他想说："儿子，你真棒！"

张连奎仿佛听到张丹阳快乐的笑声，忽远忽近，清脆悦耳，还有他自己的笑声，爽朗舒心，原来是他和儿子在一起飘动，嚯，那是年轻的他和少年的儿子，斑驳的光影打在脸上，有了雕刻的感觉。冲上去，滑下来，笑着，笑着，享受着……

"爸爸，我要飞起来了！"

"儿子，我们一起飞！"

张连奎笑着沉入梦中，他累了。

一天后，着陆场上。几架直升机的螺旋桨飞转着，一阵红色烟尘飘过，飞机慢慢飞上蓝天。远处一道淡淡的彩虹横架空中。

张丹阳透过舷窗凝视着不远处另外一架被刚刚升起的太阳照得有些耀眼的直升机，那里坐着与他朝夕相处十多年的战友、太空中日夜相伴六天的兄弟王霆钧……此时，王霆钧也在那架直升机上凝望着这边的兄弟张丹阳……

红月亮

心怀善意地活着，因为我们来过。

枫丹非常坚定地认为自己是个内心不够强大的女人。她为此有着深深的自卑。

丈夫也总说枫丹是个惊慌失措的女人。惊慌失措其实就是内心不够强大的外在表现，一个绝好注解。所以，每每听到丈夫的这句评价，枫丹甚至会冲动到亲吻一下丈夫的脸，表达知遇之恩的感激。

每天，枫丹的神经系统会随着这个城市之下，那些缠绕紧密如蛛网般的地铁复苏。

清晨六点，枫丹总会背着鼓鼓囊囊的双肩包，嘴里嚼着还未解决掉的早餐，匆匆踏上地铁，在弯弯转转中开始一天的生活。

进入乘车口，如爬蚁般拥挤的人流，像滚水般沸腾的饺子，多一个，便有挤爆之惨烈。此番触目惊心的景象，只一眼，便让枫丹彻底清醒。

她实在想不通，这个拥有霸王之气的城市，如何能气定神闲，敞开胸怀望向它的子民，还摆出一副你爱来不来，没请你来，还哭着喊着要来的派头。

此时的枫丹总是慌乱的，头发可能会毛毛糙糙，俏皮地支出一两绺，嘴角还缀着一粒面包渣。但她的注意力不在这里，而是找到车厢相对不拥挤自动开关门边侧的最佳位置等待地铁停靠，然后像泥鳅一样迅速挤进车厢，运气好的话找到一个座位，运气不好也能占领到开展晨间打理的一席之地。开辟出此方宝地，只要不到十分钟，借助背包里的宝贝，她就可以让自己焕然一新，衣着光鲜。

说到枫丹沉甸甸的背包，里面可谓琳琅满目，小到针线包、创可贴、丝袜、女性卫生用品，甚至有常用小药盒为应对不时之需的准备；大到乘车专用的一套行头：外套、手套、口罩、免洗消毒洗手液等等全部备齐，这是受当过医生的母亲影响。还有一双搭配当天外套的正装皮鞋。食品盒里的水果和喜欢的零食，就是她一天的享用。外加一瓶饮料，口味随心情而定。

枫丹喜欢化简为繁的生活状态。这是追求简单的丈夫最不理解的。每当他从枫丹背上取下颇有压迫感的背包，总会说一句："何苦呢？"他认为枫丹是自残。

可枫丹觉得踏实，在繁杂中的乐趣，会让她自信勇敢。这是母亲传给她的习惯。母亲是军医，是个生活讲究周到的老太太。她的包永远像百宝囊，同事一起外出万一缺什么，找她准没错。出差在外过夜，必带床单枕巾，哪怕下乡巡诊也是。那个年代，这样做，就和资产阶级挂了钩，大会小会批评，她"陋习"难改。母亲总说，人活着不能将就。人前状态要保持最好，人后就要放松踏实。

想起母亲，枫丹心头总是沉沉的。和多数人一样，她一年只能见父母一次。

更重要的一点，烦琐缜密的生活习惯与枫丹的职业脱不开干系。

从枫丹家到工作单位，即便是顺利，也要将近两小时。中间要倒两次地铁，换一次公车。尽管路程漫漫到伤心、到咬牙切齿，但她一定能保证，会以最好的精神面貌，踏进单位大门，一丝一缕的不如意也不会让旁人看到。

晚上回到家就七八点钟了，此时，丈夫已勤勉地做好晚饭等她。进门后的十五分钟，是枫丹的播报时间。当然所谓的播报，不是枫丹八卦，而是泄愤唠叨。虽然，更多的时候，枫丹连唠叨的精神头也没有，脱了鞋换下衣服，洗过手，径直卧倒在宽厚的沙发上，根本不管包包衣物，被扔得七零八落。倒是丈夫，像个忠实的管家仆人，从枫丹进门起，就闪着一脸包容的笑意，跟在她后面收摊子。然后，将电视的声音调到最小，坐在一旁，等枫丹养好精神起来吃饭。这并不意味着播报取消，只是顺延而已，每天的十五分钟是必需的。

枫丹的抱怨其实很单调，无非是累啊苦啊，像个流浪汉的呼声而已。但她常常能为眼角不明显的一道浅纹或者晒斑、肿胀酸痛的脚、车上被人踩得乱七八糟的鞋子，又或是下雨天等了半小时也不见影儿的公车等小不如意中，品尝出悲伤和自怜。从双眼一点点盈满泪水到委屈地大放悲声，没有更多过渡桥段。

最初枫丹哭泣的时候，丈夫会不知所措地来哄劝。后来，他发现她像一个剧中的女主角，需要饱满的情绪，顺畅完成规定情节。丈夫自觉语言没有意义，只在她哭泣时递上纸巾，递给她一个臂膀，将音响开至最小，让若有若无的音乐陪伴，等待她渐次安静，等待这种仪式的完结。当然，如果这天水晶花瓶里有几支丈夫下班买回的蓬勃的鲜花，不管贵贱，便是再圆满不过了，仪式的过程便也短些。

丈夫把这种表现归视为枫丹不强大的明证，枫丹自己也认可，但她想，人要是总强大，就是铁人。她需要这种沾地气的小女人的时候。

枫丹从不去深想，让她哭泣的根源——自己和丈夫那点干巴巴的工资，注定不可能有不怕风雨、温室般娇嫩的生活。她不是想不到，而是不屑于想。

枫丹对物质的企望不高也不低，要是真的要整天夹在柴米油盐中仔细算计度日，从嘴巴里抠出余钱来计划后半生，枫丹也会疯掉。但好在自己的日子和一般平头百姓的小康生活无异，没有奢侈，倒也还能运转出生活的趣味。她把这个称之为底线。虽然，从小到大，她就没有过衣来伸手、饭来张口、锦衣玉食的富贵梦想。

再说坐地铁乘公车，也不是买不起车，而是和丈夫的自然选择。他们俩是对驾驶这个铁疙瘩一点兴致和天分都没有的人，居然就结合在一起。说起开车，枫丹和丈夫的故事简直一言难尽：都给驾校白白扔过几回银子，然后在一回通不过、二回通不过的摧残下，自觉偃旗息鼓。丈夫为了不学车，甚至翻出命理书，郑重其事地告诉枫丹，开车性命堪忧。想想成天习惯与地铁为伍，忍不得半点堵车烦恼的丈夫，在如此复杂拥堵的交通路况下，保不齐会干出丧失耐心、把方向盘拔出来的危险事。这倒真的让枫丹有了隐忧，于是作罢。

为了鼓起驾车勇气，枫丹甚至掏腰包买过车，希望以逼上梁山的姿态令梦想成真。但残酷的事实是，十多万的新车在风吹雨打中日渐陈旧，急剧跌价，然后再在火烧眉毛中上网上、二手车市场急求买主。损失好几万卖出去，还跟实现一桩伟业一样庆幸不已。事后想想，枫丹也会心口隐隐作痛，估计那个当初苛刻压价的买主，背后不一定怎么猜测这车的来历，要是知道真相确如自己所说，一定会被这朵奇葩笑到抽筋。

但是看到别人不开私车，也有公车司机配置，枫丹也还是没有特别的羡慕和抱怨。她更从未指望着身为普通职员的丈夫能在这个房价高到令人不敢打量的城市，换套住房。严格说来，她是个理想主义者，喜欢形而上大过形而下。她认为女人的体面来自自食其力。这也是母亲从小灌输给她的。

婚后几年，每当和丈夫心有罅隙时，枫丹便总爱想，当初为什么选择这个男人，而不是其他人。要知道，当年有点文艺、有点清高、长相古典大气的枫丹能被很多男士在发黄的日记本中记录为"那些年我们追过的女孩。"据说里面有几位，如今已成长为这个处长、那个老总，有的枫丹后来还见过，倒是无一例外的脸上刻着志得意满，满嘴场面上的话。

有一次枫丹便接到过其中一个"他"的盛情邀请，一定要请自己吃个饭。枫丹想想，十几年过去，也无太多不妥。况且当年对这个男士印象也还不错，便答应前往。哪里想到，后面的若干日子，她都会被此次赴约搞得心情不爽。

那天是在一家高档会所，枫丹路过几次，也听人说过，虽然门楣低调，从门童到前台，再到进出的客人脸上都写着不可一世。可真走进去，却发现门童和迎宾小姐的脸上都挂着谦卑的笑容。来了十来个宾客，有两个枫丹还认识，都是好些年不见的熟人。这餐饭的主人当然是那个"他"。一开始，大家还哼哼哈哈、彬彬有礼。渐渐，那个"他"被席上一干人马吹捧，加上上等茅台酒的滋润，便飘飘然开始不着调地介绍枫丹当年是自己的梦中情人，还一桩桩回忆着当年枫丹的样子喜好，说得动情，连自己也感动了。当得知这位当年被多人奉为女神的女人还住在这座城市的五环外，每天以地铁公车代步时，怜惜之情顿起，还试图将手落在身边的她手上，被枫丹不动声色阻止了。之后，他殷勤周到地让司机将枫丹送回家，却又高高在上一直努着劲，一副尽在掌握中的姿态，捎带还发过几条暧昧的短信。

这些，枫丹都以最大的克制力淡淡领受，甚至面带礼貌的微笑。短信当然只有一个处理路径，删除。心里也对那个"他"做了删除处理。

其实她早就料到，这次的宴请是他特地来炫耀的，否则她这辈子也许就成了堵在他心头的一块石头。她愿意给他这个机会，如果这点给予便能换来对方的一世心安和舒服，她还是愿意慷慨成全的。此番聚会，她心里不但未起波澜，还多少有些庆幸。

庆幸什么呢？

庆幸自己虽然青春不再，却也没有被生活拖累到容颜大变，甚至在岁月打磨下，还多了从容和沉静。在这点上，枫丹面对变得肿泡泡、一脸官痞之气的那个他，颇有底气。

她更庆幸自己的选择。其实，为什么选择丈夫，枫丹也是婚后几年才想明白的，一个男人最宝贵的是他有高尚的追求和不淹没于俗世的坚持和理想。

这句话搁在影视励志剧里说说，没问题。真搁在现实生活里，就很二，太像个笑话。但枫丹是真心实意这么觉得。

丈夫虽然普通，在她眼里却才华横溢，更有着混社会的男人少有的干净。现在的多数人，除了盯着钱权，还有新鲜的吗？

枫丹很重视内心的干净。

她知道她和丈夫之所以相较同龄人显得年轻，得益于简单的生活、内心的纯净。他们夫妻二人生活态度积极，却对生活的这个现实世界能给予下一代什么，始终没有把握。于是早早达成共识，组成丁克家庭。这点坚持，任人评说，十多年没有改变。平日里，两人言语不多，却颇有默契，在书香光影音乐写作中，寻找各自乐趣，自得其乐。不时，他们会互相碰撞互相激发。她常常会为两人惊人的默契，感动到汗毛耸起。那是碰触到心尖的悸动，无关风月，无关儿女情长，却让自己泪光晶莹，连续几天沉浸在激动感慨中。从懂事以来，她自认为很少有人能和自己真正说到一处，始终觉得自己很孤独。这样的孤独远不是耳鬓厮磨能解决的。触发之处，便是良好的创作状态。丈夫却吝于表扬，只是开始更新开发她更多的视角，促成新的触发点。对家居生活，丈夫从不逼迫枫丹成为一个行家里手。也是因为两个人没有什么负累，工作相对自由轻松的他自觉承担了大部分家务，从无怨言。枫丹也不懒，只要有时间有精力，她也特别愿意付出。所以，两人结婚十几年，几乎未在家务事上起过纷争。

即便丈夫不能带给自己富足优渥的物质，但枫丹还是愿意仰视丈夫。更多的时候，她觉得两人更像一对师生，能够直抵人心的朋友，反而不像一对被烟火气浸染的夫妻。他们的激情来自精神上相交的愉悦，同床共枕时却只是希望两手相握入眠。可以不常见面，也不想念，内心却无比坚定确信，即便世界颠倒翻个个儿，那个人还是会在，会有。枫丹开始确信世界上真有柏拉图式的爱情。她有时也会疑惑，但身边太多貌似和谐，却同床异梦、只求维系名分的夫妻，让她渐渐踏实。想想这些，她觉得自己还是爱，深深爱。虽不撕心裂肺，却是充盈踏实的爱。

这样不食人间烟火的干净，常常让枫丹对突兀闪进脑中的一些冲动有些慌乱。

这样的惊慌闪烁在地铁上各种面孔的想象中。每当看到擦身而过的各色男女，枫丹便会从他们的气质、穿着、表情触发各种判断和想象，从职业到经历的猜测。地底下的百态，也会牵带出一些不见光的情绪。

比如今天。

望着擦身而过，黧黑粗糙的脚上趿拉着一双红色的再生塑料泡沫拖鞋，粗壮而曲线不在的身体被廉价的、乱七八糟色彩的衣衫包裹的乡村妇人拎着大包小包，像个护犊的母鸡一般，高门大嗓招呼着丈夫抢占座位，口中毫不掩饰地喷出大葱大蒜混合的复杂难闻的气息，用结实的胸腹肆无忌惮地贴着比她略显瘦弱的她的男人，眼里的满足和天经地义却令枫丹看到了强悍的生命力。她会想，在晚间，和这个男人在床上，会谁主动？他也会毫不在意她口中的气息吗？他们会有几个孩子？想着想着，便会脸热心跳，觉出自己的不够强大。

身边那个身材高挑似模特，衣着时髦妆容精致，却一脸高傲漠然神情的妙龄女郎，任由站在身边紧紧贴着她身体，也有着明眸皓齿身材高大的男友黏着，轻轻吹拂她的碎发，手上不停抚摸她的身体，却不为所动，镇定打着电话。

"你说几点？……哦，蓝堡国际中心几层？……哦，好的！……带了……行了，别犯坏了，你女友那么多也不怕撑着，还乱打主意?! ……别，她去，我就不去了，我可看不惯她那狐媚样儿……今天要去，台子就是我的……张总几点到？……行，这单成了，我肯定陪你！……好！拜！唔哪!"

只见，女郎把殷红的唇噘成夸张的"O"型，对着手机发出亲吻的脆响，一点掩饰的企图也没有，神情依旧淡漠。男友的身体和动作继续，丝毫未受影响，甚至开始悄悄袭击女郎深V领下的胸部。还漫不经心侧过头翻了枫丹一眼。猝不及防地与冷冷的眼神短兵相接，枫丹慌乱得像刚做了坏事的孩子，紧张得把目光搁在自己的鞋子上，却在心底叹服他们的强大。

她突然就对自己和丈夫神仙眷侣的生活产生怀疑，是否太像真空中的花朵，美丽而不真实？

只有换上蓝色工作服，坐在工作台前，枫丹才又找回了最初的安稳和妥帖，甚至强大。

枫丹的工作是面对太空。

枫丹便是游走在天地间的牵着风筝的人。

枫丹的工作地点在郊区的问天城。每天枫丹经历了现实空间的挤压，市内的污浊嘈杂，进入问天城大院，焦躁难耐、污浊不堪等等负面的东西边都被屏蔽在外，恍然间开始了另一世的人生。

这个偌大的院子，更像一座城，入夏便芳草萋萋、姹紫嫣红，规划有致，横平竖直，整齐划一。关键是那里气韵悠然，宁静肃穆。所有的建筑物、所有的设备、所有的工作、所有的人，只有一个目标：遥远的太空。

当然，活生生的人总脱不开地球带来的现实。工作之余，大家的话题脱不开子女教育，住房宽窄，职务升迁，也照样会为食堂的饭菜咸淡丰富、菜篮子价格高低、暖气的冷热发声。相信这里的大部分人也经历过类似职称评定、人际关系、工作分工的苦恼。但是，只要坐到工作台前，便不自觉了有了神圣和崇高，便抛却了一切私心杂念。

枫丹想，这还真不是假大空的套话，只因遥远未知的可望而不可即，便让一切向高处升腾。

今天，依然是全区合练。

再有一个多月，便要执行新的航天任务了。

作为联系天地的唯一纽带，枫丹的岗位便在这里。别看不足一平方米的地盘，却在电脑上的各种跳跃的数字中，红绿曲线上，千万个程序里，千道口令中，和来自全国东南西北中的各路群英，千万台电脑一道，只为演绎风起云涌的太空大戏。如今，大幕即将拉开，重装上阵的演练当然麻痹不得。

此时，模拟飞船进入最后一圈飞行。控制中心的大屏幕上，飞船的飞行轨迹划下优雅弧线，电脑上各路分析曲线云集，交织成一张华丽的网。

"各号注意，我是问天！"

"'钱学森号'准备返回，按照步骤操作。"总调度员洪亮的口令声在大厅响起。

飞船一次调姿开始，像一只展翅的雄鹰，轻盈地扭转身躯。

随后，"轨返分离"的指令通过电波飞向太空。只见飞船轨道舱离开返回舱游弋而去。

几分钟后，飞船再次调整姿态。返回舱推进舱组合体再次逆时针旋转 90 度，踏上归途。

随着制动指令发出，飞控大厅的大屏幕上的三维动画显示，飞船推进舱向前方瞬间喷出橘红色的火焰，飞船减速脱离距离地面 300 多公里的运行轨道，沿着返回轨道自由降落，几分钟后降至 140 公里高度，接近地球大气层。

当"钱学森号"推进舱和返回舱做了最后的"握别"，完成使命的推进舱迅速掉落，在大气层中被烧成灰烬。返回舱在地面控制中心的严密监控下，向着指定着陆区域飞去。

紧接着，屏幕上信号消失，飞船进入"黑障区"。

几分钟的等待。时间的刻度在另一层空间下，被撑得足够漫长。

在枫丹和同事们看来，这几分钟分外难熬。没有信号，飞船没有任何信息。此时的飞船在奋力穿越大气层，在与大气层的高速摩擦中，飞船经受着太上老君的"炼丹炉"般的考验，刀光剑影，火光四溅。

成者王，败者寇。

每当这时，枫丹便有些慌张。为了掩饰这样不专业的慌乱，她把视线飘向四周：各色深深浅浅的蓝，间歇穿插几点白色，这是工程各系统的群英荟萃。宁静的蓝和圣洁的白，将天路中汇聚的各路信息，瞬间解析，再如极光急速发散四处，天地传导。一日之间，她被天上与地下各自编织出的复杂的线缠绕，隔世般恍惚。

她知道，一旦有险情，上百种处置预案按照相应程序便会启动。冗余，备份。

她突然就想到了那个沉重的背包。回家，终于有辩驳丈夫的砝码：原来那日复一日，甘心情愿的承重，便是为备不时之需。她晓得沉重中的安心来自哪里了。

大屏幕上，一颗红色的火球猛然闯入。它越来越大、越来越亮，拖着一条红色尾巴划过天际。

飞船顺利穿越"黑障"。

枫丹嗅到空气中轻快的气息。

"回收一号发现目标!""回收二号发现目标!"此起彼伏的报告声中,飞船飞行状态、航天员各项生理指标……海量数据源源传向控制中心。

连绵的数据不断刷新着屏幕,曲线交织。人们在屏息中严阵以待。

大屏幕上,一个黑点越来越近,慢慢化成红白相间的降落伞,返回舱在它的牵引下飘然下降……

"'钱学森号'报告,我们已顺利返回,感觉良好。"犹如天籁之音的航天员的报告声终于响起。一时间,焦灼、紧张化作释然的掌声和欢笑声,飘荡在连日来为"钱学森号"分秒牵挂的飞控大厅。

大厅里继续响着各路调度的报告声,这里是整个任务指挥的大脑,掌管着系统的神经。

在调度台前,摊开着厚厚的红色调度日志,上面详细记录着值班调度的每次联调的安排。各路信息汇聚在这里,它们密切跟踪"钱学森号"的状态,完成了多次轨道控制和平台在轨测试。

"现在开始进行天地视频通话测试,各单位做好准备。"大厅里再次响起总调度洪亮的口令声。

"信息传输可靠;通信链路通畅!"

"入轨参数已发出!"

"帆板展开指令链发出!"

……

在枫丹的耳朵里,这样的口令像极了宛转悠扬的小夜曲,悦耳空灵,她听到自己的心跳和着美妙的音符悸动。

清晰有力、富有节奏、频率适中的口令声依次响起,飞船准确入轨,按照预定计划平稳运行。

时间一秒秒划过,十指在键盘上飞舞,她和小组里的其他同事一道,从来源不同的铺天盖地的数据中,判断、选择,数据源运算,轨道根数选优，枫丹全神贯注……

每一次发射前的几分钟，对枫丹来说，便是如临大敌的战斗，心情远比运动员站在起跑线上的心情复杂。几分钟后，当精确的飞行器入轨参数算出，枫丹长长地舒了一口气，敲击键盘的双手已是大汗淋漓。

合练一直持续到晚上八点。一身疲倦的枫丹，连食堂为合练人员精心准备的晚餐也没有吃，便匆匆踏上归程，依旧是重重的背包，依旧是武装到口罩的行车装束。

在夜车上，她吊着拉环，站着打起盹。手机短信提示响了，她一时也懒得去看。她知道那是丈夫的询问。隔了一会儿，电话铃响起，一声接一声，没有停歇的意思。掏出一看，是枫丹远在杭州的父亲的手机号码。枫丹心里一沉，赶紧接听。

"丹丹，你在哪里？忙吗？"父亲的声音比她的身体更疲惫，虚弱，更带着沉重。

枫丹的睡意顿无，她从父亲不同往常的声音判断出，最后宣判的日子到了。

"爸爸，我在回家路上，工作刚结束！"枫丹的声音骤然小了，仿佛怕打扰到什么，怯怯的，有点犹豫。

"好！"一声过后，电话的那头便恢复了安静，半天没有声音。枫丹的喘息声便重了，心脏也急剧跳动，紧张地要跳脱出来。不知多少秒过去，她再次听到父亲试图压抑的鼻音。

"明天看看能不能和单位请个假，回家看看你妈，和你妈道个别！我知道，你正忙，可是……不能等了。"接着便是无法抑制的抽泣。

"爸，妈她……"枫丹便再也说不下去，泪水一滴一滴滑落，接着便像畅快的小溪，止也止不住。举在手中的小巧手机此时却有千斤分量，一点也没有力气拿着了。她不记得还对父亲说了什么，唯有一个念头膨胀着——回家。

枫丹是家中最小的孩子，比她的哥哥姐姐小了十来岁。父母虽然一向严厉，却是极疼爱她。虽然哥哥姐姐从未表示异议，但一向有板有眼的母亲还是愿意为他们的疼爱找出理论依据。"皇帝爱长子，百姓爱幺儿。"母亲一辈子活得好强自立，枫丹遗传了这点。

但自从母亲疾病缠身后，没有孩子的枫丹就把最多的爱反刍给了母亲，将她像孩子一般宠爱呵护。母亲就是她的天。

自从母亲腹水不消，再也无法离开床，枫丹就意识到母亲的离别不远了。她特意攒了年假，陪母亲过了最后难忘的时光。

那段日子里，只要有点阳光，她便把母亲穿得暖暖和和的，还给母亲的毯子里放上电热饼，圆圆的铁家伙外面套着她专门缝织的厚厚的隔热袋。身上背着氧气袋、热水瓶和急救药品，和父亲姐姐一道，将母亲扶上轮椅，再一起搬到楼下。她有个愿望，想带母亲再在这个美丽的城市走走看看，看看母亲曾经成长的地方，走走曾经熟悉的街道小巷，看看简单的市井欢乐和洋溢的活力。她没有想刺激久病卧床的母亲，她只知道母亲沉浸在暮气中太久了，需要这样的新鲜生机和乐趣来鼓励她坚持，哪怕多一月多一天都是胜利。还有，就是自己当初不敢也不愿承认的，这更像一种仪式，一个告别的仪式，因为很快母亲就会连坐在轮椅上的力气也不会有了。她不想母亲留下遗憾。

一家人心里明镜似的，谁也不去说透，也许还存了那么一丝侥幸。每到这时，虚弱的母亲便特别配合，表现得异常兴奋。枫丹怎能不知道母亲在用很大的毅力坚持。那些天，母亲无神的眼睛只要能够睁开，便黏在女儿身上，不舍离去。

母女俩各自揣着忧伤和喜悦上路，在轮椅的滚动声中，她们走走停停，使劲笑，使劲拍照，说不完的话儿。她会轻轻搂着母亲硕大沉重的肚子对着镜头，笑声朗朗，却不让背后的母亲看到自己早已泪流满面。知道母亲已吃不进太多，她也会悉数买来母亲从儿时就喜欢的各色小吃，让母亲闻闻味道也好，在笑声中进行精神会餐。

枫丹无数次地问过自己，这对病弱的母亲是否真的很辛苦也很残忍。答案却是既肯定也是否定。她从母亲眼里闪烁出的希望的光彩里，解读出母亲的意愿。

枫丹清楚地记得母亲在抢救回来后对自己说的第一句话："活

着，真好啊!"

枫丹不能忘记，母亲即便卧床起不来，也会悄悄把她叫到床边，指挥着她翻箱倒柜翻出自己的珍藏：两床上好的 56 彩的鸳鸯色苏绣被面。母亲指着上面活灵活现的百子图，轻轻说："原来想等你怀孕了送给你的，不过也好，以后不会像我那么多牵挂放不下。就让它们陪着你吧，就像妈妈和你一起!"

假期将近，备战任务繁忙，枫丹再无延假的理由。

临走时，枫丹的心头堵着，再次有了慌乱，却不知怎么表达，于是穿上军装，恭恭敬敬立在母亲床边敬了一个标准的军礼。

这是第一次，也是最后一次。

父亲和母亲在大漠边疆的卫星发射场当了 40 多年兵，枫丹知道这样，母亲会觉得安慰。

她看见母亲黯淡的眼神倏然间亮了起来。她跑过去捧起母亲的脸，轻轻在母亲眼睛上落下一个吻，拼命忍着的眼泪还是缓慢划过脸颊。

这是第一次，也是最后一次。

她赶紧逃离，背过身把眼泪擦干。

母亲笑了，尽管虚弱，尽管浅淡，她还是及时捕捉到了母亲的笑容。

"不要悲悲切切。我们还会再见面的!"母亲声音很小，却很坚定，说完，还颤抖地伸出一只手。

母亲在等待和女儿的击掌盟约。

枫丹走上去，轻轻将自己的手盖在母亲手上。

"妈，等我!"

枫丹笑了，尽管她知道自己的笑容有些抽搐，但还是努力在笑。

当枫丹拖着行李和哥哥急赶到医院，母亲早已陷入深度昏迷，病床边摆着心电监护仪，母亲的身上插着导尿管，两台输液器、四五个瓶子袋子。口中插着吸痰器，连接的容器里已满是酱色的血液。喉头发出急促呼噜噜的喘气声。父亲哥哥姐姐和家中亲戚都围在床边。

枫丹扔掉行李，疾步扑向母亲。姐姐趴在她耳边说，母亲已深睡4天，没吃过东西。母亲就是在等枫丹。

当枫丹俯在母亲耳边轻声呼唤，手指轻轻抚着母亲大大的耳垂，母亲突然含糊不清地轻轻发出两声"哎，哎"的声音。急促的喘息声渐渐平静。

"妈，听到了。""她知道我回来了，她知道呢！"惊呼声随即变成压抑的哭泣。

枫丹一整夜坐在母亲床前，贪婪地嗅着母亲身上的味道，像是拼命挽留住母亲的气息。抚着母亲的手，柔软，指尖却在一点点凉却。

那一夜，枫丹作为家属，在放弃心肺复苏抢救单上签上了名字。而就在昨天，她也曾在飞船任务调度确认书上签下过"白枫丹"几个字。

她和家人始终记得，母亲说过要有尊严地走。

母亲的离去在黎明的第一缕阳光到来之前。

夜里，枫丹真的就看见了一颗流星从天际划过，她知道，那是母亲的告别。

父亲杵着手杖，缓步来到母亲床前，轻轻地说："老李，家里有我，孩子们有我，你放心吧！"手掌轻抚过母亲一只微微睁着的眼睛，它终于闭上了，再把唇轻轻吻上母亲额头。那是做了53年夫妻的告别之吻。

枫丹第一次见到父母的亲吻，也是最后一次。

枫丹为梳洗得干干净净、穿戴得齐齐整整的母亲做的最后一件事，就是为母亲的脸上手上仔细抹上母亲最喜爱的友谊雪花膏。那是枫丹从童年就熟悉的味道。在她心里，那就是妈妈的味道。未来，相会之时，她还会循着味道追随着母亲。

蓦然间，枫丹发现母亲的左眼角缓缓滑下一滴泪，黏密而晶莹。

一个月后，"钱学森号"航天飞行任务如期进行。

"抛整流罩。"

"船箭分离"……随着发射场零号指挥员口令声响彻飞控大厅。

一身蓝工作服的枫丹清瘦不少，神情肃穆而专注。等待着遥控发令岗位的年轻工程师果断地按下发令键，向"钱学森号"发送了第一条入轨指令。

几秒钟后，飞控大厅大屏幕上，"钱学森号"展开两只巨大的"翅膀"，开始在预定轨道匀速飞行。

在红绿参数的滚动中，枫丹和同事们的战斗已经打响。真正的考验还在后面。

随着耳麦中传出的指令，他们十指翻飞，紧张运算……

不知过了多久，飞控大厅掌声雷动。

此时的大屏幕上清晰地显示着从太空传来的实时画面：航天员甲顺利开启飞船轨道舱舱门，进入对接通道。成功开启"天狼星"目标飞行器舱门，以漂浮姿态进入"天狼星"。随后，航天员乙和丙鱼贯飘进，对着镜头做着胜利的手势。

三天后。

电视及广播和报纸的号外，不停地在大街小巷叩响着一个声音：今天22时29分，来自中国的航天员第一次把脚印印上月球表面，这是继美国阿波罗登月 N 年后人类再次踏上月球表面……航天员宗培德的妻子、儿子和他进行了一场特别的天地通话。

"培德，你还好吗？"

"我很好！一切顺利！"

"爸爸，爸爸，你都看见了什么？月球美丽吗？摘到星星了吗？"

"好儿子，爸爸在褐色坚硬的月球岩石上，看到了很多美丽的岩石闪烁着美丽的光芒，月球被淡淡的光晕包裹着，远处便是忽明忽暗的繁星，安静地镶嵌在黑丝绒般的夜幕上，耀眼动人。儿子，爸爸想办法替你和全国的小朋友握一下星星的手，告诉它们，我们来了！"

此时，坐在飞控大厅的枫丹早已泪流满面。太空之上，那个古老而又意味崭新的星球赋予她非常多的想象。也许母亲和这世界上所有被爱牵挂的灵魂早已飞上那个温和宁静的星球，化作一颗繁星，微笑着俯瞰大地，注视那些心存爱意和善意的亲人，为他们祈福。

　　枫丹心中更希望月球会张开热情的臂膀欢迎那些心存爱意和善意的人类的造访，共同经营美丽安详和宁静。

　　恍惚间，母亲那颗晶莹剔透的泪滴渐渐幻化成一枚渐红的圆月，镌刻在枫丹的心间，她变得充实了。

望星空

1

李国玥看着摆在屋角的两个苹果梨，还是圆圆滚滚，没有一丝蔫败的迹象，青青翠翠，表面光滑洁净，像刚从选美现场走下的一对姐妹花，令人有喉头耸动的感觉。

这是她从剑都带回来的，走之前一起出差的宁涛为她去水果店买了水果，一个个挑过，水果上留有他的痕迹。剩下两个，她便不再舍得吃。每天看着，像看着她和宁涛，头挨头，身子也热热烈烈地挤着。

从剑都回来三个多礼拜了，它们居然还是好好的。而李国玥和宁涛却如经历了几个春秋，连人带心情早已物是人非。

万劫不复。

李国玥一下午就被这个词纠缠着，像被捆了手脚，心慌得动弹不得。眼前电脑屏保上的两条鱼儿游来游去，眨着双眼皮的大眼睛，捉弄似的瞟了她一眼又一眼。

宁涛还是没有消息。往常只要她脑海里刚有和他说话的想法，就能接到宁涛的问候。细细碎碎的话题，往往是自己说，宁涛听。这样的听并不是敷衍，而是有恰到好处的回应的。如同报告人，在看到稿上"此处有掌声"的批注，便略作停顿，果真迎来潮水般的掌声，那种酣畅淋漓是你不懂的。宁涛气质温和细腻，没有甜言蜜语，却有足够的体贴深情。在宁涛那里，李国玥可以娇嗔，可以温存，可以任性，可以小小地野蛮。宁涛不仅照单全收，而且还有鼓励的意味。这些都让三十七岁的李国玥又有了如情窦初开的小女生一样的被看重、被在乎、被呵护的感觉。这都是李国玥最为看重的。

这样的感觉，久违了多久？此时坐在沙发上的李国玥怀抱靠枕，认真地想了一会儿，竟然好像藏在线团里的线头，久寻不至。瞟一眼墙上的挂钟，下午五点。该去班车点接濛濛了。她有些幽怨地站起来，身后那只红色缎面、喜气洋洋的抱枕嘲弄似的冲她敞开胸怀，露出里面绣工精致的点点金叶。

金枝玉叶？

李国玥看了一眼，打开房门。

2

刚过去的这周对马东建来说，烦心事太多。

他在飞船电性测试现场。刚刚到工位上，桌上那台电话分机几乎就没停过响铃，越听越狰狞。

技术组的，研究室的，材料组的，总师办的，质量科的，外协厂的，产品设计师的，院办的……电话已干扰试验了，本想盯在现场的马东建不得不给手下匆匆做了交代，准备往办公楼跑。在隔离柜中取出手机一看，未接电话十六个。光院办秘书的留言就有五条：请速到院长办公室。马东建的头皮紧了。

他边往楼门走边脱工作服。不开眼的魏军此时从后面追过来，嘎着嗓子叫："老大，五院调度通知，五点钟各分系统负责人开会！"接着将大脑袋凑过来，头油味道和壮如山的口气也一起扑过来，熏得马东建向后退了一步。

"这次事大了！连脾气最好的姜总都拍了桌子，嘿嘿，有咱难过的了!"尽管笑着,没心没肺的魏军还是没把那点沮丧藏好。

看看表,还有差不多两小时,马东建把脱下的帽子衣服一把塞到魏军手上。

"你小子别嬉皮笑脸的,四点前赶紧把技术报告弄好,打印出来。耽误了,我先让你日子不好过!另外,抽空把你的个人卫生整理整理,这样子就是有八个女朋友也得吹灯!"

说着,人已经旋进了自己的车子。车子启动的声音盖过魏军的嘀咕声。

"个人卫生?连觉都不够睡,还顾得上脸蛋?一人吃饱全家不饿,没有老婆,地球不转了?爱谁谁!也不瞅瞅自己。"

看着马东建的车子闪出哨兵森严的大门,魏军正了正胸前的工作证挂牌,上面"甲级"两字被红色圈定,格外醒目。他悻悻地夹着衣服,屁股一扭一扭地往大厅走去。

别小看这里每个人脖子上挂着的小小塑料牌。这可是出入这里的唯一身份证明。几道关卡的武警哨兵,绝对只认证件不认人。哪怕你每天大门里外走上三百个来回,你和哨兵的脸彼此已烂熟到彼此再望一眼的兴趣都没有,但没有这张证,任你说破大天,哨兵绝不会有一丝通融,照样要打电话请试验调度拿着参试名单和保卫人员一起"保"你进门!而且,根据证件的级别和颜色,出入区域受到严格限制。

因为这里是中国航天飞行器总装和试验测试的地方,所以这里的每个人忘什么也不敢忘记证件,甭管你是不是一贯的马大哈迷糊蛋。

魏军是马东建的小学弟,自称有三大好:爱说爱吃爱睡,拦着少了哪一样,就是和他过意不去。出自同门,自然亲近些。但魏军最让马东建喜欢的不是这个。这个平日满嘴放炮、成天没心没肺的主儿,尽管因为爱吃,圆圆的屁股已把裤子撑得饱满欲裂,外号"土肥圆",可绝对是个迎难可以放心推出的主儿,最适合拉出来遛。别看迷迷糊糊,邋里邋遢,不招女孩子青睐,三年下来,却已成长为电测现场的一员精干大将,排故高手。马东建是魏军的组长,魏军是他一手带出来的。在试验场摸爬滚打几年处下来,早已亲如兄弟。虽说马东建教训魏军的时候，毫不嘴软，但魏军不以为意，还是整天老大老大地招呼着。

马东建问都不用问，知道能享受院长召见待遇全是减压阀惹的祸。前天电测时，飞船返回舱氧源信号突然爆字。这就意味着此时舱里接近真空状态，航天员要是待在这里，就会有生命危险，这还了得？

试验被马上终止，即刻进行故障分析。三厂六院，一个个系统过，一个个设备排除！一个个系统的现场指挥都神色凝重，手下的几十号参试人员也大气不敢出，恨不能长出火眼金睛，揪出罪魁祸首，撇清责任，还我清白。故障复现，故障定位……一通忙碌下来，小小的减压阀被圈入法眼。

B系统迎来了不平静的一天。

每次电测，载人航天七大系统都要参加，不同单位的几百号人组合在一起，暗下里的比试就会存在。不存在谁高谁低，但现场差错谁家多谁家少，谁家的现场纪律好与孬，谁家的参试大纲严谨，谁家的技术报告高水准……林林总总，都具有可比性。

虽然说，科学实验允许失败。但在这样的大型试验现场，真的有所差池，还是让人心跳加快，夜不能寐。于是存在故障的系统会骤然间像矮人一头，说话的底气不再。

在航天领域，"故障归零"绝对是悬在头顶的一把利剑，是无人愿意涉足的"恐怖地带"。从影响力来说，一旦在大型联试阶段发生归零事故，会影响全线进程，这个责任可不是拍拍胸脯就能担得起的。从解决过程看，这是一个颇为复杂难熬的程序。一旦出现故障，从复现，定位，到追根溯源，到重新验证，到各种技术报告，上会论证通过，每一关都是扒皮抽筋的痛楚。形容它像炼狱般，一点不过。从设计线、生产线到工艺线全线筛查过来，牵一发动全身。

偏偏是B系统，马东建那个组负责的部分。两天了，从主任到他这个现场指挥，再到底下的设计师，厂家的一干人马早已被提溜过来，没人睡过一个囫囵觉，只要眼睛能睁得开，都在围着这个减压阀转。别说魏军，谁的状态都好不到哪里去。

光一个减压阀不算，全系统这种减压阀产品有十多个，问题属于个别还是共性？工程线不放心，质量线更不放心。载人航天，任何纰漏都是致命的。大总师因此发话，"查！彻查！从研制线到生产线一个不放过，有几批产品就查几批产品。"

匆匆洗了把脸，赶到院长办公室的马东建，直接被秘书带进小会议室。里面已坐着几个人，院总师、负责这个项目的副院长、研究室主任、质量师都在。院长见了他，招手示意他赶紧坐下。院长的脸色可不好看。

"这次故障出在咱们这头，被别人看笑话事小，影响声誉事大！我们这个系统发展了四十多年，多少人盯着！别人总想把我们这块阵地拿走。我们一路走过来有多不容易！你们清楚！不能自己往脸上抹黑！减压阀是我们的成熟技术，在这个时候出这个问题很不应该。"

院长自打当上系统总指挥和总设计师后，就变得严肃，不苟言笑。他原来喜欢文艺的东西，作词作曲演唱，样样都能拿起来。如今，鲜有问津。倒不是因为他当官架子大，确实是压力闹的。坐上这个位置几年来，他的白发不断扩散，渐成燎原之势。脸部肌肉走向朝下，看起来总是不高兴。

黑红脸的副院长一口京腔。他声调上扬着说，"我已被大总拎过去几次了，启明该你说说了！"

张启明是研究室主任，最不擅长的就是语言。在他看来，一切问题，能做的绝对不说，穷尽一切手段，才会用语言，即便说，也是惜字如金。

"我们承担全部责任。这两天检测结果指向工艺。给我两周时间解决。"

"你扛？是你一个人扛的事儿吗？这是全线停工，大家都虎视眈眈呢！两周？你给自己的时间还挺宽裕，能挤出十天就谢天谢地了！抓老金，他就是厂里全停产，也得把这批产品弄出来！"

副院长说话直率，不怕得罪人，天天和一线科研人员泡在一起，没架子，工作上有火绝不憋着。大家知道他对事不对人，和他也最亲。

"一抓到底！别搞什么含糊，看看我们的质量线到底存在什么问题，要引以为戒！"

院长最后定调。

接下来座上几位，把试验科和计划科的科长一起找来，将归零计划表一条一条过，精确到天。

马东建刚在五院调度会上坐下，魏军就蹿到他耳边说，"嫂子找到你了吗？濛濛病了，猩红热，要住院。儿童医院。"

因为看着参会的人员都坐下了，会马上开始，从魏军嘴里蹦出来的都是急切的短句。马东建这才发现手机因刚才召见，被打到静音。电话上又是一串未接电话。此时的李国玥肯定把自己恨疯了。他熟悉那种表情。

马东建稳稳神，说："知道了，一会再说。"便打断了魏军。目送着魏军的背影，马东建突然觉得喉头如有骨头哽着，眼睛有些发热，接着便有了湿意，赶紧低下头看手中的技术报告，主持调度的声音已经响起来。

3

李国玥疲惫地倚在儿童医院的收费窗口前，看着收费员跟前的针式打印机不急不缓婉转地打印账单，脑子里全是楼上病床上躺着的濛濛。

前天濛濛从幼儿园回来，就看着不对。一烧两天，把家里的退烧药试了一遍，没有退热的迹象。今天到医院，就被那个胖胖的女大夫逮着一通数落，说孩子发烧两天不来医院，病情耽误，会转成心肌炎，这个妈当得太不称职。最后还用锐利的眼锋把李国玥扫视了几遍，带着是否女儿亲妈的质疑。

李国玥百口莫辩。当妈的哪里有不在意孩子的。是的，这些日子她一直忙着博士答辩的准备工作，对孩子的照顾确有不周。刚开始当一般感冒没有在意。昨天晚上本想来医院，可是马东建连个影子也没见到，打手机，永远不在服务区。倒不是想见他，对于这个丈夫，她早已不知道他存在的价值。可家里的车子在他那里，当个司机总行吧？

说到房子，李国玥更恨。当初迁就马东建，说是为了便于他工作，他劝说自己选择了偏远的单位宿舍。放弃了自己花三个月精挑细选的楼盘，那里生活设施、交通都较为便利。那时房价六千，交个首付，两口子齐心协力，贷款十几年也没太大问题。不像现在住的鬼地方，不仅周边交通设施不全，走到大门口也要二十分钟。更别说大晚上的，连黑车都打不到。住单位宿舍最大的便利，就是马东建加班方便，单位随叫随到。等李国玥反应过来，再想买房，房价已飙升得连看也不敢看，向马东建抱怨，可他居然一点没有一点歉意，还说什么，"住哪里不一样，有住的咱就比那些没房住的幸福"。

一样？可太不一样了！就因为住在郊区，自己每天上班有四个小时泡在路上，回到家里都是晚上八点钟，这还是在正常情况下，遇上堵车更没点儿。随便吃点饭，陪孩子写了作业，洗漱，伺候孩子躺下，就十点钟了。此时，她才可能有时间看看书，干点自己的事儿，每天合上眼，准超过夜里十二点。李国玥从考博到读博就是这么熬下来的，几年间，因长期睡眠不足，曾在学校里被称为瓷美人的她，早已变成褐斑丛生的黄脸婆。

大人委屈都不算什么，可怜的是濛濛。孩子每天要在早上五点三十八分起床，这个时间还是李国玥在用打仗般速度程序演练多次，精确度以分钟计的情况下得出的。往往上车时，濛濛连眼睛都不愿睁，一路哼哼唧唧哭到学校。尤其冬天，出门时天还不亮。每每把濛濛从温暖的被窝拖起来，她这个当妈的都于心不忍。也因此，濛濛特别容易感冒。她在马东建面前哭过，马东建说，"孩子不能娇气，这个院子的孩子都是这样过来的。"一番话，生生把李国玥的眼泪憋回去。

她倒想问，"马东建，你的人心是肉长的吗？你为孩子操过什么心？接送孩子几回？开过家长会吗？带孩子去过几次公园？……"

算了，算了，实在是罄竹难书。不知从哪天起，李国玥这个准博士被打造成了一个怨妇。从前的她，开朗爱笑，善解人意，是朋友中公认的好脾气。

当初，和马东建认识时，两人都在研究生院。和追求自己的几个人比起外在条件来，马东建得分最低。个头不足一米七，相貌平平，家境也不好。李国玥曾对他说，选择他，就是因为他在乎自己，好得腻人，很难割舍。虽然，马东建算不上白马王子，比如过情人节，从不会想到送玫瑰，但一定会别出心裁出节目，在冰糖葫芦上雕刻两张头挨头、亲密无间的笑脸，会带她到北海公园滑冰，会在晚上十一点，在电话里给她唱《选择》。"我一定会爱你到地老到天长/我一定会陪你到海枯到石烂/就算回到从前/这仍是我唯一决定/我选择了你/你选择了我/这就是我们的选择"几句就把她唱得热泪滚滚。

要说马东建最吸引李国玥的就是对自己的细心呵护。她有痛经的毛病，每到这几天，马东建不仅承担所有需要洗涮的工作，还会备上各种暖袋暖瓶送来，递到手的肯定是一杯滚热的红糖水。穷学生，做不到最好，却做得贴心。

打动李国玥的还不止这些。研二时，李国玥寡居的母亲被诊断肝癌晚期，没几个月人就不行了。那时，正是毕业前最较劲的时候，论文和找工作单位，哪个都耽误不得。马东建坚定地陪着李国玥度过了这辈子难熬的时光。

母亲走前的半个月，他和李国玥一起守在母亲病床前。母亲临终前，已说不出话，但眼睛却总无力地看着女儿，目光里有千种不舍。马东建把李国玥的手握着放在自己胸口，含着泪，一字一顿对老人说，"您放心，我会照顾她一辈子，好好对她，绝不不让她受委屈。"

听了他的话，母亲终于把眼睛闭上，眼角缓缓流出泪水。

有了这样刻骨的经历，俩人毕业后马上去领了结婚证。李国玥最初是把马东建当做自己的天和地了。单位来学校招兵买马，喜欢航天的马东建来到航天城。为了照顾家，李国玥选择留校当了老师，一周三天课，时间富裕了，就不觉得距离的局促。婚后的日子琴瑟和谐，相亲相爱。俩人商量好，先享受二人世界。

李国玥后来辞了教职，跑到一家公司，当起了忙死忙活的白领，这完全是被房子刺激的，因为她要挣钱。这是后话了。

直到现在，李国玥还是会留恋当老师那会儿的时光，如果说现在的日子不仅暗淡无光，还是灰霾的。那个时候就是颜色跳跃的色彩之旅，是梦幻的。那时马东建忙归忙，总有周末假期，俩人像热恋中的人，看电影，看话剧，旅游，待在家里各自读书学习，学累了，就相拥演练他们永远不觉得腻味。每次上完课回家，迎接她的就是桌上摆着的热乎乎的饭菜和马东建温暖的拥抱。

是什么时候变了？李国玥在脑子里紧张搜索着那一连串的飞船符号。毕竟那是第一次载人航天飞行。

4

疲惫，前所未有的疲惫。

马东建开完会，第一时间打电话给李国玥，耳边传来的却是美好却也冷漠的女声。"对不起，您所拨打的电话已关机。"

他愣在那里，一时不能确定自己该做什么。高个子李冉拿着刚收到的厚厚一叠测试数据进来做曲线分析，一边叹气一边说："干载人航天，个个都得是超人。问题是咱们拿的是卖白菜的钱，操的是卖白粉儿的心，明显的投入产出不成比例啊！"

旁边响起一串善意的笑声。一个声音冒出来，"怎讲？"

"刚交了这月房租，兜里就剩不到一千大米，够我儿子两桶奶粉。我和孩儿他妈等着剩下的半个月喝风。可我天天加班，见不到儿子，也见不到一文加工费。"

随着研究院来的年轻人越来越多，单位的公寓房源告急。很多年轻人只好在外租房。然而高昂的城市房价吞噬了他们并不饱满的钱袋，囊中羞涩是这些年轻人的共性问题。

"是，现在在外租房，租金占了工资的三分之二。媳妇生完孩子没去上班，虽说省下了保姆费，但一人工资三人花还是手紧，都是月光族。"

"月光族，已不算什么了。我们三十来岁还常靠老人接济呢！保姆一月三千请不起，老婆不上班在家带孩子，口袋伤不起。我们只好请老人出马了，他们不仅贴苦力还得贴钱。航天城什么最多？替儿女看孩子的老人最多。"

"都说百善孝为先。我们也想孝顺父母，可我们现在不仅无能为力，让他们享福，还在当啃老族。"

屋子里突然沉默了，只有打印机哗哗的走纸声和击打键盘的声音。

马东建明天要出差，一早的飞机。和厂子里一道解决问题，留给他的时间是三天。一会儿，他怎么也要去医院看看孩子。魏军已帮他把票订好，已是第二次过来找他。

"老大，把手头上的事儿交给我吧，你赶紧去医院！"

"组长，医院怎么了？出什么事了？"

听闻"医院"两字，同事们都很紧张。几年高负荷的工作，谁家都有个急事，难事，大家彼此惺惺相惜，都能体谅！

马东建冲魏军使个眼色，不急不缓地说，"没什么事儿！明天我去外协厂，要走几天，这里你们多操心！"

他拉着魏军到工位坐下，详细交代了这几天的工作。临出门，魏军压低嗓子问，"老大，你和嫂子没事吧？"

他笑笑，"老夫老妻的，有点意见正常，能有什么事儿？"

魏军看看他，嘟囔着。"我看我在没转行之前，还是别想着结婚了，省得祸害别人。"

5

开车上了三环，马东建才想起，走得匆忙，什么也没给母女两人带，就近找超市打算买东西，面对琳琅满目的货架，却不知孩子和老婆都喜欢吃什么。等手里的购物篮装得沉甸甸的，他也不能确认这些东西是否是娘俩儿喜欢吃的，适合不适合病人吃。

去医院的路堵得厉害，马东建也趁此理理思路。

是的，自己已记不得和老婆李国玥上一次亲热是什么时候，这个不想也罢。陪孩子去自然博物馆是什么时候？好像是去年十月，航天城的银杏叶铺了厚厚一层。

那时李国玥和他冷战有些日子了。老婆的变化，他不是没有察觉。

当一艘艘飞船上天，一个个型号任务上马，迭代穿插，交织进行。马东建的时间表便不再是自己的了。先是没有了八小时上班概念，接着没有了周末假期。马东建所在的研究院的工作安排早已执行六天工作日。马东建所在的研究室，因为是工程一线，更是在此基础上，加班时间倍数递增。

主任常常跑到院长那里要人，但编制搁在那里，进人谈何容易。于是只能在研究院内部调整，但院里每年的新生力量有限，政策再向研究室倾斜，也是杯水车薪。可活儿得干，任务得完成漂亮，只能从个体身上发掘再发掘，在研究院有一句励志语：你的能量超乎你的想象。

马东建上下班走在研究院的路上，身边总划过那些悬挂着催命般的警言警句："成功是差一点点失败，失败是差一点点成功""航天员在我心中，航天员生命在我手中""人生因奋斗而精彩，青春因奉献而闪光""严肃认真周到细致稳妥可靠万无一失"。这一切便构成了他生存的准则。仿佛航天员成了他肌体的一部分，他必须也要失重飘起来。

不知不觉，日月晨昏的顺序已在马建东和他周围人的生活圈中颠倒了。星空日月也常在时间差中交叉错位。然而，载人航天是天人合一的任务。铁律摆在眼前，没有什么比它大了。大家牢骚归牢骚，俏皮话归俏皮话。人们渴忘创造奇迹，渴望前沿，渴望荣誉，面对星空上新镶嵌上的新的星体，面对国人的欢腾，这些平时大到有些空洞的概念，此时作为任务中的一分子，重压在前，他们也要力拔千钧。

马东建就是这样过来的，也许对星空的仰望，让这份崇高变得朴素纯净。只要走进航天，就一定会经过"人之常情"与"执着追求"的洗练。这是一般人理解不到的。

研究室一位老金航天干了一辈子，临终也没有亲眼看到航天员上天。在遗憾之余，他的遗嘱里这样写着：如果有可能，在不影响飞船重量的情况下，我想请航天员将十克骨灰带上太空，完成我一个航天老兵的敬礼！

老赵常年加班，38岁时心脏装了四个支架，病情稍一好转，就偷偷溜回单位。问他为什么不要命，他说，"这艘船有我负责的两个产品，我不干谁干？"

他记得，为了给一线工作人员减压，北大的心理专家来院里进行心理辅导，并开设了心理咨询室。一位女技术骨干在专家室门前徘徊了很久，却没有勇气上前推开门。还是被专家看到，只说了一句，"孩子，我知道你心里压着一堆事，都憋在心里，就要生病了！"

女技术骨干当即痛哭失声。原来，因为总在加班，她的婚姻亮起红灯。

他记得，在管理论文研讨会上，一篇论文曾让会场静默两分钟，接下来是长时间鼓掌。这篇论文重点探讨了研究院在执行科研任务与家庭纠纷和离婚率的关系。文章说，每一个任务执行期，便是一个家庭纠纷的高潮期，和离婚率的上升期。

他记得，为了给一线一个放松的机会，院长专门来到室里作动员，命令大家停止手头一切工作，到一个郊区度假村携家眷共度了一个周末。也是在那次聚会上，大家才发现，原本一直从事枯燥科研、成天与图纸和产品为伍的一群设计师并不刻板，他们是如此妙语连珠，是如此多才多艺，是如此感性和疯狂，是如此能喝酒。在结束的晚宴上，大家都哭了。

这就是身边的人。想起来，还有很多很多。作为其中一员，马东建特别能理解，也因为这样的理解，让他能在这个岗位上坚持下来，并坚持了十二年。未来他还会坚持下去。

但是马东建知道，妻子快坚持不下去了。自从他无意中发现了那个叫宁涛的男人的存在。他知道，宁涛是妻子的初恋。

马东建愤怒过，伤心过，最终却选择了沉默。因为设身处地，他能了解妻子的委屈。一年365天，有300天都在加班，剩下的时间还要出差和补充睡眠。这个家和濛濛全靠妻子在支撑。在婚礼上，他曾向妻子许诺：要一辈子让她当自己的金枝玉叶。可他没有做到，不仅不再有电影话剧，不再有旅行，连迎接妻子回家的晚餐和拥抱也一概不见了踪影。常常回到家，母女两个早已沉入梦乡。早上怕吵到他，尽量让他多睡一会，妻子把他安排在小屋休息。妻子每天负责接送孩子。孩子第一次换牙在什么时候，他不知道！妻子的第一缕白发出现在什么时候，他不知道！他们的交集越来越少，甚至连最初的抱怨，争吵也慢慢止步了。

那次在度假村的联欢，妻子也去了。在大家的起哄下，她还唱了一首《望星空》，颇为柔美深情，让他赚足了面子。

回到家中，酒醒后的马东建睁眼看到的第一个画面却是妻子的饮泣。

他吃惊地望着妻子。

"东建，咱们不干了好吗？我知道你对航天有感情，可你也为它付出了十年。人的一生有几个十年？有这一个足够了！神五任务的庆功会上，你披着绶带，戴着光荣花，出现在电视屏幕上时，我真的为你骄傲！你取得的成绩，说明你很优秀。你付出了十年最宝贵的青春，证明你很优秀！可除了事业，我们还有家，还有可爱的女儿，濛濛需要爸爸陪伴成长，我需要丈夫来替我分担一些家庭的责任。我们快四十岁了，我们都需要一份稳定的情感，安宁和谐的生活。可航天不能给你，不能给我。濛濛越来越大了，正处于认知的关键时期，她成长过程中，爸爸的角色是我这个当妈的永远无法替代的。我们可以克服困难支持你，我们可以暂时忍受不打扰你，三年，五年，可以了吧？可十年，二十年，我不知道我还能不能忍……你要是不想毁了这个家，就请求你离开航天吧！现在开始，还不算晚！"

直到现在，妻子涕泪滂沱的脸依旧清晰如昨。马东建的心一阵悸动。恍惚间，他的车已快到医院路口。他集中精力，握紧方向盘。

6

好在找到女儿的病房还不算曲折。推开门，在三张病床中，马东建一眼找到女儿。

女儿在睡，李国玥没在。他拎着两大塑料袋的东西快步走到女儿床前。把东西放好，轻轻在床边坐下。

女儿的脸颊潮红，嘴唇显得苍白，额头上搭着湿毛巾，一只手上输着液体，柔软的头发有些潮津津的，没有精神地打着卷儿。

女儿头发是自来卷儿，像她的妈妈。她的睫毛微微闪动，鼻息声急促，声音有些让人揪心。他用自己的唇去触碰孩子的脸，滑滑腻腻，一种清香的味道，便不忍离开，又怕惊醒孩子，自己一脸胡茬儿，满眼的红血丝，不照镜子也知道，女儿会怕的。有多久没有这样静静地看着女儿睡觉了？今天这样的"有多久"已经问得太多，他突然一阵难以自抑的伤感，眼泪倏地就流下来，猝不及防。

门响了，回头看是李国玥。手里拎着一个热水瓶，一手托着一块冒着热气的毛巾。她看到他潮湿的眼睛，愣怔、柔软转瞬即逝，冲他点了下头，就匆匆来到床前忙碌。他赶紧用手抹了一把脸，起身让路，掩饰着站起来看着输液瓶。

"对不起，真是……我知道你急坏了！对不起！濛濛的病，医生怎么说？好像烧还没退？你脸色也不好，千万别病了！"

马东建忙不迭地说，却觉得说什么都是多余，都是错，就有点悻悻然，有点不知所措！他在心里懊恼着，这确实不像一对默契夫妻的对话。他看看李国玥，李国玥没回应，忙着拿热毛巾去捂濛濛那只不输液的手，顺手又替孩子换下额头的毛巾。

沉默。他想帮着做点什么，却一时不知干什么好，就把凳子拖来放在李国玥身后。李国玥抬眼看看隔壁床陪护的家长，垂下眼，又为女儿的杯子凉上开水，坐下。

"濛濛的烧已经在退，在医院治疗跟得上，你就放心！听濛濛老师说，班里有两个同学，这两天都是一个症状，估计是交叉传染。你忙吧，我已和单位请了假，撑得住，没事儿。"

看到李国玥平静搭腔，马东建如领了赏般，嘴里说，"那就好！那就好！"便去拿放在床下架子上的塑料袋，打开。

"这些也不知你们喜欢不喜欢，濛濛有没有忌口，多吃点，体力跟得上，病好得也快些。"

李国玥瞄了一眼：提拉米苏、蛋黄派、榨菜、茶鸡蛋、牛奶、酸奶、大枣、速溶麦片、火腿肠、干湿纸巾、卫生纸、盒装的草莓、苹果、香蕉……种类不少。居然就看到了两小袋泡椒凤爪。

他还记得！李国玥怀孕三个月时，不知怎么就变了一贯喜食清淡的口味，泡椒凤爪便开始不离左右。那时，院门口的小超市服务员，一见马东建，就会开玩笑："今天打算来几袋凤爪？"

不知是不是因为吃伤了，濛濛出生后，李国玥已经再也不碰凤爪，甚至一看到泡得泛白的爪子怒张着，便开始胃里泛酸、恶心。这些，马东建是忘了，或者他压根没有注意。

李国玥脸上有了一丝笑容，却是苦涩和无奈。

"谢谢！"

客气而有距离感，马东建忙碌而喜悦的手，一下僵在那里，随后，无力垂下。

"我去洗些草莓。"

"等濛濛醒了，再洗吧！你先坐一会儿，我有事和你商量。"

隔壁病床的孩子做检查去了，屋里只剩下他们两个大人。

又是一阵沉默。

"东建，我们分开吧！我想这样对你我都好。你可以安心工作，不用心怀歉疚。我呢，也累了，想换种生活。我带着濛濛，协议书放在床头柜里，抽空回家看看，没问题，就请签字。"

话题干涩沉重，马东建感到嘴干舌燥，喉结抖了几下。

"是因为宁涛吧?!"他居然笑出来，虽然很勉强。李国玥吃惊地望向他，他从眼神中读出了羞惭，还有坚定。

"是不是宁涛，都没有关系。因为没有他，我们也和过去不一样了，你还是会离开，早晚的事儿。这些年，我确实对不住你们母女，没有照顾好你们，辜负了九泉下你的母亲。我知道你很辛苦，不快乐，很不快乐！其实，你是一个好妻子，好母亲，之所以走到今天，都是我的错。"

"这些年因为工作，感情上家庭上的事想得少，总觉得还有时间。也因此当了感情上的鸵鸟，以为只要不去触动，它总还是在，一直在那里。原本我想，等这次任务结束，给自己好好放个假，弥补修复我们的问题，我想你总归会给我机会。我不是铁板一块，事业和家庭同样需要经营和维护。

"随着关键技术一个个突破，航天路会走得越来越平顺。随着技术的成熟，工作模式和机制也会大有改观。院里也将改革工作模式提上日程。这个事业需要奉献，需要急先锋，但不需要这样惨烈的奉献。人类为什么要发展载人航天，到底是为了更加幸福的生活。这都是暂时的困难，我非常有信心。

"我不想奢求你的理解，因为太空洞。我只想说，请给我们一年时间考虑，好吗？

"明天一早，我要出差，这几天，濛濛还要辛苦你。"

这天，马东建在医院一直待到华灯初上。濛濛见了爸爸自然高兴，精神好了许多。一家三口聊着天，笑声不时雀跃着停在窗棂，久违的温馨。仿佛艰涩的一幕从未发生。

李国玥送马东建到楼下，千言万语凝在心间，却谁都无话。看到马东建拉开车门，她才缓缓开腔。

"谢谢你的包容。我和宁涛已经分手了。提出离婚和他无关。"

"是我要谢谢你！"

7

八个月后，那次实验带来两飞行器天地之合的牵手之吻，在万众瞩目下在太空激情上演，又是一个新跨越……

李国玥两个月前去了美国一所大学当访问学者一年。她是带着濛濛一起走的，她说该让孩子看看世界。

这天晚上，在家恶补了两宿觉的马东建打开了电视，里面正在播出对执行任务归来的女航天员的采访。

这位具有亲和力的女孩子说的一句话是："夫妻同心，其利断金。"

它在马东建脑海里盘旋了很久。终于，他拿起手机。此时的李国玥所在的洛杉矶应该正是清晨。

手机通了，他知道线的那端，李国玥在听。

嗓子很紧，但他还是很快触摸到歌曲的柔软：

夜深沉/难入梦/我在凝望那颗星

它是那么灿烂/它是那么晶莹

……

半晌儿，话筒里传出濛濛清脆的童声。

"爸爸，我们想您了!"

火星居民的地球梦

要问谁是当今最伟大的男人，刘书巧一定会毫不犹豫告诉你，埃隆·马斯克。

埃隆·马斯克是谁？估计没有很多人熟悉。如果告诉你，这个帅气而疯狂的小子带领的私人太空探索公司也许就是实现人类去火星旅行的有力推动和实现者。而此时，我们还在为地球上的烂事挠头折腾纠缠不清的时候，人家已宣称未来将在火星上退休了。你除了咋舌，还有办法抵御吗？

外貌平淡、投人堆儿里绝对找不见的刘书巧，就因为"我要去火星"的宏图大志变得不一般起来。

二十多岁风华正盛的刘书巧的闺房里不见藏着漂亮衣衫的衣橱，也没有把脸当了试验田，需要做精确化学配比的那些化妆品的瓶瓶罐罐。连女孩子都喜欢的各种"卡哇伊"的玩具装饰也找不见。不大的小屋里除了书架上摆放有序积存多年的《太空探索》《宇航之友》类的杂志简报，便是她千辛万苦淘买的各路航天模型、各式火箭、飞船、航天飞机、月球车、卫星等等，甚至还有一个中国长三火箭发射神舟飞船的拼插模型，它们或精致或简陋，都被擦得油亮，摆放齐整。一个宇航员登陆火星的一个小沙盘被乖巧地摆放在床头小几上，那是前男友当初花心思求去了美国的发小买来向她求爱的信物，据说要了快二百美元。也是因为这个东西，她把他奉若知音，死心塌地谈起了人生中第一场恋爱。靠床的墙上被贴了如一幅地图大小的星空图，还专门让爸爸搞了许多电珠和几盏小灯。无数个夜晚，刘书巧就把自己关在这间氤氲着神秘宇宙的小屋里独自冥想，她在这里快乐过、悲伤过。最小最轻的水星，最亮如钻石璀璨的金星、最大的木星、扁圆的土星、蓝色冰冷的天王星、风暴海王星，每一颗星都给予刘书巧无数遐想，然而令她幻想最多的还是那个热情神秘的红色星球，火星。因为那里有可能成为人类新的寄居地。

去年春末夏初，她甚至瞒着父母和男友憋在这间小屋，参加了荷兰火星一号招募定居火星居民的计划，小心仔细在网上填报了长长的问卷，精心做了自述和视频，还缴纳了十一美元的申请费。即便招募通告说得很清楚，这是一次有去无回的旅行，但她看着墙上那颗火红的星球，心中充满力量。总在想象二十年后的自己人到中年，健壮结实，有丈夫孩子家庭美满。无疑，丈夫就是男友。这点她很肯定。她甚至开始斟酌是提前告诉家人真相，还是悄悄不告而别。怎么表述才能让他们少些难过。像童话里的田螺姑娘那样，把家里拾掇得干净整洁，做好的饭菜放在锅里。越想越觉得难过。最折磨人那几天，她总是看着男友默默流泪，也不说话。让男友好一通紧张，以为恋人发现了什么。情急之下，就交代出在 KTV 唱歌喝多，亲了陪唱小姐。她顿时傻了，脑海里的美好不舍统统暂且隐去，注意力全放在地球上的事儿了，谁叫咱还是地球人呢？

如今，小屋的一切如同昨天一般新鲜，主人却不见了。

北京西客站三站台。一辆列车刚刚停稳，带着跑了一路的风尘，刚歇下脚，喘粗气的声音似乎还未消退。各个车厢的门已迫不及待地打开，仔细整理了仪容的乘务员小姐已光鲜笔直地站在车门下，淡然地目视着即将裹入这座城市的人流，很快被淹没。

刚下火车，刘书巧便被滚烫的阳光紧紧捆绑，容不出一丝缝隙。后边下车的乘客对炽烈骄阳的惊呼和一点抱怨，她不以为然。拿出纸巾蘸着脸上脖子上瞬间密集逼出的汗水，涌出胸膛的竟然有些愉悦。到底是北京的太阳，敞亮。把锁在体内沟沟壑壑角角落落的霉湿阴寒全掀开了盖子，好好晾晒一番，吐气也顺当了许多。

站在车下，她好像还在努力适应着脚下稳妥坚实的地面，更重要的还有北京这座新鲜的城市。身旁荧光绿的箱子对她而言显得有些庞大。

都走到站前广场了，刘书巧还想着那个叫她阿姨姐姐的小女孩。那个下铺乖巧到人见人爱的小姑娘歪着脑袋，无比严肃地问刘书巧到底她会不会笑，尽管她年轻的母亲已尴尬地使劲嗔怪着女儿的失言。刘书巧还是绽放了一天一夜旅途中唯一的笑容，尽管脸部肌肉有些僵硬，却是由衷的。

关于笑的话题在脑子里已经闪回淡出很久了，刘书巧还没有想好去往哪里。她站在广场公交总站，目送着一辆一辆车驶向四面八方。终于下定决心跳上一辆，拽着大箱子，还没站稳。眼尖的售票员的嗓门已亮堂堂地启动按钮："前面那个穿彩色衣服的姑娘，买票了吗？"

不用回头，也不用四处张望，刘书巧便知说的是自己。她低头，一头红发披散胸前，看着被荧光色和冰淇淋色彩铺满一身，或耀眼或粉渣渣嫩生生的娇柔，开始从印着大嘴猴的背包里，慢吞吞地摸出钱包。她未来的日子里急需这些色彩带来存在感，当然还有喜悦和热情。

她付了到终点的车费，还是不知去往哪里。她漠然地看着车窗外，随着起伏的车体，窗外的街景象一幅画轴被缓缓拉开，从热闹到繁华，再归于城乡接合处的粗陋。仿佛完成一次穿越，令她有点恍惚。终于视线里飘来一个有趣的名字，"火星旅社"。心动了动。火红简陋的招牌配上一栋明显是城中村的农民为了利于拆迁款临时搭建的"小炮楼"，本来非常契合周围的凌乱粗简的环境，然而离地万里的文字，又令它不搭调的有了隔膜。在售票员报站的声音催促中，刘书巧没有动。

等到饥肠辘辘、一身汗泥的刘书巧拉着箱子站在"火星旅社"前台大嫂面前时，时间又过了快三个小时。大嫂比成手枪状的手势足以令她欢欣鼓舞到忽略那张大饼脸一脸提高警惕带给自己的别扭。一月八百，独立居住。这已是她刚才打听的所有店家给出的最低报价。虽然房间小如鸟笼，哪里都黑乎乎脏乎乎的，还有一股子怪味始终尾

火星居民的地球梦

随，她还是选择住下。毕竟前台墙上并排挂着两幅火星图，多少给她了点安慰。

刚刚从冷气开得十足的金汇写字楼走出来，叶明菊立刻被室外的湿闷挡住口鼻，气息也明显不够用了，脑子有点眩晕。看着身边轻巧穿过的绿色出租车，她还是决定走上一段，去坐公车。一路上任由"三万起""月息五分""半年"几个数字在脑子里上下翻腾。心跳也在这样的斟酌中变得快起来。她昏头昏脑低着头走，冷不防被臂戴红箍身穿黄绿马甲的女交通协管一声断喝："看着路，红灯！"她才发现自己已越过立交桥下的斑马线几步，几米外，一辆辆车子从眼前飞驰而过。身上的汗意猛然凉下来，迅速传导至手指尖，冰凉潮湿。她退回到等待过马路的人流中，用手去冰镇一下又红又烫的脸颊。扭头看见右手马路边有一家店铺正在装修，屋里店面上凌乱的材料还未收拾干净，深棕色烫金的招牌已牛皮哄哄挂出来了：万博通投资咨询理财公司。和它隔着两间店铺就是市政府机关事务管理局的大门。叶明菊觉得好笑，真会找地头，和政府机关当邻居，估计又能添不少信任分。是啊，早听说今年在街上只要有新铺装修，看都不用看，一定是投资理财公司开张。果真应验。真是全民抓钱的节奏啊。

叶明菊从前工作的厂子是生产汽车的，她是材料员，要上夜班。虽没有一线工人那么累，但耗时间，而且工资也低，好像除了紧紧巴巴的日常用度，手里再也没啥余钱。尤其是女儿上了初中，开始有了课外辅导班以后，低微的工资令她时常感到呼吸不畅。不过直到丈夫出事后，她才下决心办了辞职。

回到家中，叶明菊把头发胡乱绾起，系上围裙，手脚麻利地开始准备晚饭。菜是一早去早市买来，放在冰箱里的，还都保持着饱满和新鲜。扁豆、茄子、丝瓜、红苋菜，还有已收拾好上锅的红烧小排，叶明菊对晚餐桌上的呈现格外在意。今天，是丈夫刘万福回家的日子。这些都是他爱吃的。

厨房像是专为叶明菊准备的，她在这里才有了气定神闲的坦然。这两年，她更是把做饭当作一个最好的解压方式。看着那些红黄绿黑白在刀光案影下侍弄出需要的形状，接着被赋予了香气和滋味，各种食材调和，在锅里毕毕剥剥欢跳之后，成为臆想中的模样，将希望变成现实。一切尽在掌控的通透感和成就感是无可比拟的。

这会儿，菜已上桌，诱人的香气刺激着嗅觉，味蕾也充分活跃起来。窗外传出住户菜下锅烹炒的声音，不知谁家的孩子在不停地哭叫，连续凄厉，让坐在沙发上歇息的叶明菊心慌意乱。她看看表，拿出手机拨号，电话里的男声告诉她，已经进市区了，马上就到。她长出一口气，立即起身去厨房拿出早就泡上的西瓜，切成条形小块，搁在果盘里还是完整的形状，放进冰箱。吃着干净又方便。叶明菊很讲究生活细节，所以无论经济条件再紧张，外人见到的永远都是她光鲜讲究的样子。叶明菊年轻时，样子很招人，即便人到中年，眼波流转间，端庄与妩媚还是分分毫毫流泻溢出，更多了成熟从容，味道自是年轻时不曾拥有的。

现在的年轻人不是靠相亲就是在网络聊天认识谈恋爱，在这点上，马上就要过五十岁生日的叶明菊可比他们更浪漫。这爱情，是她努力争取来的。

刘万福是参加过两山轮战的战斗英雄。一次夺取高地战斗中，刘万福和他的尖刀班战友承担了压制敌方火力点的任务，战斗异常惨烈，迎接他们的不仅有密集的子弹和火箭炮，还有火力点外埋下的线雷。他看着已被炸得血肉模糊的副班长，使出最后力气拿着他递上的两个手雷塞进那个张着血口獠牙的火力点。只听到叮嘱一声："趴下。"掀起的爆炸波裹挟着血泥顷刻而下，盖在了刘万福的身上。浓浓的血腥味道和呛鼻的硝烟，把他最后一丝平和的神经激活了。他像疯子一般爆发，怒吼着一跃而起，早忘记了掩护躲避，端着枪，揣着手雷，仿佛刀枪不入之身，把敌人看愣了。密集的枪声和爆炸声后，不远处是七具敌人的尸体。

这次战斗，班里回来的只有两个人。战友们看到刘万福背着用藤蔓和背包带绑着的副班长的遗体，一手提着枪，一手架着负伤的战友。早已辨不出颜色的面部，翻着血红的眼珠子还在喷着火，盯到哪里，哪里就火星四溅。

刘万福荣立一等功，参加了报告团巡讲。也因此和叶明菊相识。确切地说，应该是叶明菊创造机会结识了刘万福。无非是纯情女青年崇拜英雄飞信传情的老调调。但叶明菊喜欢的是刘万福的不一般。

　　下了战场的刘万福因事迹确实过硬，被选进了报告团。而他偏偏逆势而为闹着不去，从师部到连队，被领导挨个谈话，晓情喻理，纪律、形象、人心、名誉这些必须在乎的东西统统搬出来。刘万福去了。军师出了一套事迹材料写作班子写出的稿子，洋洋洒洒让人怒火豪情并升的几千字，他看了背了，溜熟。他照着讲了两场。底下掌声雷动，群情激昂。第三场，他上台，啪，干净利落的敬礼过后，便是简短的自我介绍。之后，他说："我不能再讲了。每讲一句，我都觉得愧对地下的战友，为什么我回来了，他们没有？为什么我立了功，一些伤残的士兵却没有？为什么我能在这里滔滔不绝，却没有他们的声音？战争远非你们想象的那么简单，不止有使命、光荣、豪情那么简单，还有很多很多。我对自己很失望。"顿了顿，他才说："站在这里讲话的人，应该是他们，不是我！"他说得很慢，一个字一个字砸出口。仰起头，徒劳地掩饰着夺眶而出的泪水。之后，是一个长久的敬礼。礼堂片刻的静默。一直想干预的主持人的声音被潮水般的掌声、潮水般涌动的自发起立的观众鼓掌声音淹没了。那些声音里就有叶明菊的。她是第二次替工友听报告。而她死心塌地迷恋刘万福就在这次。

　　送孔凯到楼下——就是送刘万福回来的战友——他交代叶明菊："注意点，尽量让他放松。"看着孔凯有些微瘸的脚快步向停在一旁的车走去，叶明菊有些不安，她使劲向已发动车的孔凯扬手挥别，闪过眼前的是沉稳的笑脸，微微踏实些。回来几个钟头了，刘万福说的话不足十句。只是很认真地吃瓜，吃饭。像是要把那些瓜瓢饭菜研究出灵魂一样。小排上的肉丝儿被收拾得干干净净，碗里一颗饭粒都不剩。叶明菊小心翼翼地收拾妥当，将电脑打开，音箱里传来的是邓丽君唱的《何日君再来》。温软的腔调，如夏日里的一阵凉风，把所有的燥热都驱散了。刘万福最喜欢听邓丽君的歌，说那让耳朵舒服。刘万福坐在沙发上，脚上穿的是叶明菊给他亲手换的拖鞋，软软乎乎。这是他每次回到家里的感觉，像暄软的棉花垛，舒服却不扎实。徒有的坚硬根本散不出去。他看看这转转那，一套七十来平方米的小三居，他角角落落都转一遍。他的目光是警惕而锐利的，掀掀，动动，每一处掩着的物品都让他不太放心。他甚至知道老婆叶明菊在角柜前数着几个瓶子里的药片，把它们分装在服药盒里时，目光还一直黏滞在自己身上。但他根本不管。

叶明菊终于坐在刘万福身边了。她脸上盈着笑，有些局促不安。张开嘴的头几个字声音有些干涩。"万福，你不高兴回来吗？半天不说话，把人吓得。你来嘛，摸摸人家心跳多少下？"说着有些委屈，和丈夫凑得更近些，拉起丈夫的手贴在胸口上。声音有了润度，带着一丝嗔怪。

"怎么会？"刘万福侧过头，很认真地看着叶明菊，眼眸里闪动着孩子般的纯真。他宽大的手掌伸向她，在脸前顿了一下，透着犹疑，终于抚上脸庞，笑容羞涩，终于下决心像对待孩子一样拍拍妻子的脸。

那一刻，叶明菊的脸开始发烫，眼也胀胀的，最热的还是心。她心里多么希望这样的抚摸再痴缠得长久一点儿。她想说，"瞧你！"喉头却哽着说不出口。

好像是为了打破尴尬，刘万福两手无措地在裤腿上蹭了几下，神色变回自然。

"书巧咋样，两周没见了。这丫头原来得空就黏在家，轰都轰不走。现在怎么总也不见影儿？"

"她现在住宿舍，前天她打电话，说公司派出培训，得有一阵。话也没说两句就挂了，说时间排得紧。女大不中留，话越来越少，也不知忙什么。看来随了你。"

叶明菊望向丈夫，眼神火热。

"当女儿的和妈生分就不应该。"刘万福不理老婆的温情，还想继续讨论。

"快吃药吧！已经过了饭后半小时。"叶明菊无心，把话题岔开。

今天，最重要的就是让刘万福好好的，其他都不是事儿。

叶明菊是被爆竹声惊醒的。吃力睁着眼睛，白光透过眼睫毛，看看墙上挂的钟，刚刚五点。这是哪家的野小子干的？住市中心肯定没人有这胆子。她又迷迷糊糊翻个身，把手伸向床的另一边，马上一个激灵坐起身，顿时清醒了。

床上没人。

"啾！叭!"窗外的爆竹垂死挣扎着，稀稀拉拉阴阳怪气响两声。再响两声。

光着脚的叶明菊看到床侧地上趴着的刘万福，穿着从衣柜里翻出来的老式迷彩，扎着武装带，沙发脚凳被他当作了不错的掩体。他的表情亢奋迷离，完全忘记周围的世界。时而匍匐，时而停下警觉观察四周。鞭炮一响，他就比着手势练瞄准。看到叶明菊，他一脸焦灼，一边示意她趴下，一边拿手指竖在嘴中央。一个娴熟的就地翻滚，他已经趴到了沙发后面。这个家俨然敌人眼皮下的阵地，一场殊死搏斗即将发生。

此情此景令叶明菊周身的毛发要竖起来。身上裸色性感的丝绸吊带睡裙发出柔和的光泽。一边的肩带滑落，露出半个挺实的乳房，一些凌乱的发丝粘在有些汗湿的肩头，性感撩人。然而女人的风情和此时的氛围比起来，是如此不搭调，分明是玩笑。

一声从胸腹处挤压出来的凄厉的号叫响在这屋里的各个角落，吓得鞭炮也哑了声。紧接着一声脆响，盛开着百合康乃馨的仿水晶花瓶砸在地上。溅起的碎玻璃碴进到叶明菊腿上、刘万福脸上，停顿片刻，便有血流出来。叶明菊看都不看一眼。人缓缓蹲下，用手死死掩着嘴，长长地抽泣，还是憋不住发出声。

男人的身影腾地跃起，凶猛地扑向女人。一阵噼里啪啦、皮肉接触的暴力声响后，刘万福蹿进卫生间，门被关上，发出难过的呜咽。哗哗的水声和凶狠地拍打皮肤的声音。他慢吞吞地解下武装带，脱下迷彩，一件件仔细叠好，丝毫不在意被水浸湿的部分。他望着盥洗镜中的自己，痛苦难过让他低下头。伸拳狠狠擂向水台，手泡进储满水的洁白水池，一线红色渐渐晕染开，变得浅淡。

叶明菊抱膝缩蹲在地下，头发蓬乱，右脸颊明显开始肿胀，一个鼻孔流出的血污沾在手上和裸色的吊带裙上，触目。她的嘴使劲抽搐着，没有哭泣。两眼失神望向前方，渴望把看不到尽头的坚硬击穿。

一阵突至的风，"唰"地吹开了白色落地纱帘的一角，阳光突袭成功，照着一屋子的狼藉，唰唰地嘲笑着。风鼓动着纱帘起伏，好像起劲做着鬼脸。

不到一天工夫，这间角落里的小房间就被刘书巧拾掇得舒服干净富有生趣。铺着的地板革上面的污渍，在洗衣粉的强攻下，终于露出柔和的面容。床前地上铺着充满童趣的泡沫拼图，一个方枕，便是她倚靠休闲的地方，床头柜上的小猪马克杯望着主人惬意地眯着眼睛笑呵呵。桌子上安静地放着一盒油画棒。与之呼应的桌子上方那张色彩浓烈的抽象涂鸦，色彩在红色旋涡中层层递进，变成亮黄的小点，一张面目不清的脸与旋涡重叠，似扭曲似深情，望着渐远将要丢失的光亮，是想挽留，还是快意？

刘书巧出神地打量着小屋，汗水在渐渐消退，燥热也随之而去。粘在额头上汗湿的发丝打着绺，像抹了摩斯般有硬度。

电脑里放着汪峰的《绽放》，"穿越所有的痛苦，穿越所有的伤害，就在这灿烂的一瞬间，我的心悄然绽放。"要是说喜欢汪峰的歌，就喜欢摇滚，那一定是伪的。这样讨巧的音乐和真正的摇滚精神还是差之千里。虽然喜欢鲍勃·迪伦的干净清朗喜欢枪炮与玫瑰乐队的低沉撕裂的爆发。可是闷的时候汪峰沧桑的声音响起，多少有治疗作用。刘书巧自嘲地想，只是今天千万别放《北京北京》，估计听了，就让自己没勇气继续待下去了。

刘书巧拎着盥洗袋和换洗的衣服往水房边上的浴室走去。只见一个头裹毛巾穿花裙的女人蹲在那里，戴着一次性手套在下水口认真抠着。边上是一堆缠绕的头发和塑料纸等说不清的污物，黏糊在一起，让人反胃。刚出浴的女人，面色潮红泛着亮光。眉毛被刀片修得高挑纤细，夸张得像好莱坞 20 世纪 30 年代的女演员，眼神却很锋利。刘书巧正琢磨着这样糟糕的眉形和女人是否太不相配，一个声音传过来："新来的?"

女人看着刘书巧扬了扬疏淡的眉毛，眼神挠人。刘书巧不喜欢和陌生人搭讪。尤其不喜欢这个看着张牙舞爪的女人。凌乱地点下头的工夫，那个声音又在耳边炸起："看你是个讲究人，别像其他人似的尽不干漂亮事。"她猛地在刘书巧面前举起夸张弯成花形的手指，一脸嫌恶：一个用过的避孕套。刘书巧脸腾地热起来，躲闪不及地低下头。"喏，这个给你拿着。"天知道这个女人从哪里变出几个一次性手套。

那天洗完澡出来，刘书巧又撞上那女人。她穿着一条苹果绿的蕾丝裙，拿着加热好的电烫板正在一下下对付她的一头亚麻色长发，动作娴熟，发型已有模有样。街上少女最爱的齐刘海，发尾自然地弯，婉约纯情。虽然从背后看，身材不错，可配上她有些尘霜的脸和颜色暗沉的肌肤，对，还有青筋暴起的手，虽然时尚，但完全不搭。这让刚才被她咄咄逼人架势惊着的刘书巧有些说不出的愉快。经过女人身边时，她看到女人在注意她的手，她手里拿着刚从洗澡间里清理出来的垃圾。

"我在走廊往里左面倒数第二间，挂白花门帘的，有空来玩!"女人的声音比刚才悦耳了很多。刘书巧压根没听清说什么，含含糊糊地应付着，楼道顶头那些花花绿绿的气球早已如磁石般将她的目光吸牢。它们在一个小伙子手里转瞬间就变成了活泼的小猴，美丽的向阳花，还有花裙女孩，尽管头顶只有一盏黯淡可怜的廊灯，依旧遮不住隐约的透明与莹亮的色彩带来的梦幻感。刘书巧多想在这个梦里沉睡过去。

说是旅馆，其实多数房客都是像刘书巧这样图租金便宜的长住户。虽然多不认识，但从进进出出的那些家伙事，刘书巧知道无非是做点小买卖糊口的摊贩和打工的最底层的"漂"们。

也许无论什么人来到北京，梦想都会变得很大很大。刚从隔两条马路的面馆里艰难打扫完号称牛肉面却只翻着两颗说不清什么肉粒的牛肉面，胃里面条的撑坠感让她打了两个嗝，就听见后面的声音："XX昨天神秘兮兮告诉我说潘石屹和她吃过饭，说那家伙声音不大尖溜溜的，还特爱笑。""就听她吹吧！我还常和王健林见面呢！不过是在电视上哈哈哈！""真的，昨天我们去朝阳门那边办事，她还指着一路过的小区说潘石屹在那里有房，带她们去过，还喝了咖啡。说得真真的！"刘书巧停住装作整理鞋子，只见两个化浓妆的时髦女孩从身边嘻嘻哈哈经过，一股浓郁呛人的劣质香水味飘过来，书巧开始抽搐般地打嗝，却控制不住她肆无忌惮的笑声，连眼泪都飘了出来。心里无数遍在喊："韩晓龙，你看见了吗？本尊笑得比你好看一百倍！痛快！痛快！"

韩晓龙就是送火星车模型的前男友，两人认识七年，好了三年，他却以和不爱笑的刘书巧在一起感到压抑为由，分手了。刘书巧没哭没死缠烂打，只轻飘飘甩过一句："那么多年你才发现我不是卖笑的？"

说没哭是假的，偷偷哭。她知道这是分手的最狗屁理由，懒得点破，命该如此。她只是痛恨男友的心急。只差一会儿，结局该会像韩剧一般美好吧！

书巧现每天穿得粉粉彩彩出门，到建国门卖几张小涂鸦。收入还不错。她曾在东直门地铁通道口看见一个无臂的小伙子在卖画，下山虎。见过几次，小伙永远都在用脚丫子把毛笔头抹了又抹，把画页捋了又捋。就是不见他在那张描着铅笔底图，只余很少空白的水彩画添上一笔。她在看他面前的碗里留着的几张大小不一的纸币，而他心不在焉地打量着每一个经过他的人。她当时就想自己应该能挣得比小伙多。第二天，她就背着画夹到了建国门。公交地铁几趟倒，两地来回随随便便就是四个钟头，却挡不住她愿意。她希望每天奔走在路上。她会像小豹子一般在奔跑中跳跃，把自己稳妥地投进车厢。她纤细的身形和骨头的柔韧，令她成为柔软的海草，所有的冲击挤压不在话下，还能找一个安置自己的地方。她习惯在人群中淹没自己，被碾碎成为碎片不是所有人最后的归属吗？她总这么想。阳光是最能暴露真相的，每当车走上高架桥，总能看到造型宽阔的桥下--堆乱七八糟临时拼凑的简易房，脏乱差是他们不改初衷的代名词。就在不远的地方，又是翘上云端的高楼大厦。简易房成为蛰伏桥下的一叶孤舟，揪心等待它的命运在未知中结束，为了报复和发泄，它可以脏乱差得更彻底一些。再看看身上的粉粉彩彩，刘书巧就感叹，美好和罪恶、希望和失望、美丽与丑陋真是几对好兄弟，少了谁，世界都不平衡，都是出大事的节奏。不知怎么又想起招募火星居民这件事。还不及从韩小龙醉吻酒吧女郎的悲愤中完全恢复过来，新闻上已连篇累牍说这家荷兰公司是以营销为目的的骗局，什么报名费追不回来云云。书巧虽然对那些红鼻头、脸上洒满雀斑、淡金色的头发高个子的荷兰人不太了解，但风车、木鞋、有着梦幻色彩的郁金香都在她小时候的童话里生根发芽，仙境一般的国度里怎么会滋生谎言呢？她难过的不是这个，而是火红的星球显然离自己更远了。她还清楚记得，问卷上的两道问题：为什么选择火星定居？如果你在火星有了性欲冲动怎么办？

第一个问题，书巧回答顺利。她写道：地球不需要我的存在，对它而言，我是多余的。火星的一切都是新的，会有新的秩序，新的规则，地球上很多不可能实现的事情会在这里实现。而地球上能够实现的，我们已有尝试。我想在火星上看星星。火星上有长久的不一样的思念，感觉一定很迷人。我不能说自己勇敢，但我坚持。

第二个问题令书巧有些慌乱，起身倒了两杯白开水才稳下心神。确切地说，她和男友已有性生活。但她不能确定自己是否喜欢。每次都是男友提出。他喜欢，她就觉得幸福。但回回总像做贼般慌乱，耳朵像个灵敏的探测器，搜索着钥匙开门的声音，门外的一声咳嗽，打招呼的声音都令人崩溃。进入总是直奔主题，此时她总是很冷静，所有的神经都集中在一点上，考虑的问题却是会不会痛。每当想到痛的感觉，她就再不愿看见男友那张动情动性和平日里差别巨大的脸，那完全不对等，这让她觉得不安。索性闭上眼，等待，配合。男友有着强烈的好奇心，希望尝试各种各样他所知道的姿势。好像进入设定程序。年轻的男友总是让过程冗长，有时身体刚刚暖起来，仔细体会搜寻传说中的愉悦，动作又变了。男友说，看她沉醉的样子，很刺激他，最喜欢听她声音轻到听不见的哼哼，特别动人。她未置可否，但知道，那是她一直念叨的"停"，又怕男友听见。这会儿的男友总是特受鼓舞，头顶着她的头说，"下次争取多来几个花样，时间再长点，让你看看我有多棒。"瘦标标的男友每说到此眼睛都贼亮贼亮的，那小身板里蕴含怎样的能量，谁也说不清。想到这，书巧的心会抖一下，但她还是无比幸福地脸红。也许内心，她是希望被占有的。男友不在的时候，她也会想，想得心里难受。但也仅仅希望男友能在身边，轻轻搂着她，温柔吻着自己的脖子耳垂而已。这就是刘书巧关于性的所有感受。于是她回答道：希望火星会设营地，在需要的时候，陌生男女戴上眼罩，不互相打听，不相互看见，那里没有爱，只需要按照对方的指引互相去愉悦。事后离开，如同一切从未发生。

那场景想起来都会令人呼吸急促。也许爱会掩饰很多本能，可能成为负累。书巧问过自己几次，答案都如此。

那天，正在屋里涂鸦的书巧听见敲门声，门还没完全打开，一个身影便抢先推开门，是上次在浴室见过的女人。她穿着一件深 V 领黑红花大摆连衣裙，腰身勒得盈盈可握，衬出她挺拔的乳，透着性感。她剪了斜刘海，头发垂顺。用眉粉仔细修饰的眉毛看着比之前自然很多，腮红和粉底都是适合她的颜色，清爽许多。她戴着围裙，嗓门挺亮："老妹儿，没吃饭吧？到姐那里去，吃火锅。"眉眼里全含着笑，亲热的表情让人难以拒绝。

书巧最怕和生人应酬，她手上头上都在使劲摇晃，嘴里蹦出好几个"不"字。还回头指指书桌上未完成的"作业"，又指指角落里一箱"康师傅"泡菜牛肉面。那女人还是不依不饶。"老妹儿，吃什么方便面？今天姐生日，陪姐高兴高兴，别不给面子，买了一堆吃的，你也改善改善……哎呀，吃完了再忙，来得及。"

书巧就被不情愿地拉到了女人的小屋，即便是桌上的锅里的鱼丸肉片已经热火朝天地在翻滚，还是没有遮掩住浓厚的脂粉气息。屋子里已经有几个人在聊天，看着眼熟，却不认识。一番介绍之下，书巧好容易才记下：女主人，贾丽玲，玲姐。老是找机会搂搂玲姐，挨挨蹭蹭的那个灰衬衣的家伙叫夏秋生，书巧敢肯定他是冬天生的，谁让他那么爱动（冻）手动（冻）脚。这讨厌的家伙爱夹着烟卷，也不怎么吸，书巧担心的眼神就跟着一节节灰白色的烟灰一次次粉碎在地上。玲姐说他是一个叫"无极限"产品的代理。刘书巧知道那是个挺有名的直销产品，从吃的喝到日常保健品全有，价格不便宜。曾经有人介绍书巧她妈干，只两个月叶明菊就抱怨干这坑蒙拐骗的行当以后没法到先人那里去报到。花了好几千块钱买来的瓶瓶罐罐，放在柜子里落了两年灰，除去送人的，最后都被一股脑掀进了垃圾桶。所以书巧看着这个夏秋生的眼神是警惕的。据说那个缩在角落里安静得像猫一样的女人，是他的老婆。不知为何，即便盯着她看，她的眉眼还是含糊不清，让人记不住。唯有奇怪微笑是永远挂在脸上的，好似在欣赏，又好似周围的一切和她无关，有什么好笑的呢？琢磨了一阵，书巧才弄明白，这个女人是盲人。她好像叫晓雪。还有一对，一看就是恋人关系。和书巧岁数差不多，都是一脸喜气，好像这世界上没什么不开心的事一样。男的精神，简单的 T 恤短裤，遮掩不住结实发亮的肌肉。女孩的状态和书巧完全不同。书巧是窝着的，浅淡的。女孩是舒展的，新鲜的，浑身上下都泛着青春的亮泽。男的叫吴涛，女的都叫她娟儿。他们就是那一堆吸引书巧眼球的气球的主人。他们是气球造型师兼演员，在各个酒吧茶楼庆典跑场。没演出的时候，两人就琢磨新造型设计和练习。书巧一下就喜欢上这一对璧人一样的年轻人。

入座吃饭了，书巧还在打量着这间小屋。小屋比书巧那间大了不少，东西不多，整洁。现在已很少见到的一张很大的黑白照片海报贴在床头，一名金发美女，穿着热裤，解着白衬衣，女子扭头望向远方，眼神挑逗，嘴微张，裸露的肩膀、优美的腰线和若隐若现的乳峰，带着光影诱惑迷离着每一个看到她的人。从窗帘到靠垫、拖鞋、果盘到床头灯上的搭的丝巾、牙签盒，都是令人想入非非的粉色系。玫红牙红、桃红、水红，深深浅浅的粉配上嗅觉视觉的刺激，香艳呼之欲出。书巧注意到，小屋里床是最讲究的，不知什么质地，但床品是看着就舒适的高档货。尽管屋里有了这五六个人，难免挤挤挨挨，地上凳子上甚至那个屋角的杂物箱也被拖过来坐上了人，但床的范围似乎是禁区。她没来由猜测着玲姐的职业。

那顿饭，大家熟络了很多。于是把酒尽欢，醉卧一地。玲姐头趴桌上，半天不抬头。吴涛像个红脸包公，靠坐在娟儿肩头。两人说着醉话一边笑，也说不清为什么笑，好像只要对方嘴皮子动了就是笑点。书巧没喝酒，痴痴地看着幸福的小两口。她想起了韩晓东。在饭桌上听说，这几个人隔一阵就会聚聚，几家轮盘。玲姐能干又热情，聚点还是在她这里为多。每个人都说着在这座城市碰到好玩或难办的事儿，更多的都是稀奇古怪见闻，没有谁提起自己的苦累，仿佛被过滤掉了。饭尾，一直没怎么吃的书巧，这会儿才仔细地嚼着碗里的饭粒和青菜。间或给醉酒的那几个人倒杯水递过去。听见玲姐在小声啜泣，便过去拍拍她的脸，拉拉她的手，等着她安静下来。盲女人腿上枕着丈夫的头，一会儿用手抚着丈夫的脸，一会儿又用湿毛巾擦丈夫没有吐净还沾着呕吐物的嘴。夏秋生睡着了，那张总是笑得像绽放的波斯菊的脸带着一丝张皇和痛楚。女人脸上挂着笑，表情比刚才生动许多。

在书巧的坚持下，在一个周末，原班人马在外面一间看着还算讲究的餐厅吃了顿韩国烤肉。冷气给的很足，大家的状态都比上次正常，吃饭说话的声音也小声细气的。书巧要了不少啤酒，在这里大家反而没喝几瓶，剩下的被玲姐抢着拎走，全退了。在结束前，大家喝团圆酒时，一直没上次神采飞扬的玲姐开口了："老妹儿，我们知道你是个实在人，人又犟，所以我们都领你的情，吃了这顿饭。这我估计得让你破费上小一个月的生活费。"旁边的吴涛应和着："就是，就是，在这一瓶啤酒顶在家喝五瓶，真敢长脾气！"书巧客套着，被玲姐打断："咱们来北京漂，有缘住一起，投脾气，就像一家子兄弟姐妹，聚在一起，说说话，透透气，多轻松，哪在于去哪儿吃什么啊！以后可别外了！大家说好，以后谁在外面请，我都不去！"这会儿，吃饭的氛围才热烈起来。

书巧那天破天荒喝了好些啤酒敬大家，在卫生间吐了个稀里哗啦，也顾不上保洁大姐的横眉立眼，只记得玲姐拍着她的后背一直说，"这傻孩子！"

晚上躺在床上，晕晕乎乎的书巧一直在哭，枕套被泪水濡湿了好大一片。她想起了父母，想起韩晓龙，没有特别难过，泪水把一路粘滞淤积在心的陈藻全部冲刷干净，泪水越多，心头越舒爽。酒就像一枚开关器，否则她没有理由，也哭不出来。

以后的日子，几个人见面亲热许多，来往也多了些。玲姐对书巧最好，有点什么吃的都想着她，总说书巧人太瘦脸色差，需要加强营养。书巧看得出来那是掏心掏肺的好，也渐渐把眉眼虽然锋利、打扮也嫌妖冶风骚的玲姐当成信赖的朋友。慢慢才知道，玲姐有个儿子在老家读高二，岁数没比书巧小几岁。玲姐总说儿子的神情和书巧像极了，都不爱说话，她特不理解地问书巧，"你们哪来什么愁心事呢，总是忧心重重！"书巧的电脑就成为玲姐和儿子见面的窗口。每次母子俩在网上通话的时候，书巧就会把门轻轻掩上，自己出去逛逛。有一次，玲姐拦着她，非让她见见儿子。屏幕里的小伙子并没有被母亲的热忱感染，似乎不希望被陌生人打扰，就一直木着脸，仅有的几句问候都潦草到无味。留在书巧脑海的高中男生，眉眼俊秀，表情羞涩淡漠，完全没有找到和自己的相似点。那个夏秋生常穿得衣衫笔挺，有时来送西瓜解暑，不久又张罗来一个落地扇，旧的，说夏天属书巧角上的房子热，刚好客户家不打算要。他喜滋滋地伸出手掌在风叶前左试右试，向书巧挑着脑袋嘟囔："不错，风挺大，声音还小，凉快吧？"衬衫的后背被汗水溻得精湿，脸上挂着讨好的笑。书巧故意拿起桌上的折扇使劲扇，耳边滑落的发丝飞扬，调皮地冲着他呲着牙齿。虽然不喜欢他总是对他老婆以外的女人油嘴滑舌、脸都笑烂的劲儿，可他倒没有真吃女人"豆腐"的意思。手总是在女人身体 20 厘米外就定住了，分明一副护花使者的模样。他对自己的老婆更是没的说，一回到家，都是他忙里忙外。书巧只是好奇两人看上去都三十大几了。怎么没有孩子。有时路过他们屋门口，能听见盲女人轻声轻气在唱歌，大概是什么小调，听不懂，却咿咿呀呀的，婉转流长。吴涛小两口自然是蜜里调油，走到哪里都是成双成对和连体婴儿似的。书巧有时帮他们画个造型草图。他们俩就紧着加工练习。娟儿是主要的表演模特，那些颜色各异的气球就组合成她表演的战衣，看似梦幻效果的包裹下需要十足的小心翼翼和汗水的浸泡。书巧没事的时候，就在楼道里看着她一遍遍走台步，再看着她脸上化的浓艳的装饰妆被脸上头上各路毛孔沁出的汗珠汇成小溪，一路冲垮睫毛眼影眼线粉底胭脂，一张脸变得如同斑驳的调色板。

书巧通过玲姐的房门，来确定她的行踪。她曾经无意间问起过玲姐的职业，她只含含糊糊说是推销，别的便不得而知。玲姐白天总是起得很晚，起来后门大开着，遇上风大，风把她的门帘吹得如旗帜一般，一张小凳早已顶住房门，任凭那些小物件应声倒在风里，她也不愿关上门。她说透气很重要。只要在家，就能看见她端着大水盆装着脏衣服，在水龙头前洗个没完。书巧最喜欢看她拧干衣服甩水的样子，狠呆呆地甩出噼啪的声响，好痛快。

在这座城市奔波的人一般习惯早睡早起，晚上十点钟后，楼道里就没什么动静了。除非有晚场演出时候，能听到吴涛和娟儿凌乱急促的步伐，和偶然两句小声的说笑，迅疾消失在楼道。书巧喜欢在这个时候画两幅小画，或者翻翻新买的《太空探索》《国际太空》，上上网。她睡眠少，眼睛下面总带着消不去的青晕。她的画销得不好也不坏，顾客群主要是小年轻。他们就喜欢那些油彩质地、厚厚涂抹的画，颜色浓郁，画风自由，图样越抽象越受欢迎，也许他们觉得这样离毕加索达利近了一小步，书巧促狭地认为。前两天，一个把酒吧装饰得有些洛可风格的小老板找到她，定了二十幅小画。这两个月手头应会宽裕点。

书巧现在已不固定在东直门待了，有时她在三里屯，有时到建国门、国贸一带。这些地方不仅能看到美女帅哥，还能碰上舍得掏银子的主儿。当然最重要的是能避开那个画素描的小子。小子叫陈锋，也在东直门地铁画画，就守在那个盘盘绕绕的公交枢纽对面。身上从衣服到画板钱包总是变幻着各种各样的格子，方格、隐格、细格、宽格、红格、蓝格各种色彩，天知道他是否把世上所有的格纹图案都找全了。那些从公交枢纽吐出的人流，大都行色匆匆，无暇来等着你现场画画。速写快，又嫌线条粗，看不出所以然来，更不愿意像猴一样不敢扭不敢动对着你半天，画一幅价钱不便宜的素描。所以他的生意总也赶不上卖成品半成品的书巧。闲的时候他懒洋洋坐在小凳上，嘴里叼着根狗尾草咬着，眼神阴郁地望着书巧，夏天也能感觉到寒意。被书巧发现过几次，每次都让她神经质地脊背凉寒。有一次，他走过来贴着书巧的耳朵说悄悄话的样子，淡淡的有些罗勒叶和葡萄柚的混合清香飘入正专注完成手中半成品的书巧的塌鼻子，她立刻就喜欢上了，抬头却被吓了一跳。只听他说："我们一起消失好吧？我记得你！"说完，带着古怪的笑容，将一样东西塞到她怀里便晃晃悠悠走了。那是一个仔细装订过的素描本，上面呈现的是书巧各种各样的状态，喝水、擦汗、打伞、守着画板发愣，数钱，戴耳机听歌的……甚至抓到书巧被马路牙子绊倒的狼狈画面，有素描，有速写，不得不说，他的笔触细腻，人物状态抓得都很到位，只是很奇怪，所有图上的女孩下巴上都有一颗醒目的痣。而书巧没有。她从画上的炭笔签名知道他叫陈锋。第二天，书巧就换了地方。就算她还挺舍不得自己初次创业的地方，偶尔也回去。但总是和陈锋出摊的时间避开。

书巧喜欢一个人在城市里游走，一天横跨无数街区的感觉。她惊诧于这个城市的容纳度，现代的、豪华的、时髦的、高端的、新奇的、落后的、肮脏的、幽闭的、寒酸的糟粕把她的世界分割成若干个毫不相干的部分，好像哥特式教堂的花窗玻璃缤纷陆离。每天，她都要路过几个工地，她爱看塔吊抓起一堆堆的钢筋和水泥柱，缓缓移动，戴着黄色安全帽的建筑工人们如蚁虫仰视自己的杰作缓缓给这座城市盖上棺木，每次经过，她总忍不住这样想。

背疼得睡不着，书巧找出止疼药，最后两粒，倒在嘴里。扔在纸篓里的空药盒上赫然写着：盐酸曲马多胶囊。

晚上妈妈叶明菊打来电话，一路追问她在哪里。说碰上小刘，书巧原公司的同事，知道她早就辞职了。书巧一点儿也不惊慌，甚至觉得妈妈现在才打电话来问，有点晚。就由着妈妈问，不吭气。叶明菊急了，骂了句，"我怎么一辈子养的都是冤家?!"话筒里就传出她的抽泣，渐渐变成控制不住的哭声。书巧不说话，只轻轻叹口气。任由妈妈哭。末了收线前，说了句："最近发生好多事，静一段吧，就回去，你别哭了。照顾好爸!"好像那边的哭声更烈了，她不想细听，挂了。

现在可以好好地想想远方的家，想起小时候。

书巧小时候家境并不好，可妈妈是当她是公主来养的。总是变着法儿，用巧手把她打扮得漂漂亮亮。妈妈有天生的审美追求，最大的能耐就是会"仿"，而且恰到好处地加上自己的创意。这样最大的好处就是和那些牌子货有很多相像，但会找出最廉价的办法达到效果。所以，书巧在学校虽然学习不起眼，但过得很有信心。她常常伴着妈妈踩踏缝纫机的声音入睡，她觉得自己像活在童话里，早上睁开眼，搭配好的衣服鞋子已摆在床头，香喷喷的早餐已摆上桌。妈妈像只小蜜蜂一般操持家里一切。爱美的妈妈唯一在改造爸爸的穿着上是失败的。爸爸总爱穿不戴领章帽徽的军装，春夏秋冬，天天如此。原来是从上到下都是军装。后来在妈妈的强烈抗议下变成日常的上衣或者裤子，总之还是能从身上找出一件军装。爸爸最爱穿绿色的作训布夹克，起了毛边颜色泛白也不舍得换掉。她知道爸爸当过兵，但那是她出生之前的事。这些品种和年代不一的军装都是到一些来路模糊的军需商店买的。爸爸转业后分到一家企业保卫科，好多年前企业就倒闭了。每月领几百块补助，就再没其他收入。后来，爸爸的一位在政府机关工作的战友给找了份烟草公司稽查队的工作，虽说属于编外，但爸爸干得特卖力。妈妈说爸爸尤其喜欢和公安局的一起干些蹲守打击的危险营生，根本无视她的担忧。书巧估计爸爸把那里当成了第二个战场。可情况似乎越来越糟，后来针对爸爸的举报越来越多，让稽查队和公司不胜烦扰。原来是爸爸下手太狠，早已超过职责范围，拉都拉不住。再加上，他的异常举动也更加频繁，公司也不再顾念那位战友的面子，把爸爸辞了。后来……"不行，跑偏了，还是继续小时候。"书巧告诫自己。爸爸不爱说话，表情也不丰富，但他可以坐在一旁默默陪女儿一天。女儿需要什么，可以对他呼来唤去，他会想法去做，从不发火。但书巧心底还是怕爸爸，也有着说不清的距离感。所谓的"呼来唤去"真的只是想让爸爸高兴，况且干的都是手到擒来力所能及的小事，不会让人真的为难。说不出为什么，书巧只觉得，爸爸高兴了，妈妈会变得快乐，眉眼说话的声音也变得温柔，像小鸟一般。此状此景，会让书巧恍然有幸福小公主的感觉。书巧不是个虚荣的孩子，"公主"对她的意味不是物质宠溺，而是疼惜，每个成员间的疼惜。其实爸爸有好多事情都是书巧不能接受或理解的。比如，他总爱穿军用胶鞋，脱下来，脚臭味真能把人击退十丈远。所以，爸爸在家的时候，书巧不会带同学来家。再比如，每当听到炮竹响，他脸会立马变得苍白，急着要出门，片刻不得延误，碰上妈妈拦阻，他会情绪激动到脸部扭曲，大声叫喊，声音恐怖，把拳头捏得紧紧的，仿佛一颗随时会出膛的子弹，仿佛一切阻挠都会被他碎尸万段。每到这时，书巧会慌张到无措，有小便失禁的感觉。听见妈妈的哭声，弃儿的感觉会深深攫取她的心脏。只想躲起来，消失，消失……

但是有一点书巧能深深地感觉到，妈妈很爱爸爸。无论这个男人让妈妈流过多少泪水，只要和爸爸在一起，妈妈看爸爸的目光总是仰望的，深情的，怜爱的，宽容的……好多好多意味，书巧不能完全读懂，但她能感受到眸子里闪动的光彩。

泪珠不知不觉顺着鼻翼滑下来，书巧忙拿纸巾擦干。深深吸口气，疼痛似乎减轻了不少。浑身湿漉漉的，她知道那是两片止疼药的后遗症。夜已经很深了，看看表，是夜里两点半。没有一丝睡意的她起身去楼道的公用卫生间。

外面的蝉鸣声清脆有气势，似有一鸣惊人之意。楼里不知谁家的男人毫无遮掩地打着断断续续的鼾声，令人担心。楼道里的灯光十分微弱，必须仔细分辨脚下，回避着住户门前堆的杂物。夜太浓，一切都变得敏感。猝不及防看见不远处两个影子搂抱在一起，还有兽般的喘息声。惊得书巧一脚踩到一个簸箕，"咣"一声。楼道的两个影子电击般闪开。愣怔了一下，便闪进那个挂着熟悉花门帘的房间。书巧不敢动，想等着门锁落下的声音。迟迟不响。

回到房间，联系起以前夜晚听到的声音，书巧似乎想起什么。靠着门的身躯突然软下来，汗水更黏了。

第二天，书巧发烧，像块烙铁，搁到哪里都滚烫。她一直昏昏沉沉在睡，人湿漉漉的。傍晚，实在难受，她撑着起来，想去浴室洗个澡。没想到，推开门没走两步，人就软瘫在地。洗发水的瓶子摔破了，一地粘滞，刚好被要出门的玲姐看到，一番忙乱。

买药吃药，换下被单，安顿停当。玲姐还没有要离开的意思。她坐在床边将书巧秀气的手合在双手里握着，还试图将它按上自己的前额。遭到书巧虽无力却坚决的抗拒。玲姐愣了片刻，便放弃了。甚至连身体也挺直和书巧保持了距离。书巧闭着眼，似睡非睡。玲姐接下来说的话，让她渐渐清醒。

"我知道你昨晚看见我了。那一瞬间，我就知道完了。"玲姐把身下的椅子弄得吱吱响，像下了很大力气。"我知道你不会问我，就像我儿子从不问我钱从哪里来。不瞒你说，我是干那行的，这楼里的人都知道。生意只在晚上12点后。晚上要去黑歌厅吊凯子，就是两分钟黑灯时间花二十元随便让男人摸的舞厅。现在查得严，危险大，我就自己找。另外还有一周五次到一对老夫妇家干钟点工。那家老太太坐轮椅，成天数着手里的佛珠子念经，不多理人。别看老头都七十多了，背也驼出个大包，但他爱看我穿V字开胸的衣服。每半个月一次的结账都会在我手上哆哆嗦嗦多塞上五十块钱，然后拉着我的手摸来摸去，偶尔也壮个胆，努起腥臭的嘴，在我脸上啄几口，黏糊糊的口水腻人一脸。"床上有了轻微的动静，玲姐斜了一眼，继续说。

"我知道你听着都恶心。可没办法，我的钱就是这么一块一块攒起来的。我要挣钱养我的儿子，还要给那个死鬼。"说着，她又看看书巧的反应，书巧已翻身把脸侧向墙里。

"我早离婚了，那死鬼把人往死里打，实在受不了。我是净身出户，他说不留下儿子就杀我全家。想想就给了吧。其实我也养不好儿子，在县上打零工，累死也挣不上两个钱，养活自己都勉强。他家在村上经济条件还不错，我盼着他把儿子培养成大学生。他和我提的条件是离婚五年内不许恋爱结婚。我知道他的心思，五年后，我都快四十岁了，谁还要？不过，在县上那几年的遭遇，让我找男人的心思也淡了！男人都是些闻见骚味就上的公狗，没人真爱护你。死鬼还不错，离婚后没急着给儿子找后娘，对儿子还真不错。我就念他这点好。"说到这里，玲姐顿了很长时间，不知道想起了什么。

"谁知道日子总是不安生。死鬼家的宅基地被占，还出了人命。孩子他奶奶也是个烈性子，当着村干部的面喝了百草枯。死鬼咽不下这口气，执意要讨公道，公检法中纪委都找上了。为此家也赔了个精光。可他豁出命干了。他是我儿子的爹，我不能不管。没办法，我就出来了。为了挣钱，啥都干过，可哪样也没干这个挣钱快。前些天，他偷偷给我打电话，说又来北京了。听说人后脚就跟来了。他没敢住下，就四处打游击，连下水井也待过。真是糟心啊！每次他来北京，我都要给他送些钱物。只能偷偷的，为了找回公正。"玲姐戏谑的口吻与其中的惊心动魄不相吻合。"这死鬼有天在我面前哭得稀里哗啦，说撑不下去了。我气坏了，骂他怂包，家破人亡，没因没果就拉倒了？算什么男人？总得有个理讲吧？后来，他定住神拉着我说，等处理完家里的事要和我复婚。哼，也不知他在想什么？我干上这个活儿，哪里会再想着结婚呢？就是别人不介意，我心里这道坎都过不去。现在就希望死鬼能早点回家管儿子，不管怎样，孩子得走正道。"

玲姐看看表，想想，拿起床上书巧的手机摁了了几下，腿上的坤包里响起了高门大嗓的《最炫民族风》，摁掉，下决心似的俯身拉着书巧的手，这回书巧的手软软的没用力道。"谢谢你听我说这么多！你好好睡一觉，晚上我再来看你！刚才用你手机打了我的号，有事一定打给我！"

玲姐离去时，书巧轻轻地叫住她："我想喝水！"这几个字无疑是一种和解。玲姐扭头看着书巧青黄带些浮肿的脸，泪水陡然涌进眼眶。她欢快地应着，旋风般转出转回，又转出。楼道里终于彻底安静下来。

日子因为打开了藩篱，变得飞速。

书巧主动乔装打扮帮玲姐和她的死鬼前夫见过面送过东西，他苍老疲惫的面相让书巧难以和泼辣妖艳的玲姐勾连到一起。好奇心甚至让书巧专程去了趟南城的永定河边，在那条著名的小街上溜达了几圈。三三两两的男女或围靠着路旁卖杂货的三轮车旁，或坐在马路牙子上，屁股底下垫着报纸或纸壳，起身一定会把它们仔细收折起来放在随身带的口袋里。多是些中年人。面上染着风霜，手里的布袋子可以看见有大号棕色塑料水杯，烙饼或馒头之类。木讷茫然地打望来往的行人，偶尔互相说两句。不代表希望和失望的等待。也有个把奢侈的，在奋力吸着小盒的酸奶，吱儿喳的。书巧走过一个看上去五十多岁穿着中式米色褂衫的男人身边，他面色悠然平静，地上放着棋盘，对着手中的书认真打棋谱。一张白纸在身旁的笊篱里立着，上书：代写状子。笊篱里放着好些本大大小小翻旧了的法律书籍。时而有个别背着布挎包的人，会在他那里稍事驻足，他也并不急于推销生意，一副姜太公钓鱼愿者上钩的样子。离他不远处的一小片柳树荫下，一个人在侃侃而谈，一群人围着他。在过去两百米的胡同口进去，便是一处森严的所在。人比刚才的地方多了不少，排着队，还有人走来走去，有点喧闹，秩序还算井然。书巧知道里面会有很多截访的，胆小的她已不敢多做打量细究。胡同口还停着几台警车，车外有警员踱着步向胡同里张望，坐在车里的警员不停打着哈欠，这场景已经熟悉得让他提不起精神。无论是印着"POLICE"还是写着"警察"字样的标识，都让书巧不安。她逃跑一般离开了那里。坐在车上才发现一直挂在胸前、韩晓龙送她的红哨子丢了，只剩一截红绳孤零零地搭在脖子上。她忘不了当初韩晓龙把哨子系在她脖子上说的话："你一吹哨，我就跑到你身边了"。她当时开心的笑容韩晓龙还记得吗？

夏秋生终于挣了笔大的，说有好几千块。他嚷嚷着去唱歌，后半夜场便宜。火星小楼一行人抱着一箱啤酒，油渍麻花的两塑料袋子烤串，还有玲姐和盲女人的手艺：爆炒小龙虾、盐水毛豆和花生。他们在夜里一起大摇大摆进了喵星人俱乐部KTV，完全不顾打扮成猫女猫男的侍应生如毛豆一样多的白眼。那天晚上大家嗨到彻底，都喝了个糊里糊涂。一直像个活动衣架的盲女人阿柳也唱了几首歌，一首《你是我的眼》唱得声动全场，连一直不乐意出现长尾巴的黑猫先生都打开门看看是谁在发声。阿柳，这是书巧第一次听夏秋生介绍老婆。这么美丽的名字为什么不早点让人知道。吴涛用眉粉给自己画了络腮胡，娟儿也用口红把自己涂得像红脸妖怪，两人搞怪唱起凤凰传奇的歌，让人笑得在沙发上打滚。夏秋生和老婆合唱了两曲后，光顾着向在座的女生邀舞，后来干脆摇手扭胯自己跳上很进入状态的独舞，眼睛微闭，表情也很舞台。玲姐则什么《女人心》《杜十娘》《相见恨晚》一道接一首地唱着，深情款款，一副幽怨伤情的样子，一边唱，一边对着酒瓶子喝。书巧喝了一瓶啤酒，就缩在沙发里，她还有些低烧。等大家唱累了，她就像插了电的女版汪峰大唱《像梦一样自由》《一起摇摆》，令人质疑她那么有力量的声音是从那羸弱的身躯发出来的吗？一张住院通知书从她的牛仔裤口袋漏出来，在昏暗的灯光下，被她和屋子里一群亢奋的男女和着地上辨不清的液体踩得稀烂。

书巧去卫生间吐了好久，跟跟跄跄出来。就在包间外靠着。大厅的灯只剩下一个灯座亮着，猫女猫男没剩几个，都换上自己的衣服坐在厅里昏昏欲睡。除了他们的包间，还有两个也泄露出嘈杂。看来穷玩闹的不止他们。书巧身上的冷汗不停，手脚变得冰凉。她蜷缩着蹲下身。一个人拍拍她的肩膀，一杯热水递到手上。居然是陈锋。没穿标志性的格衬衣，就是一件简单的灰 T 恤，头发也剪短了，差点认不出。陈锋在这里当调酒师。

那天，书巧提前向众人告别，和陈锋一起走了。她把自己安置在陈锋的床上。两个人没有多问多说什么，好像剧情发展应该是这样，水到渠成。那张床很柔软，铺着洁净的米白，在暖黄色的灯光下，皮肤像涂抹了一层奶油，她在陈锋进入自己身体前，用一条巧克力色的丝领带蒙上了自己的眼睛。在身体的起起伏伏中，她在想着申请火星定居者问卷。她觉得此情此景很符合她的向往。不需要了解，不需要看见，互相取暖便好。

滑到眼尾的一滴泪水迅速透过丝带，洇湿的痕迹一点点扩散，好像诱人的德芙巧克力。

火星旅社的前台换了一个梳着毛茸茸马尾的小姑娘。总是背靠着柜台用手机打电话，轻声轻气地说话，咯咯咯咯透亮的甜笑不时响起。书巧想象着电话里面那个人的样子。抬眼望去，墙上那张引人遐想的火星挂图有了新的装饰，画框的右下角插着几只长长吊吊的三角梅，粉的、紫的、红的，热闹地凑在一起。像是争相从那团炙热的星球中活泼泼地钻出来透口气。还有一朵新鲜的南瓜花，浆黄的水色，慷慨地张开花蕊，展示着她的接纳包容之心。

没等进门，书巧的手机就响了。是母亲叶明菊。电话里，叶明菊的声音冷静。她说前天看见韩晓龙和一个身材结实的姑娘勾肩搭背在逛商场，老远看到自己就急忙闪了。她还说年轻人的事她不想多问。但她了解爱情有多美好就有多伤人，所有的冲动或者难以忍受，事后都觉不值一提。她小心翼翼地问书巧何时回家，说，"走了那么久，不想妈妈吗？"书巧张了张嘴，没说话。两人就在电话里僵着，似乎又将听到叶明菊的哭声时，书巧说，"妈，我陪你聊聊天吧！"接着主动聊起自己在北京的见闻，玩的、吃的、乐的，声音明快，像个贪玩的孩子如数家珍。韩晓龙和想念又怕见的父亲都在她轻松的语气中遁了形。她很少有机会能这样滔滔不绝地讲话，而且绘声绘色。这让叶明菊一直悬着的心终于平复了些，"何时回家"盘踞在舌尖上的几个字终于因为珍惜未再出口。

放下电话的书巧，长长叹了口气。看着纤薄的手机就像一块大石头让她不堪重负。尽管没有说出口，她也知道，回家就在眼前。她有些恨自己，为什么不能像煽情的韩剧那样告诉妈妈，自己很想她。

忘了是从什么时候起，公主般的日子不复存在，家里被沉闷笼罩，憋屈。母亲的身上常常显出淤青，状态一团糟，不是缩在沙发上怔怔发呆便是以泪洗面。父亲成天背着迷彩背囊，里面装着帐篷、雨衣、战备锹、小铁镐、行军壶还有压缩干粮，裤管扎在高帮的"陆地巡洋舰"里，像个没头苍蝇一样四处转悠，说是家里不安全，要找个地方建防御工事，三天两头遭到邻居和附近居民投诉，说他搞破坏。社区干部没少往家里跑。碰到外界指责，他一般不多辩解，就是闷闷地一根一根抽烟，然后用又凶又冷的眼神盯着对方，让别人慌得不知该把眼睛往哪里放。回到家，只要妻子稍稍拦阻，他就像被点燃的放满炸药的油桶，烈度无法控制。家里家具壁头和门都遭了殃，门换了几次，后来干脆包上铁皮的。妈妈不仅身上带伤，心里也有了阴影。常常会心慌气短到需要吸氧处理。过后，他又会像手足无措的孩

火星居民的地球梦

子，抚着妻子身上的伤，捶胸顿足，后悔不迭，完全忘记了自己的所作所为。下次依旧如故。夜里，家人经常在睡梦中被他的吼叫吓醒，妈妈的尾椎骨受伤，便是有一次被他踹下床的后果。记得韩晓龙刚送书巧哨子没两天，书巧纯粹是因为新鲜，在自己屋里吹起哨子，长长短短的哨音清脆，被正好在家睡觉的爸爸听见。他一咕噜就床上蹦起来，迅速把衣服穿戴好，一边大声叫喊等待回应，"是全副武装还是轻装前进？武器？"一边冲到大门。这幅场景让正因恋爱喜悦冲昏头脑的书巧爆发出一阵大笑，清醒过来的爸爸两记清脆的耳光制止了她："你敢消遣你当兵的老子？"

每次看到爸爸这副样子，书巧都会无比沮丧，缩在小屋里不肯出门，饭也不吃，学也不上。其实她心里希望爸爸能因此心疼自己，再改过自新。然而她失望了。爸爸不在家的时候，妈妈会劝说书巧不要记恨，会和书巧讲丈夫年轻时的经历。一个脸上的肿胀尚未消退，叙述时会连比带划，眼睛熠熠放光，崇拜仰望的神情掩都掩不住的样子便长久复活在书巧记忆里。

书巧曾问挨打后的叶明菊，恨不恨爸爸。

叶明菊脸上的泪迹未干，嘴角浮上一丝微笑，目光坚定。

"你爸不发疯的时候，是个特爷们儿的男人，我放不下。"

当性格怪异，脾气暴躁已无法解释爸爸的失常，妈妈决定带他去医院。而因为爸爸的不配合，耽误了很久。直到妈妈又付出三根肋骨被踢骨折的代价终于成行。看了几家医院，医院的专家大夫给出的诊断非常明确：创伤后应激障碍伴精神障碍。这个精神障碍说白了就是狂躁型精神病。

治病的花费不小，本来就不宽裕的家庭陷入困境。一直要强的叶明菊虽然硬着头皮，却满怀希望坐火车到一千多公里外的另一座城市找到刘万福的大哥，一个开矿的老板。他脖子上盘着莽粗金镏子，脆皮肠一般的手指头上套着四五个戒指，手腕上套着价值不菲的黑檀佛珠手串，硕大的肚子撅着，低头找不见脚面，洋派地用一副质地优良的背带拴在裤子上，谈话时爱用手指拉扯着背带，好似很陶醉背带回弹在在皮肉上啪啪的声响。他对远道而来的亲弟媳妇说的话并不仁慈。他说："哎，精神病看不好，费那么大劲干啥呢？他这个情况就得找政府管，哪里只兴卖命，不管死活的？你让他吃好点喝好点就行了。"送叶明菊出门的时候，他还用肥厚的手掌轻轻拍拍弟媳妇的背，腻歪地笑说："你长得不赖，要学会享受生活，没事美美容，化化妆，生活向前看！"叶明菊僵着背，铁青着脸，没说话。他指挥着司机把从家里角落和冰箱收拾出来的一些开包没开包的点心啊各种真空袋装的熟肉啊，放了一纸箱，准备送叶明菊上火车站。没承想，一直站在一旁看着没说话的叶明菊，又从箱子里把一件件东西拿起来，边掏边念，一是名称，二是保质期，抑扬顿挫的。当念到一袋酱猪耳保质期已过三个月，同时还拎出一筒薯片时，她的脸上浮上一层古怪的笑意。放下东西，说："谢谢大哥的慷慨。放心，你弟弟的事我来管，不用你费心！这些东西你要是吃不完，可以捐给灾区。"说着夸张地拍了拍手中灰尘，说："哦，对了，捐之前记得把过期的挑出来，另外把浮尘擦一擦！"说完，留下尴尬的老板扬长而去。

家里的情况让刘万福老部队的几个战友知道了。他们就在网上发帖讲了刘万福的遭遇，引起很多认识和不认识有过当兵或参战经历人的关注，纷纷募款。很快，八万块钱送到叶明菊手里。足够刘万福的先期住院费用。算是解了燃眉之急。

也是从这时起，叶明菊发了狠，必须挣钱，不仅要不惜代价治丈夫的病，还要过上好日子。从此对女儿的关注慢慢变少了。当时社会的投资热风起，她像个赌徒似的，揣着家里不足五万块的全部积蓄，开始了她的"投资之旅"。所谓投资就是放高息贷。她把少得可怜的资金还分成几块，和别人合伙，把资金投给不同的人。不得不说在投资上叶明菊有天赋，也许生死一搏的劲头不仅涨气势，也让上天垂怜。总之她投资不仅稳和准，还短频快。手里的钱很快涨到十万。她又和人合买商铺。她下手的地方升值像火箭，倒手卖出，赚了几倍。但她不贪恋一个地方，见好就收，所以躲过好几次危机。钱在她手里转得风生水起。眼看着不几年手里就有了几十万的积蓄，她索性把工作辞了，专在家投资，找项目就成了她的工作重心。

刘万福经过一段不短的治疗，病情还算稳定。只是怕受外界刺激，一点激烈的响动都会成为发病诱因。叶明菊就想安排丈夫去一个清静的环境养病。正好当年和刘万福一块从战场上下来的孔凯，伤好后转业到民政的一个养老院工作。多年前，那是个无人问津的闲差，地方偏，条件差。这几年，养老院火了，有钱了，不仅条件改善，而且环境经过整治，也是花草繁茂，绿地青青，小桥流水的优美所在。当了院长的孔凯就把刘万福收进去，每半个月孔凯送他回来一次，周一一早再回去。有了熟人照应，叶明菊就塌下心挣钱。两年下来，花费虽然不菲，但刘万福恢复得不错，和孔凯也越走越近。孔凯也把战友家的事当成自家的事跑前跑后。颇受感动的叶明菊有时会和丈夫念叨，"小孔虽说有些瘸，可人心眼好又能干，脾气还特别好，咋就没成个家呢？"

两人都是热心肠，刘万福就催着老婆给张罗，总有五六个吧，有大龄未嫁女，有丧偶失婚的，叶明菊介绍的都是知根知底的人。好几个都是入了女方眼，而被孔凯婉拒的。叶明菊也不好问原因。一次刘万福回家气哼哼地让老婆以后别再管这事。说，"孔凯人是不错，就是蔫了吧唧不知在琢磨什么，我让他别再挑挑拣拣，踏实找个本分人过日子，抓紧生个孩子，也算给父母一个交代。结果，他盯了我足足两分钟，才说，'我没大哥有福气，能娶到嫂子这样漂亮能干又善良的人，我不想将就。'他的眼神和说出的话都让我很不舒服，我就告诉他，你嫂子只会喜欢我这样的糙老爷们儿。"

叶明菊听了，没觉出多大的问题。想到丈夫因为这两年不工作，和外界接触少，加上生病，爱偏执，钻牛角尖，也就不再多说什么。

常在河边走，再谨慎也有湿鞋的时候。接连几次失利，叶明菊手头的钱缩水几十万，原先已付定金买的一套三居室只好退了，两万定金也打了水漂。那段时间，叶明菊成天长吁短叹，一夜夜失眠，和书巧说话也很少。有两次，书巧无意撞见孔凯叔叔在家，却没有见到爸爸。那回，妈妈明显哭过，孔凯叔叔拿着面巾纸，和妈妈挨得很近很近，见了书巧表情都变得不自然。

职高毕业，书巧虽然上班了，但一直在家住。那两次意外的碰面后，她向叶明菊提出单位离家远，想搬去宿舍，周末回家。叶明菊没有说什么。今年春天，书巧因为浑身痛得厉害，还总发低烧，去医院检查。没想到是骨癌，已有了脑部转移。此时韩晓龙刚刚和她分手，拿到诊断书那天，她忽然像打通了任督二脉，一通百通，一点也不恨韩晓龙。随后，她做了更加惊人的决定，不告诉家人，独自去北京。

书巧穿颜色耀眼的衣服，躲着父母孤身上北京，都是从未绽放，便要迎接迅速到来的枯萎的她心有不甘的挣扎，她想自在地透口气，让世界感受到她的印记和温度。

晚上，周身难耐的疼痛让书巧醒来。她爬起来，服下止疼药。似乎什么声音吸引了她的耳朵。她打开门循声而去。路过玲姐房间，门缝里透出微弱的光，里面传来电视音量拧到最小的声音。它并不是牵动书巧的声音。书巧快步走过，她甚至希望玲姐今晚的客人能变得更慷慨一些。

她终于停下脚步，像一个偷窥者打探她无从了解的世界的秘密。在这个不算深沉的夜晚，各个紧闭的屋子里传出各种声响，或大或小，唯有这间小屋的声音攫住了她的神经，令她的听觉骤然变得敏感。

一个女人压抑的哭声，那是层层棉织物捂嘴后的声音，连续不断，深深地。应该是盲女人。

一个男人尽量克制还是掩不住焦躁的声音。

"你真以为现在钱好挣吗？'无极限'的浓缩果汁我现在喝的都要吐了，你没发现，咱家现在用的东西都是'无极限'吗？没办法，发展不了下线，推销不出东西，你只有自己留着用。吴涛屋里还帮忙放着两箱保健品，就是怕你知道！谁现在也不傻，你想从人家身上挣钱，人家还想从你身上挣更多的钱呢！"

"我知道难！那你也不能……上次，都说好了咱们去支个早点摊，王哥的餐车价格也谈妥了……"女人抽抽噎噎。

"行了，后来我才知道王哥的价格比别人贵出五百块。这还不算，老子一看见他那双灯泡眼在你胸前转得滴溜溜的样子就想抽他，还说要亲自教绝活给你，我能同意吗？再说了，让你成天围着炉子烟熏火燎，我能舍得吗？医生说，你的眼睛还有光感，抓紧治，也许还有救。我必须想办法早点挣到钱。"必须要佩服夏秋生的口才，这些话似乎在迅速减低他的罪责。

"我宁可瞎了眼睛，也不要……太恶心了！啊……"女人的哭声骤然大了些，马上又把嘴捂住，呜呜咽咽，气都倒上不来。

"真是点儿背，那天睡觉脱什么衣服？手机通话也只能用免提才能用，也忘了你听力好，离着你八丈远，你也听得见！更没想到你还学会了跟踪！！"拳头砸在硬物上的钝响。夏秋生说话总是絮絮叨叨。估计自己对着墙，也能说上两小时。

"你不是总想知道我自甘堕落的经过吗？那说的时候别打断我！"

"眼看十号快到了，每个月这个日子前后，都是我想骂娘的时候。无极限，无极限的难受。只有上网，我不知道怎么打发。就是那天，我一酒友喝多了，告诉我一个论坛多有意思。好奇之下，我用他的用户名进去溜达了一会儿，终于看明白了，也看傻了。'孤独牧羊人'，名字真绝。我小心地和一个人搭讪。我的取悦很奏效，对方很热情，约我第二天陪着逛街，说补齐我上班的损失。第二天我比约定时间晚到了五分钟，说不清为什么，故意的。刚一露头，马路对面的一辆黑色奥迪的车窗，就缓缓摇下来，一脸冷漠的司机问，'你是在这约人见面的吗？'我点头，他又问约几点，我报了时间。司机就转过头问后座上的人，我看不见。接着冲我招手示意上车，我迟疑了一下，刚想确认一下网名，对面那手招得更加不耐烦了。关上车门，我才发现车上坐了一个胖墩墩烫发的妇人，四五十岁，粗黑的脸膛泛着油亮，看起来经历过长期的野外劳作。一身黑色的衣裙包裹着她，显得很重。她冲我点头示意，说，'是我约的。'估计当着司机的面，她不想说很多，只是一路打量着我，只要目光对接，就看见她对我由衷地笑。多少缓和了些我的紧张。那天，我们去了东方新天地。她打发司机去取之前订的什么东西。我们在商场四处逛了一会儿，商场大牌云集，眼睛即刻就乱了。我不知自己跟着这年老女人的状态在别人看来是什么感觉。总之，我像待家里来京的亲戚一般热情周到，搜肠刮肚把一些听来的网上看到的购物之道杂糅一起说出来，挺蒙事的。总之，老女人受用。走马观花下来，她什么也没买。带着我去了楼上的一家咖啡厅。我看得出她极力把自己打扮过，她虽然没化妆，但身上穿金戴玉，香气浓烈。但不管她怎么用力，还是怎么看怎么土。我注意到她手上还戴了一块卡地亚，和她的身形样貌非常不搭。其实本来我也不懂，是杂志上登的，那会儿杂志恰恰在我手上。她直言不讳地问我的工作和收入。我咬着牙说，'八千多，公司的。'我希望自己的刻意修饰，会令她觉得我值这个身价。她没抬眼，两口就把咖啡倒进嘴里，好像喝药般皱了皱眉，一个嗝打出来，一股浓烈的蒜味扩散开。她从手袋里拿出信封，还下意识用手指蘸下舌头捻开信封袋，向里张望了一下，然后把信封递到我手里，说，'谢谢你！见见面挺好！拿着吧！'

"我意识到是钱。仅剩下的一点自尊让我局促地推挡，信封还是塞到我怀里。女人此时已站起身，她用一种不容置疑的口气说，'走吧，我还有事。明天晚上，一起吃个饭吧！'当车把我放到地铁口疾驰而去后，我还呆立原地。我从信封的厚度判断金额，也在评估这将是一次怎样的冒险。"

"说实在话，我有些同情她。她和丈夫一路从泥地里到县城，又从县城到省城，再到北京。整整二十六年。但没逃脱男人有钱就变坏的魔咒。这个女人很强大，不仅保住了婚姻关系，还在事业上令她男人有所忌惮。但是夫妻感情全没了。因此这女人对男人非常痛恨。后来她就专门找一些年轻男人……其实也就……脱了衣服，用鞭子抽，她就……特满足。原来我还以为……后来，我突然开解了。挨的每一鞭子都是老天替你惩罚我，这样，每下痛楚后，我会好受些。拿到钱，想到能给你治病，我们再好好要个孩子。那种屈辱就变淡了。"夏秋生的话好像突然变得淤堵，声量也越来越小。

又有人起夜，脚步声惊跑了书巧。回到屋里，心儿差点从捂着的胸口窜出来。

书巧现在更加喜欢在这个城市游荡，吸纳着东南西北中各个区域不同的气息。回家便对着录音笔说着她想说的话。她喜欢在夜晚置身于那些五颜六色的灯珠灯柱打造的梦幻中，望着影影绰绰的人群，她想该如何让躬身谢幕的姿势更美一些。此刻，她最需要的是覆盖在自己手上的柔软手掌，理解、包容、默契都在里面了。想一想，她的眼睛会没出息地潮湿起来。

这片城中村终于要拆迁了。据说几方谈了好多年，看来这回砸实了。通往这里不到一公里的小路两侧的槐树上，基本上每隔五十厘米便打着红黄绿相间的横幅和刀旗，上书"相信政府相信党，早签协议早选房""依法拆迁，公平公正""以合理补偿为荣，以漫天要价为耻"。满眼的红红绿绿黄黄，煞似迎新的花门。火星旅社的小楼要拆的告示也在前台大厅楼层都贴了不少，不少住户已经搬走。只有书巧他们几个铁杆坚守到了最后。有着毛耸耸马尾辫的丫头忙忙碌碌地，也顾不上讲电话。火星图画框的插花依旧蓬勃新鲜。

玲姐刚领回健康证，准备花一笔钱参加月嫂培训。她的死鬼前夫已回到当地继续申诉。前景玲姐并不看好，她现在一心为即将高考的儿子准备些"扎实干净的钱儿"（玲姐语）。盲女人怀孕了，夏秋生除了每天傍晚拉着她的手在那条标语道上来来回回散步，就是急着把他剩余的几箱"无极限"产品处理掉。他刚找了个送快递的活儿，人还没去上班，就先买了好几瓶美白防晒的家伙事，他向几个铁杆又吹上了："快递月入万八千的，根本不是梦！"好一阵没见的吴涛和娟儿终于露面了，他们去参加了周立波主持的《中国梦想秀》。它真是个给平民造梦的舞台，吴涛不仅在舞台上向娟儿求婚成功，还拿到了一家大型演出公司的签约合同。公司给他们安排了住处。他们几个人都收到了小两口的礼物。书巧收到的是娟儿做的一个漂亮的气球猫，还被告知不用担心气球会爆。玲姐收到的是樱桃小丸子，她自嘲年纪一大把还被送了一个这么萌的小可爱。娟儿趴在玲姐耳边告诉她："虽然小丸子缺点一大把，却可爱到人人喜欢。人都有犯错的时候，但是善良可爱最珍贵。"一番话让两个女人拥在一起哭得稀里哗啦。

离别前晚，书巧把她在北京交的几位好友，连同那位梳毛耸耸马尾辫的女孩子馨儿一起约在著名的世贸天阶。大家在附近吃了饭，便一路在商业廊中嘻嘻哈哈徜徉，250米长的巨大的梦幻天幕上打着"全北京向上看"，让他们不由自主把头仰得高高的，娟儿挽着玲姐禁不住说："终于有了北京人的感觉！"玲姐笑着横她一眼，拍了拍娟儿年轻的脸说："北京人不是和咱一样，是人吗?"大家在天幕下摆出各种造型拍照，意犹未尽的夏秋生提议大家来张"全家福"。几个人抢着看路人帮拍的合影，都在感叹大家今天的笑容比平日都好看。谁也没发现这会儿书巧已没了影儿。

当九点的钟声响起，大家赫然发现穿着一袭白色婚纱的书巧提着裙子跑到眼前，好似天女下凡一般。大家顺着她的目光望去，天幕上有了梦幻般蓝色的海洋，浓烈的化不开的红色的星球，橘红色的火焰，飞驰的骏马，高山之巅，飞扬的头发，飞溅的水滴，一双纤柔的手指尖漏下的沙子，形成五彩的沙画。一点点在屏幕里漾开，耳边传来的是那首著名的《1492：征服天堂》。伴随着乐曲响起书巧舒缓的声音：

"当我拥有这个世界，我有一个梦想，去看一看美丽的红色星球，火星。当我与脚下的星球渐行渐远，我想告诉你，请不要拦阻我离去的步伐，因为我是奔着火星的美丽而去，那里是我的天堂！我的亲人我的兄弟姐妹，愿我们永远喜乐自在!"

最后天幕上的出现了一个大大的"家"的中文繁体字。接着便幻化成"火星旅社"成员的全家福和书巧一家的全家照。

一个男孩子来到书巧跟前，献上了淡粉色玫瑰的手捧花。是陈锋，短片主创。

这个幸福而伤感的夜晚，书巧拨通了叶明菊的电话："妈妈，我要回家了!"

就在这天上午，准备离家搭车返回养老院的刘万福在浴室窗前狠狠抽着烟，打量着楼下。那里眼睛红肿的妻子在和接他的孔凯说着什么，边说边哭，孔凯劝说着，伸出去试图安抚叶明菊肩膀的手又犹豫着缩了回来。

这些都被刘万福尽收眼底。他狠狠地把烟蒂踩在脚下。

晚上，一条新闻在市电视频道播出：恰逢潮汛期的融昌河晚间发现一辆落水轿车，车中有两具男尸。经初步勘验，落水原因系刹车失灵所致。目前警方正在调查死者身份。

这一幕，正在阳台上和女儿通话的叶明菊没有看到。

她们都在期待新一天的到来。

落叶也有绿色

1

楚怀秀今天起得早，她惦记着赶早市买菜。这是她休假回家的第一天。

西兰花、紫薯、菜心……楚怀秀昨天晚上就把今天的菜谱拟好写在字条上揣着了。七十八岁的父亲楚必成笑眯眯地看着女儿的这个举动，一脸的欣慰。

"刚回来不睡个懒觉补补？"他知道，女儿是个夜猫子，每晚不到十二点睡不下。

"睡啥呀！明天给你们换换口味，您不是说早市上的菜新鲜又便宜嘛！"楚怀秀头都没抬，只顾趴在饭桌上写购物清单了。对父亲，她太了解了。甭管自己能不能跑，一大早就惦记让人去早市买菜的习惯雷打不动。为此，他和爱睡个回笼觉的大女儿没少别扭。自己这么做，就图个老头高兴。

"嗯，不错！比你姐强。年轻人就该早睡早起！"父亲略一停顿，"那我和你妈多不好意思，一回来，就让你忙活儿！"

"瞧您说的！不是之前就说好了，回来就接我姐的班嘛！"楚怀秀抬眼看看父亲，口气放得尽量柔和。她知道父亲，老人最想听的就是她这句话。

拎着购物袋走在回家路上，楚怀秀才感觉出分量，再摸摸口袋，一百多块也只剩下零七碎八的几块零钱。现在这个号称来了就不想走、最适宜人居住的城市物价也水涨船高，紫薯十六块一斤，西兰花四块八，青虾三十八块，香菇八块，鸡脯……好在都是活泼泼，鲜嫩嫩的，看着喜人也就罢了。这也是她非常喜欢这个城市的一个理由，不像她待的地方，那些鲜亮的蔬菜水果就像蒙了层灰，板板的，虽说裹上了保鲜膜，包装精致，看起来却毫无生气。

回到家，父亲照例是仔细询问每样菜的价钱，还正儿八经地坐在餐桌边，戴上花镜，拿起了计算器。楚怀秀最怕这个，就有一搭没一搭地回应着，手脚却不停。她知道父亲肯定嫌她买菜买贵了。他们这辈人节俭惯了，生活上不会心疼自个儿，什么都挑便宜的买，菜总是老几样，看着都让人没胃口。紫薯抗氧化抗癌，西兰花有丰富的维生素花青素，尤其对父亲这样有老年前列腺病的人最好。母亲总说想吃馄饨，剁点虾肉鸡脯加点青菜，又有营养又好消化。想着年迈多病的父母，楚怀秀的心里酸酸的，眼圈也开始红了。她掩饰着把水龙头拧开，放水洗起菜来。

这次回家，楚怀秀是有心事的。头一件就是家里的一摊事，想起来就烦。

2

快一年了，父母这边主要靠姐姐楚怀玉照顾。也是没办法的事，家里走马灯似的换了七八个保姆，都因为嫌家里有个行动不便的母亲，和父亲这个冠心病的高危病人，干不了几天就辞工了。问题的关键还不是母亲陈玉芳坐轮椅了，侍候起来麻烦，而是母亲一辈子审视的目光，她总觉得保姆干这个不到位，做那个不彻底不放心，你说她目光如炬吧，她老人家早已患上白内障，看谁都是模模糊糊一团影，可成天被这么双眼睛盯着任谁也受不住。自生病几年来，陈玉芳的脾气也变得越来越乖张，动不动就生气，全是些没来由的，还特别爱哭，像受了天大委屈似的。旁人说个话，脸上做出的表情都得小心翼翼。保姆罢工也是早晚的事。何况，现在找保姆，尤其是给老年人找保姆，跟金融危机找工作一样不容易。他们对雇主挑剔着呢，待遇方面要得高就不说了。街头巷尾电视报纸还常见欺负雇主年老，虐待老人的事。所以想找个贴心点的保姆，难！

保姆可以再挑选，父母却一天也不敢离人。为这事，楚怀秀兄妹三人可没少犯难。楚怀秀身在外地当兵，哥哥楚怀仁倒是和父母同居一城，可两家不近。现在城市到处都是单行道又堵车，看着不远，开车七绕八绕的总要个把钟头。按理说，距离远近不是问题，可以搬到一起嘛，但楚怀仁不成。

他在电视台当记者，虽已熬到了部门领导，可也成天忙得乌烟瘴气不着家，还得三天两头出差。老人就得全撂给他老婆苏南卉。南卉可以把老公儿子侍候得衣来伸手饭来张口，但是让她守着一对病快快的老人长期照顾着，那肯定不成。

楚怀仁刚买下城北那套二百六十来平方米的复式房时，既是孝心也是图个新鲜热闹，不知怎么把南卉说动了，把父母接到家里住了一阵。那时母亲还没坐轮椅，能挂着拐棍走那么几步，父亲的心脏病也还没现在厉害。开始计划的是住三个月看看，好了再继续。结果在第二十八天，父母就坚决地让儿子开车把两人送回家。至于原因，父母很长时间不对两女儿吐口，只说金窝银窝不如自己的土窝。问得急了，父亲就说不放心家里，万一漏个气跑个水进个小偷啥的。母亲干脆光叹气摇头，就是不吭气。

其实没有这次经历前，父母在外人面前，甚至在楚怀秀姐妹面前，总是说，楚怀仁有懒福气，家里就靠南卉张罗，孩子的教育、家里家外井井有条。给老两口打个电话开个药买个东西什么的，南卉比儿子嘴甜，手勤，腿利索，在干休所那群老头老太太那里没少替父母长脸，是个模范儿媳妇。楚怀仁还得意地向妹妹们炫耀，"都是我治家有方，教育调教得好。"

直到那年回家休假，楚怀秀无意在母亲的记事本上看到那天的记录："饿死也不吃白眼饭!! 我老都老了，受这个气，真是憋屈死了!"几个惊叹号委实看着触目惊心。细问之下才知道。南卉是个好面子的人，那套房子是丈夫单位的集资房。而且丈夫反复强调自己是老大，要给妹妹们做表率。再说，南卉前几年没回来，儿子淘淘都是靠父母带，从来也没回报过老人。总之，是南卉大张旗鼓地和丈夫到干休所接的父母，遇到那些老头老太太的询问，她一脸贤惠地回答，"接我爸我妈上我们家住，家里敞亮，我妈就喜欢在大阳台上晒个太阳。"

父母住的干休所房子老，楼距窄，屋子里老是阴黑阴黑的，怕冷的母亲和家人总在抱怨，"要是能在阳台上躺在摇椅上晒太阳，打瞌睡，那我睡着都要笑醒了。"

眼看南卉这样体恤公婆，惹得干休所的其他老人直羡慕。楼上张阿姨拉着母亲的手，"还是老陈你们有福气啊，瞧你儿子媳妇多贴心!"张阿姨老伴去世了，自己就带着保姆过，除了过年，平时看不到儿女影子。

想当初，楚必成和陈玉芳是何等风光地搬进儿子家的。可进了家门，一切就不一样了。

孙子在外地上大学，南卉的单位快撑不下去了，人员基本上属于半休养状态，她基本在家待着。可公公婆婆来家后，除了必须说的几句话，南卉基本就成了不会发声的木头人，每天都耷拉着脸，阴沉着。除了做饭吃饭看电视能看到人影，她不是躲在自己的屋里，就是上公园打太极拳。晚上看完新闻联播，就又躲出去。媳妇的表现，楚怀仁心里明镜似的，但他不敢和南卉正面冲突，这些年真是被老婆惯坏了，家里什么也不会做，真要闹翻了，连口热乎的饭都吃不上，说来说去，还得靠南卉。所以他只要回家就赎罪似的买了大包小包吃的，拉着父母陪着说话，就这时，南卉还能装装样子搭讪两句。他偷偷劝父母，儿子走了，南卉工作的事不如意，脾气也变得大，求父母多担待。老的自然不愿意因为自己让儿女家庭不睦，也就过去不提了。就盼着儿子回家，可儿子在家的时候毕竟有限。于是偌大的房子，空气阴寒得仿佛隔手就能抚到冰碴儿，那是再多的阳光也化不去的。儿子买的大包小包吃的，全被南卉收起来藏进冰柜。每天的饭

落叶也有绿色

菜，总是素菜，基本不见荤腥。说得冠冕堂皇，"我们家血脂都高，多吃绿色蔬菜没坏处。"

可是年老体虚的人是需要适量补充蛋白质的，再者因肠胃变弱，老人需要少食多餐，原来在家常摆着零食水果啥的，可到这里，带过来用作吃水果的榨汁机就没打开过。来之前，陈玉芳和楚怀成就商量好，每月从退休金里拿出两千交给南卉，可南卉根本不收，说："谁家现在也不缺两千块钱，我们要的是科学饮食，身体健康。"那意思是说，我行我素，绝不奉陪。

人是铁，饭是钢。肚子里没油水饿着不是回事。偶尔两人就趁家里没人时，到楼下的小饭馆叫个外卖送上来。就是这样偶尔为之的行为，还是被南卉发现了。她笑着不阴不阳甩一句："爸妈是嫌我家伙食不好？我这菜都是有机蔬菜，比大鱼大肉贵多了。我就想纠正你们不正确的饮食习惯，怨不得你们身体不好！可你们这样做不是打我脸吗？算了，算了，随你们。"

后来几天的饭桌，铺陈的尽是回锅肉盐煎肉蹄髈等一些油水肥腻的东西，更不适合老人。南卉不动这些菜，天天吃水面，下好端了碗就进了自己的屋。老人怕浪费，就硬塞，吃一顿后，两人就轮流比着便秘，两天不消停，叫苦不迭。

这倒让两个老人无语。回到自己屋里，陈玉芳冲着楚必成小声嚷着："摸一把胸口，我忍了。"老头看看，也气哼哼地拿拐棍重重杵着地板到楼下花园里坐着生气去了。

南卉手脚麻利，动作也轻省，刚来时，楚必成听见厨房有动静，就拉着陈玉芳一起到厨房，想和媳妇闲话几句，一来缓和缓和气氛，二来也确实太冷清了，在干休所还有个说话的人，现在一天到晚嘴都闭酸了，老两口就比着打盹，比着睡觉，头睡得沉沉的更难受，脑子越发糊涂了。可等收拾利整过去，南卉手里忙活着，锅里翻腾着，一副热闹景象，唯有脸上冷着，看也不看他们，一句话就打过来。"厨房地儿小，转不开，别进来了。"

"怀仁老不在，都你一人忙了，我和你爸觉得真难为你。我们说看看帮你择菜，剥个葱蒜啥的。"

"他在，还是我忙，我就这命，二十年都过来了。菜都弄好了，你们就等着吃饭吧！"眼睛扫也不扫他们，连余光都没有。楚必成两口知趣地回到客厅。

"刺——啦——"

葱姜炝锅的味道还没完全发散出来，厨房门就传来重重关闭的声音。

陈玉芳看着楚必成的眼睛有点恨恨的。真是上赶着去贴冷屁股，自讨没趣。虽说话没吐出口，楚必成知道老伴么这么想。他悻悻地把眼睛挪开，放在了花架顶上的那盆长势喜人的绿萝上。

3

都说婆媳难处，这句话在陈玉芳和媳妇南卉身上并不灵验。南卉嫁过来二十三年，家里的磕磕碰碰不会比别家少，但她们婆媳尽管肚皮官司不少打，却从未正面冲突过。这都是陈玉芳的理论在起作用。

楚怀仁年轻时在单位是风云人物，颇得女孩青睐。追求的人一堆，南卉是最不起眼也是最执着的一个。有几年，陈玉秀家的十多扇窗玻璃就被这帮女孩子包了，擦得锃亮照人。每逢姑娘们来擦玻璃，陈玉秀的脸上都没一丝笑意，打过招呼就出门了。说起来，女孩都怕"楚怀仁他妈"。结婚前，陈玉芳专门找南卉郑重谈了次话。

"趁着你们还没领证，我这个当妈的实话实说，这个儿子养了二十多年，我最了解。他本事不大，我看以后也谈不上什么大发展大前途，人也懒，还胆子小，他就占个长得不错，会玩贪玩。可有什么用，又不能当饭吃。你也别指着他会挣大钱当领导，他就算有这个心也没这个命。我话就敢说这么死。所以，你要想好了，别以后闹矛盾找我哭，可别怪我没提醒过你！"

南卉当然没有打退堂鼓，谈话权当给楚家一个保证，一个承诺。她看着精明强干的未来婆婆，真是又敬又怕。谁家母亲不是在媳妇面前把儿子夸成朵花，哪有这样编派儿子的。只能有一种解释：心眼儿实。

果真，以后南卉和怀仁两口子就是猪脑子打出狗脑子来，南卉都不敢主动在婆婆面前抱怨一句。对此，陈玉芳门清似的。但对媳妇，她该关心关心、该帮衬帮衬、该撑腰撑腰，从不偏袒怀仁。出门到处说自个媳妇懂事，关心人，像打广告一样。虽说婆婆身上隐着的那层冷劲总让南卉亲近不起来，但她怕婆婆。

陈玉秀私下里总和楚必成说，"有什么样的儿子，就有什么样的媳妇。所以，老人讲个威严，批评就批儿子，别人你批不着。"她最不愿意听老头什么，"嫁过来，就是我们的孩子，该疼就疼，该说就说，里外一式。"

怎么可能一样呢？该尽的责任尽到，真让大家彼此血液相溶地亲密是不可能的。楚必成不管，他对南卉一家是贴心贴肺地好，但是爱唠叨，爱听不爱听，能说不能说的，他全给你倒出来，甚至有时会为南卉的什么不是发火，说话轻易随便太稠太密。这些年过去，眼看着差别就出来了。楚必成的话在南卉那里的分量远不如陈玉芳的。

这次决定来儿子家，陈玉芳打心眼不愿意，她对老头说，"人到什么时候都得有自己头上的三片瓦，纵使别人金屋银屋让你住，寄人篱下不能超过三天。"老头就骂她没胸怀，伤孩子的心。再说，一家子热热闹闹总比两个不剩多少热气的老人守在冷清的家里好。

楚必成是爱热闹的。每天起床第一件事就是把枕边的半导体打开，塞上耳机听广播，他的消息来源不仅是国内的主流声音，还要听听国外的边缘评论。一天的生活也就此展开。身体还允许时，他主动承担了去早市买菜的任务，买菜在他倒是其次，看看街景，听听讨价还价的人声，挑担卖货的，街沿边的鲜奶点、面点铺、卖肉的、卖水果的、板鸭店，他都要一一转到，闲话两句询询价，然后才心满意足往家走，手上的东西并不丰盛，找找感觉是真的。

电视的戏曲频道，是常规锁定的，只要一听到越剧咿咿呀呀婉转流长的唱腔，他的眼睛和耳朵就变得高度敏感，家人再想换频道是不可能了。他就眯缝着眼躺在他力主买下的高级按摩椅上，伴着韵腔轻晃着脑袋，一副沉浸深沉的样子。他的故乡是越剧发源地，但他离家太早，没得到过更多的戏剧滋养，越剧的腔韵走板戏韵戏文，了解少得可怜，也许他是用这样的方式表达对故乡的深仰和致敬。

楚必成喜欢聊天，退休脱离社会久了，接触的人少，话题转来转去就那么几个。后来干脆发展到不分对象，来家修个煤气灶热水器的工人，他也能把他当兵参军子女、孙子、家室、待遇这些统统往外倒，全然不管别人在琢磨什么。一次居然被自称修热水器的实则假推销的骗了八百块，气得楚怀玉要往老头嘴上贴胶布。节假日休息，他早早地给孩子们电话，也不明说让孩子回家，只说休息在家没有什么事就别睡懒觉，活动活动。这仿佛是暗语，孩子就懂了，如果没事就顺着他的意思张罗着回家。于是他一天都很兴奋。巴巴地围着孩子转悠，人家聊到什么都愿意插上两句。之前，早早把家里的茶壶斟满了，颤颤巍巍张罗着递水送茶，殷勤备至，让谁看着都心惊，生怕烫着他。做饭了，主动给孩子扎围裙，递个碗啊勺的，总之哪热闹就往哪凑，话更是稠密得不得了。到了晚上，人都散去，只剩下他和老伴，他就会抱怨累。陈玉芳就一边督促他把降压药加量服下，一边骂他人来疯。下次依旧。

别看老头快八十了，依旧争强好胜。日常生活可以简单，但家里的电器大件这些门面货，都是最贵的，哪怕摆在那里不用，也不能输给儿子家。看到儿子的新款手机，就嚷嚷着要买一台。怀仁买给他一台经济实用的字大、铃声大、屏幕大的老人专用机，哄他，"爸，你的好些功能我的都没有，比我的好！"

老头就乐，像孩子似的到哪里都把手机挂在胸前晃。退休后，他除了下象棋，没别的爱好，但几十年棋艺长进不大，还是乐此不疲。听人说，在网上可以下棋，他专门上了一周电脑班，磕磕绊绊能打个字。正巧孙子上大学，家里给买了惠普最新款的笔记本电脑作为奖励。老爷子看了，爱不释手，转天就到银行取出一万块钱，交给怀玉并下了指示，"照着我孙子的标准给我整一台。"孩子们劝他，电脑需求因人而异，没必要买最新最好的。他老大不高兴。

家里接上了网络，他就泡在联众象棋游戏里。晚上，陈玉芳常常是睡醒一觉，还能听见电脑音箱传出一阵表示嘲笑的怪声，接着老头子恨恨骂道，"妈的，再来一盘，不信老子下不过你。"

南卉的变脸，在儿子家的境遇是大家始料不及的。一次，老两口在楼下遛弯回家，正准备敲门，就听见南卉嚷嚷。

"我上辈子欠你们楚家的啊？侍候了你们父子还要接着侍候两个老的，哪有个头？刚住上新房好不容易舒心几天，就请神上门，我还得天天当着老妈子。"

对话的一方不知说了什么，这边炸得更厉害了。

"她们在外地就是不管父母的理由？合着我们待在跟前就都是我们的责任？告诉你，楚怀仁，你最好公平点，我也是有父母的人，他们我也得照顾！出点力没什么，但你得让我看见头。现在他们就像长在我心口上的一座大山，天天压得我睡不好。再不行，这个家我也不过了，你就好好当你的孝子去！"

屋子里，南卉的声音占了上风，几乎听不见怀仁的话。陈玉芳想都想得出儿子此时的样子，除了解释，就是抽烟闷坐。想到这，她的眼泪刷地就涌出来。求助似的看着老伴，即便压制着，也渐渐有了哭腔。楚必成气得捶胸顿足，这会儿早坐着电梯又下了楼。家门开了，闪出儿子那张痛苦无奈的脸。"妈，屋里烟大，别熏着，我们再下去坐坐。"

当天他们就回去了，好在没吵没闹，大家面子上的那层纸也就保住了。

以后再怎么困难，谁都不提让怀仁照顾的事。对南卉，陈玉芳没有更多微词，只是常和老伴说，"到底不是自己的孩子，贴心不贴心也就罢了，说到底，还是儿子懦弱，压不住阵脚。"

楚必成最不爱听这个话，"非得别人压吗？女人的贤良哪里去了？想当初还是你给我妈送的终。"

陈玉芳和婆婆和睦相处十六年，老人走得突然，楚必成出差不在家，从清洁净身到穿老衣，都是她一手张罗的。每每想起，楚必成对老伴总是心怀感念。

"时代不同了，现在的人……"

"再不同，男人女人的规矩没变，种没变！"

4

这天半夜，楚必成的房颤又犯了，喷了救命的硝酸甘油，效果也不明显。好容易挨到天亮，楚怀秀赶紧给哥哥姐姐都打了电话。怀仁马上起床开车过来，和怀秀把父亲送到医院，怀玉留在家里安抚母亲。一路上，怀秀一手摸着父亲秃秃的头顶，一边偷偷擦着止也止不住的眼泪。不知道和那时在大西北的水有无关系，父亲的头早早便谢了顶。但在楚怀秀眼里，那是智慧慈祥的象征，丝毫不影响形象，父亲也自诩"列宁头"。如今，它靠在座椅上，失去了往日的灵动，周边银亮的白发，诉说着无奈和软弱。父亲的脸色灰白，额间一股股湿意袭来。惹得怀秀的眼泪更止不住。听到女儿如此，父亲本来紧闭的双目也翕开条缝，"哭啥，没事，这回回来，我还没顾上问，你工作上怎么样？"声音微弱带着喘息，他显然在转移女儿的注意力，再说子女们的工作，一直都是他关心的。

然而这非但没有安慰到女儿，反而让怀秀一阵烦乱。"爸，挺好的。你少说话，少操点心，医院马上就到了。"

到了医院，兄妹俩把父亲安顿好，怀秀飞奔急诊挂号。门诊的人太多，正琢磨着怎么联系心内科赵主任，怀秀就听见挂号窗前一阵吵吵。

"你怎么回事？排队去！"

"我把病历放这怎么了，又没插队，碍你什么了？有病！"

"哼！你没病来这干嘛？来这的人都有病！"一阵小小的骚动后，排着的队伍有序前移。

病，又是病！唉，老两口谁的病搁在兄妹三人这里都像炸弹，稍不留神就会随时爆炸，让大家的神经一刻不得安宁。

楚必成住在心内科三病区 5 床。光今年他就"三进宫"了，除了床位变化，其他的楚家人都对这儿熟得很，就算怀秀也不陌生。因为是老病号，赵主任亲自来了，给主治医师和住院医生交代了处置意见，出来正好看到怀秀一脸焦灼疲惫，他说，"目前到医院监护着就

落叶也有绿色

别怕了。看来老爷子发病越来越频繁，时间也越拖越长了，说明重度心衰。但目前吃药没太好办法，最好就是手术。可是老爷子其他毛病也不少，年龄又超过了七十五，所以必须谨慎，确实是两难。"说完，摆摆手疾步离去。

中午，楚怀玉给母亲做了饭，等着她睡下，就急忙赶到医院，兄妹三人才算照了面。此时，楚必成已疲倦地睡去。临床的病人也在休息。屋子里心电监护仪闪烁着规整的图像，只有挂着的输液瓶和氧气瓶里的汽泡偶尔传出呼噜噜的声音，很是安静。

兄妹三人踮着脚依次走出病房。想想没什么去处，怀仁的手机已接了好几通来电，单位下午还有会。三人暂且来到住院部楼下的凉亭坐着商量商量。

回家几天了，兄妹几个还没正经坐下来说说话。楚家有开家庭会的传统，有个大事小情，都坐在一起说说。这两年因为父母的事，次数更多，就算坐不到一起，也会打着长途把兄妹几个连在一块。

怀仁虽是老大，但性格温和绵软，凡事都不急着表态。怀玉以前是护士长，老公的身体和性格都弱，所以家里家外的事都是她张罗，人也是风风火火的，什么事都爱拿个意见。怀秀脾气犟，但是没主意，爱意气用事，好多决定都是事后才和家里唠叨，让人紧着救火收拾残局。最让楚家人生气的一件事导致到现在都批评怀秀，还成了引用最多的范例。

怀秀三十岁结婚，不到两年离婚，这两件人生大事，她全跟着感觉来。结婚是认识不足三个月的闪婚，父母让她再多了解了解，她说不用，家世背景成长经历一模一样能差到哪里。离婚是等着下周一要去民政局拿证，周五下午才和家人交代。结果家里连夜急派怀仁打飞的来处理遗留事项，一直装着特英雄特无所谓的怀秀见到哥哥才哭个稀里哗啦长城墙倒。亏得怀仁出面调停，才不至于让对方暗中把夫妻财产全部转移，避免了更大损失，算不幸中的万幸。所以楚必成和陈玉芳最不放心这个小女儿，时常打电话了解女儿的各方面情况，千叮咛万嘱咐的。这两年身体不好，就把任务下到了怀仁、怀玉身上。

怀秀此时揣着心事，早憋不住了。看到怀仁掏出烟，慢慢点上，她说话了。

"我想今年转业。"这话出来，她赶紧收了口，想看看哥姐的反应。大家居然都没吭声，但目光是全集中在自己身上了。

"你们看，爸妈身体这样，眼看离不得人。保姆找不到，哥家……哥也忙。姐前两年自主择业，为了爸妈回到海阳，到现在姐夫心里都疙里疙瘩的，如今也不去工作，全职在家照顾父母，让我心里不是个味，回来搭把手也好呀！"

"停，停！你打住！别说我。我一个搞护理的，年纪大了，留下没啥发展空间，一直干临床，精力也不行。现在的就业形势你也知道，转业找单位得多难，别说咱一没路子二没财力，选个自主择业起码有个保障，我到现在也没后悔。至于回海阳你姐夫心里有扣儿，反正不是回这里就是去他家，他没疙瘩我就该有了。他父母守着两儿子一闺女不差他病病快快一个，别看八十多岁了，身体什么毛病都没有，还天天扭秧歌呢。但咱家不一样。原来在外地，我对父母没尽多少心，现在能照顾，我一点话也没有，谁需要你回来？再说咱家还就看好你在部队有前途，怎么突然冒出转业的念头？说说看，你的理由！"

怀玉改不了她的急性子，上来就像串儿鞭，劈头盖脸响一阵，声音尽管已经很克制，但还是尖锐，让人吃不消。对怀玉的问题，怀秀听到了又好像没听到，一下子也不知道怎么回答。

她觉得姐姐不理解自己。可能因为没孩子的缘故，怀秀对父母的心思很重。看到有什么好吃的、好玩的、好用的、好穿的，总念着给父母带一份，给父母花钱是最大方的。更容不得父母受一点委屈，上次知道嫂子南卉把父母气走的事，她有一年多不理南卉，连个大面也不围着，别人劝也不行。正因为她这样无遮无拦的脾气，父母也不领情，说她感情用事，缺少谋略。怀玉也教训她，说她这样，不仅于事无补，反让南卉对父母的误会更深。再说，父母要是不在了，兄妹是不是也不打算处了？

说句良心话，南卉和她这个小姑子还是挺亲密的。南卉嫁过来，就赶上怀秀高考，南卉可没少给她辅导。怀秀离婚那会儿，情绪低落，嫂子常打着长途过来说说体己话，安慰她。这些，怀秀都没忘。她对嫂子也好，每次见面都不忘给嫂子精心选份礼物。她看着侄子长大，也最疼侄子，为此，怀玉还有点酸溜溜的，说怀秀对外甥侄子差别太大。但事情一码归一码，不管南卉是哪条神经一时没搭对，偶尔抽风也好，心里打着别的算盘也好，总之让父母受了委屈，就是不能原谅。

怀玉出去得早，是和家人相处最短的。回来这两年，她努力和南卉搞好关系，私下怀玉不经意透露过，儿子明年高考，成绩总不是很硬气，南卉的亲戚在省高招办，到时也许还得麻烦人家。再说，怀玉自主择业回海阳，买的房子是别家单位的保障房，少花了十来万，多亏怀仁的关系。自主择业到了地方，就是没依没靠没组织，两眼一抹黑，还得靠哥哥一家帮衬。无论从哪方面说，这个关系要处好。所以，南卉和父母的事，怀玉就是当着父母面义愤填膺说几句，看到南卉全当不知道，大脸上闪出的笑容依旧暖心。怀秀顶不喜欢姐姐这么世故地处理亲情关系。姐姐也看不上妹妹的理想主义，总说她幼稚。其他家人也有同感，只是表现得不如怀玉激烈罢了。所以，别看怀秀三十六了，家人对她还总是教导性口吻居多，或亲切或严厉，因为有劣迹在先，怀秀也都习惯了。这会儿她想着心事，目光却聚在怀仁身上。哥哥抽烟的样子凶巴巴的，虚个眼睛，猛吸不吞，嘴巴就成了中转的大烟囱，怀玉想不明白，这样抽烟有什么乐趣。

怀秀对哥哥是充满期待的。怀仁处理事情绵软见长，善于在夹缝中求生存，考虑问题比较周全。离婚事件，就得益于柔性手法，才不至于硬碰硬，加重两败俱伤的程度。虽说背着妹妹还请前妹夫喝了酒，但也因此挽回部分损失。他的性格，楚必成很不喜欢，总说这个儿子办事没魄力，一点没他当年的样子。可丝毫不影响两个妹妹对他的信任和依靠。对怀秀这个妹妹，他从没说过重话，即便是局面再被她搅得不可收拾，顶多说妹妹个性强。但现在听到怀秀的决定，他认为有必要说两句。

"你这话让老爷子听了，他还不得气得病又添几分？你不是不知道爸对部队的感情。当初我和南卉还有你姐离开时，你看哪一次他不痛心疾首？现在你是咱家在部队仅存的硕果了，事业一直也不错，怎么想起转业？你也不小了，干事总这么任性可不成，这可是前途命运的大事，不是拍个脑袋张张嘴的事！"

难得看见怀仁如此激动，怀秀心里虚虚的。

5

楚家一家都是"姓军"的。这都是受楚必成的影响。他早年参军，后调往西北参加国防建设，一干就是四十多年，直到六十多岁才进了内地干休所。说起跟部队的感情，一般人没法比。

楚必成上过朝鲜战场，当过战斗英雄。至今背上还留着一道炮弹片留下的伤疤。别看他个子只有一米六，但在战场上却像只小老虎，敢打敢拼，在他们那个军里名号响当当。回国前一夜，他还在睡梦中与敌人遭遇，一阵砍杀翻滚，从床铺上掉下，还不忘喊杀。

从朝鲜回来，他还没来得及休整，直接跟随部队被拉到大西北的茫茫戈壁上，成为建设中国国防事业的重要港口——M基地的开拓者。拉沙石、挖地基、睡帐篷，每天从头发眼睛鼻口洗出的黄沙都有三两。供给有限，把沙枣骆驼刺磨成面当主食，吃出了腹膜炎，积水把肚子顶得老高，差点把命留在戈壁滩，把一辈子要吃的苦受的罪全来了一遍。

为了扎根大西北，他说服在海阳一兵工厂当检验员的妻子陈玉芳，来基地当了家属，几十年间，愣把水灵清秀的南方姑娘陈玉芳改造成了面孔粗黑、一身豪爽的西北女人。陈玉芳顶着非编职员干部的名分在部队一干四十年，虽没穿上军装，待遇也低，但她从来以"部队上的人"为荣。两口子把三个孩子全送去当了兵。

那时怀玉的理想是当老师，性子也慢悠悠的，颇具耐心，有当园丁的潜质，学习成绩在年级属一属二。可楚必成为了让孩子穿军装到部队锻炼锻炼性格，不顾姑娘的抗议，把她送到军医学校学了护理，说是要为基地医院输送专业人员做准备。轮到喜欢文科怀揣文艺梦的怀秀，楚必成又力劝女儿改了高考志愿，上了军校的电子工程专业，说是高科技的部队需要这样的人才。

尽管后来，只有怀仁一个孩子留在大西北服务于基地，怀玉和怀秀都分去了别的部队，但都和国防科研有关。怀秀毕业后，干脆改了行，搞宣传，和父亲一样干上了政工。几个孩子的另一半也都是部队上的，老爷子对一家子的军人身份很自豪。他常说："咱当兵的言行举止，一看就和一般人不一样，提气提神！"他最看重的孙子高考时，他还动员孩子报军校，淘淘却说，"咱家都快成建制了，从小到大在军营里转悠，外边的世界什么样都不知道，都快脱离社会了，腻不腻啊！我来给咱家换换身份。"

　　淘淘学的是热门的经济学。说得爷爷眉头直皱，却也只有无奈放手，现在的孩子可不比从前，主意都大。倒是"90 后"的外孙把考国防生当做理想，让楚必成没想到。他一脸欣慰，"我的事业看来后继有人了！"

　　外孙把嘴一撇，"考国防生，是因为不愁毕业以后没工作！"老头愤愤然地纠正，"看你的那点觉悟。这说明我们的军队强大，军人有地位！一句话，还是部队好！"

　　怀仁转业很大程度上是迫不得已。怀仁是战士提干的，后来在单位的录像室搞摄像。说是摄像，基本上是留存技术资料，M 基地是军事保密单位，大量涉密，所以拍出来的东西也就是存档处理，锁在保密柜。顶多在首长视察和上级检查时，做个汇报片，而这样的片子都是固定模式老几套，没什么新意。总之向外展示的机会有限。这让喜欢热闹爱表现的怀仁很没有成就感。

　　基地的生活本就是封闭枯燥，业余他买了一大堆摄影的书籍琢磨，从最简单的海鸥相机摸起，那些光啊影的构图啊，多元色彩什么的，他渐渐琢磨出点门道，从风光到人像，一一涉足，他抱着试试的想法投的作品，居然有几幅还在全国影赛中得了奖，在基地出了名。摄影摄像，触类旁通。单位把去电影学院进修的机会留给了他，算是有了个马马虎虎的文凭。

　　在北京进修，眼界打开了，怀仁开始更多思虑自己的前程。随着一项项重要工程上马，基地对所属人员的学历文凭要求是水涨船高，自己显然处于劣势。基地的闭塞给摄影摄像发展的空间实在有限。即便留下，也是混，职业前景看得到头。还不如趁年轻，早做打算。哪知，他写信给楚必成谈了自己的想法，惹得父亲怒火中烧，破天荒给儿子写了一封三页纸的信，粗重的笔迹表明火气很旺。说他被外面的花花世界鬼迷了心窍，本事不大，口气倒不小，出去没两天就嫌庙小是真，其他统统是借口。让他踏踏实实在部队干，只有部队才有前途！直接灭了怀仁妄想的火种。

这样他又干了几年，直到有一天领导找怀仁谈话。录像室要淘汰老设备，引进新设备，同时还分来几个相关专业的大学生。于是怀仁这样的老职工就成了动员开路的重点。当然，也可以选择不走，但就要去更边缘的岗位。怀仁那些年是墙内开花墙外香，在单位不显山露水地干份分工作，但是在圈中，他的一些摄影摄像作品已经有了一定影响，但单位不看这个。所以，他决定走。这次老爷子没阻拦，只提了一个要求，南卉不能走。

南卉是名牌大学毕业，更是单位的技术骨干。当时基地正承担一个大型课题，她是其中分项目负责人。怀仁转业了，作为妻子的南卉提出转业理所应当。但为了楚必成的要求，南卉留了下来。为了孩子今后考学着想，怀仁带着儿子回到海阳。凭着专业影响，怀仁被电视台破格录用，接收很顺利。淘淘由爷爷奶奶带着。一家人就这样天南地北地生活了好几年。

作为母亲，除了休假和儿子的寒暑假，母子能团聚，分离的滋味真是很煎熬，所以虽说达成了公公的心愿，但南卉内心一直是不情愿的。等到课题结束，南卉迫不及待地打了转业报告，可此时才发现，她的专业，前几年还颇受一些研究机构青睐，频频向她抛出橄榄枝，现在却成了冷门，除了在基地特殊的专业领域有应用，在民用却乏人问津，南卉不得不感叹科技发展真是日新月异。

南卉一下处于进退两难的境地。楚必成给的意见还是留，底气却明显不足。但南卉不打算服从了。如果，早两年转业，她还能进个心仪的单位，现在……说什么也晚了。儿子已经上初中，这个阶段是孩子成长的关键时候，做母亲的无论如何不能缺席。开弓没有回头箭，南卉选择了转业。转业联系单位，挑选的余地很小，她又不舍得放弃专业去做行政，就到一家事业编制的研究所。没想到，几年后，单位改制，南卉单位基本和下岗差不了多少。这让南卉的怨气彻底爆发，尤其对楚必成。老两口在她家的遭遇，就是明证。

而女儿怀玉则选了部队的一个新生事物：自主择业。就是拿部分基础工资，自行创业。

怀玉的选择有她的理由。以她的年龄和职业，转业到地方很难安置到好的单位。而且部队不养老，没有发展就该早做打算。离开部队，就要考虑买房的问题。按照当时的房价，虽说在部队干了二十多年，可存下的钱根本不够买房的。如把自主择业的一笔安置费加上，差的钱就不多了。

自主择业再次在楚家引发风暴。从来一直笃信"一切靠组织，靠领导，靠部队"，在体制内生活了一辈子的楚必成哪里能接受无组织管理，无工作安排，工资卡上打，每年到安置中心报到。所在街道好些的，一年组织一到两次活动的状态，他说这不是社会上的散兵吗？任怀玉反复讲，说这是量体裁衣，也是减轻军队地方负担的新型安置方式，他还是不愿意。

怀仁当年转业，在电视台的事业干得有声有色，多少让楚必成满腹的遗憾有了些安慰。但"如果能留下，就在部队好好待下去"的观念从未改变。儿子电视台的工资加奖金比他这个干了四十多年的老革命多几倍，可他不羡慕，说这和部队不是一个层次，部队讲的是精神，那种光荣自豪被信赖，是别的工作不能比的。

如今怀玉的选择，连个组织也没了，他能不痛心吗？可现在孙子们都那么大了，孩子的事不能再干预了，即便想不通，也只有自己慢慢消化喽！

当年冬天，楚必成第一次出现了心脏房颤，谁都说不准是不是这件事闹的。

6

怀玉自主择业回来，很快就应聘去了一家民营医院当护理部主任。医院是主治生殖，什么男科女科，不孕流产和风流病，只要是那方面的病都收治。

怀玉觉得挺难为情，别人问起，只说医院，把别的都含糊了。好在待遇还不错，这是她留下的主要理由。

她不做治疗，但领药和医生处方都会经她的手。干了没几天，她就发现问题了。原来，医院摸准了来这里看病的不论男女都有不好意思心理，尤其那些得了梅毒尖锐湿疣等等那些风流病的男女，来这看病，不会过多计较价钱，只要能快点好，怎么都行。

医院就开两张处方，一张是大处方，上头的药又贵剂量也大，应对卫生部门的检查。一张是治疗人员取药的方子。实际用在病人身上的药要么是价廉的普通药，要么剂量是开四支用一支，明显的欺诈。怀玉一直在部队医院工作，对如此经营挣患者的钱，根本看不过眼。不到一个月，她就自动退出了。

后来她还在药店干过，结果又发现药店用来推销、并以此考察他们工作业绩的主打药，一个号称无任何毒副作用降糖效果显著的生物制剂，吸引了一拨拨老年人购买，里面其实添加了国家明令禁止的西药成分。想着自己是把"药"推销给像父母一样的老年病人，和谋财害命没两样。第二天，她又辞了工。后来和原来医院的同事交流，才知道，各个民营医院药房都差不多，各有各的赚钱招数。怀玉找工作的心一下就冷了。

这些遭遇，怀玉没敢和父母讲。那一阵，她心灰意冷的，和丈夫聊起来，她说，"挣点心安理得的钱怎么那么难？是不是咱们在部队待傻了，不识时务了？"

突然就为当初的选择开始迷茫了，但她不愿意去后悔。好在没闲下来几天，她就接手照顾父母，也顾不上考虑更多了。

老爷子没再就此发表更多意见，毕竟这是大趋势，不可抵挡。但他的遗憾越来越重。时常地把家里人的军装照片拿出来瞅瞅，更是找出一张多年前一家人穿着军装的全家福，让儿子给精修放大了挂在客厅最醒目的位置。家里别的地方能摸出灰，但镜框上绝对没有。老爷子每天都擦。他常常望着照片，自言自语，"好在还有怀秀一棵军中独苗啊！"

前年，部队换发新军装。楚必成早早和怀秀打了招呼，让她休假回家，务必把军装穿上。等怀秀回到家，老爷子光看还不行，又让女儿把军服脱下来，他把老花镜戴起来，仔仔细细端详。从肩牌领花，一直摸到资历牌徽章铭牌，一边说，"还是你赶上了好时候！这衣服抬人，比穿什么都好看！还是部队好啊！"

当知道紫色的职别章代表团职，一颗星是副团，两颗星是正团。他和怀秀打着趣："丫头，不错啊，你都是团级干部了，想当初你爸也才干到正师，快赶上你爸了！"

那个假期，楚必成和穿着军装的怀秀照了好些照片。还特意把女儿的戎装照放大与客厅的全家福摆在一起。去年，M 基地成立五十周年，举行庆祝活动。基地给参加基地建设的部分老领导老同志发了邀请函，父亲也收到了。因为老伴陈玉芳行动不便，楚必成点名让怀秀陪他回去，说是长脸。把也想回老单位看看的怀仁一口回绝了。

今年国庆六十周年大阅兵，楚必成早早期待上了，听说电视将以高清信号予以直播，为了看得真切，他掏钱让孩子把当初像宝贝似的二十九寸东芝纯平换成了四十六寸的飞利浦高清液晶电视。国庆阅兵前一天，他就给各家打电话，召集全家人一起回他这里看阅兵。

国庆一早，他和老伴穿得精精神神，早早坐在了电视前。当他看到整齐划一的队伍，气宇轩昂的行进，天上飞过的战机，地上一排排装备时，他激动得在沙发上坐不住了，站到电视机跟前，一边用手比画着，一边抑制不住兴奋地嚷嚷，"瞧瞧，有了这些杀手锏，国际上还敢小瞧我们？我们那时，只要有这么一辆装甲坦克，我们排张大奎、李豫安他们也肯定死不了！嗯，过瘾过瘾！"

国庆假日几天，楚必成反复看大阅兵重播节目，怀玉和母亲抱怨，

"爸都中魔怔了吧，来来回回就那些镜头，占着电视谁也别想看。我的韩剧这几天搞大联播呢，妈你不是也盯着看健康生活吗？你也不管管？"

别看怀玉四十多了，仗着自己在家侍候父母功劳大，时常也来撒个娇，闹个小脾气。

这边楚必成听见了，头都没转过来，"谁敢管？你们懂什么？看阅兵比看吵吵闹闹的电视剧强一百倍，你那些花花绿绿的哪有阅兵方队的战士精神，没水平！"

陈玉芳笑了，对女儿说，"行了行了，老头要看你就让他，你上卧室看那台小的不就行了？真是！"

怀秀也接到父亲的电话，言简意赅：现在部队正是好时候，好好干！

其实不止楚必成，家里人的部队情结都挺深厚的，别看怀仁离开部队多年，喜欢看中央七台的军事栏目，闲下来聊的话题也都是当年在部队的那些事、那些人，定期和一帮老部队的人聚会。就连比较实际的怀玉，现在也常常叨叨要是能在部队干到退休就好了。就连没穿上军装的陈玉芳也慨叹，穿上军装感觉正气就来了，说话办事干脆，不像地方，什么事都弯弯绕，曲折得很。

没想到，一个多月后，怀秀就跑回来宣布了这样的决定。

7

怀秀当然知道自己的决定在家里不啻为一颗重磅炸弹。所以，她烦不胜烦。怀秀这次休假有躲的成分。

躲什么？

躲年底转业带来的心理压力。

怀秀在一个科研试验单位工作，前些年任务不重的时候，很多人涌进了机关。造成机关臃肿不堪。这两年，科研型号任务重，单位分来了一大批博士研究生，还从各地调来一批各学科专家来加强力量。

落叶也有绿色

于是，编制大超。机关就成了首当其冲的整编对象。加上近两年，在全军走精兵之路的政策下，各单位的转业压力都在加大。怀秀单位的转业名额也较往年增加了不少，领导也下了决心，说要尽可能保留科研技术人才，名额要向机关倾斜。

首先调整的是那些编制占在研究室、人在机关干、又没有专业岗位和技术成果的人。无论在哪个单位，机关在人们眼里，就是权力和分量的象征，尽管那些参谋、干事、助理员成天在处长、主任、部长的指挥棒下，跑得是滴溜乱转，可下到基层单位，你就是指导检查工作去了，机关的人到哪里，大家都要敬着三分。先不说待遇不待遇，就说心里感觉就不一样。

当然了，从待遇上说，机关也差不到哪里去，但凡有点奖金补助，机关都拿的是平均数，虽不能和承担任务重、科研地位显要资金多的一线比，可比那些一年忙到头却没有更多经费的二线科室还是优厚。

调整说起来容易，办起来难。

机关那些名单在领导手里都颠来倒去琢磨很久了。到了各单位表态的最后期限，名单出炉。最先调整下来转业的是质检科冯参谋，保卫科的马干事，军需的邵助理。

怀秀其他人不熟，冯参谋她是知道的。冯参谋是质检科刚成立人手不够时，从研究室抽上来的，她是学工艺检验的，干事踏实认真。质检文件很多是她草拟的，别看人文静，不爱说话，但下去检查一是一二是二，从不留情面，工程科室外协厂的人对她恨着也敬着。按理说，她的资历能力都早该正式调进质检科了，但后来科里调来好些人，都是些关系户，唯独没她。

那一年的调整尽管表面看来波澜不惊，背地里却是暗潮涌动，机关里的人都或多或少有了危机感。前两年，大家还抱怨军人待遇低，单位闹转业的多，尤其是年轻人。现在工资涨了，单位科研任务饱满，事业前景喜人，每年想进来的博士生大把大把的。而地方转业安置一年难似一年，就业形势严峻，连年轻人也安分了。而且，部队安排转业的，年轻学历高的有最低服役年限，不让你随便走。通常先安排年龄偏大、学历职务偏低，或者提不上去没发展的人，而他们通常都是上有老下有小、有很多具体家庭困难的中年人，无论从适应能力、敢拼敢闯的劲头、学习接受新事物的能力和职业竞争力都不及年轻人，以求平稳踏实为诉求，都不想转业。一些在单位还有一官半职的，想到地方谋个相应的要么福利待遇好要么有点地位的单位，这又谈何容易？

以往还好，各单位转业指标按照人员比例分配。最近两年，新政委调来，调整清理机关人员的决心和力度很大。机关的人开始觉得日子不好过了。

过去还有个喝茶读报纸扯闲篇的时间，现在各种任职岗位考核多了，学习多了，基层考评机关也不是走过场了，加班多了，下基层调研多了，到科研试验现场多了。以往在办公室给基层打个电话就算把情况了解掌握了，现在机关动不动发文、电话向基层要上报材料的行为都被禁止，领导明确指示要整顿机关作风。机关工作要领会首长意图，要做好参谋，围绕为科研服务，为基层服务展开工作。每项工作都必须先期有策划案，然后上报审批，计划流程、节点验收、成果总结等等，完全按照工程管理走。

原来，作为研究单位，各自为战搞研究多，管理上稀拉一些，要求不高，只求对付得过去。现在不行，机关从上到下全动起来了，凡是有点级别的领导天天开会强认识，提要求。下面的人从办公物品摆放，到政治学习笔记，再到工作职能培训、群众满意度打分、业绩考核等各种评比忙得不亦乐乎，办公室晚上亮长明灯的多了，压力大到晚上睡不着觉。尽管是哭爹骂娘，但成效确实明显。年底转业工作开始，各项考评业绩也出来了，丁是丁，卯是卯，一清二楚摆在那里。从后往前排吧，考核太差的，想哭诉个困难找个理由都不好意思，倒是省得政治部领导费思量费周折。

所以，每年快进入年底，机关都是人心惶惶，但转业是个敏感地带，谁也不会主动挑头说起。大家心底都有一杆秤，自己几斤几两，能排在什么位子，门清。对自己不够有信心的，就暗中各找门路打探消息，提前做工作了。有自恃条件好、地方有路子联系好转业单位的，抑制不住激动和炫耀，早早和近朋密友透露点口风，这种消息往往传

落叶也有绿色

得比风速还快，马上传遍机关。当事者也不会追究，但是会让听者很振奋，心里稍稍能放松些，毕竟占了一个转业名额，走的人就会少一个，就少了一份危险。

8

怀秀是教育干事，平时写领导讲话汇报稿上报材料教育材料居多，一年365天，有四分之三的时间在加班赶材料。才三十多岁，长期伏案工作，就患上了严重的颈椎病，犯的时候经常脖子肩膀疼得几天动弹不了，眼也近视，走着路也不如别人挺拔，老窝着腰，少点同龄人的朝气。按说写材料这么苦这么枯燥，熬人不说，干着乐趣也不多。偏偏怀秀干得热热乎乎，很少听见她抱怨。倒不是工作多有吸引力，而是领导的认可度推着她往前走。

怀秀别的优点不突出，工作上是个有心人，在单位是公认的。她善于收集资料，平时看报看书有相关好文章，她都找出来复印好，整整齐齐分门别类贴在剪报本上，几年间整理出厚厚十几本。出差到外地，别的女同志得空就想着去转转当地的风景，买些特色的地产，逛逛街什么的，她总会抽出时间到当地的相关院校书店看看，买几本工作用得上的书籍，每次都能淘回两本实用的有特色的工具书。

前年去南京政治学院学习，学习了两个月，临走时买的书太多，是封了个大包裹寄回单位的。她不光注意收集，还用心琢磨。要找个相关资料，她马上能出说在哪本书上有，根本不会去东翻西找，有数的很。那套她最钟爱的《政治教育宝葫芦》，已经看得磨出白边，十几个剪报本的文件夹子也换了几茬儿，里面的资料、画的各种标示，还有蝇头小楷写的批注，一看就是下了心思的。

怀秀原先喜欢文科，拿起笔本来就比别人轻松，要不也不会一工作就改行搞宣传。加上爱琢磨，善于把好文章提炼升华，写出的材料就是比别人漂亮。很快磨成了政治部的"第一支笔"，主任大会小会表扬，说女同志干这个工作不容易，大家要学习。

有时碰上怀秀，主任还会贴心地说，"工作是为了生活，不要光忙着工作了，也要会生活。"怀秀知道主任有所指，就是离婚的事，关心她。多少有些同情的意思。怀秀感激着，也有点小小的别扭。工作上更卖力了。

怀秀写的材料渐渐超出工作范围，科技处后勤部，甚至单位的大大小小的领导都会私下找她帮忙写个总结报告、心得体会什么的，部里其他同事要写材料，总是先到怀秀这里讨宝，而怀秀推荐给他们作参考的东西，总是准准地贴合心意。这样的氛围推动，让怀秀觉得累得有所得，心情愉快。

新政委来了，情况发生了改变。

必须承认，写材料是有口味的。口味的差异直接影响一个人的好恶。政委是从某集团军过来的，这样的作战部队和科研单位作风迥异，好比正规军和杂牌军，不是说人员素质有高低，而是表现在带兵的部队，什么都讲整齐划一，写的文章既要理论水平，更要能"给劲"，句式讲究对仗有力。而研究单位，知识分子多，写文章要生动不要生硬，引经据典，观点抛得多抛的新，而不过多拘泥于形式，尤其讲话稿要亲切带点随意。总之其中的差别风格不是一两天就可以适应的。

政委是个急性子，刚开始设想很多，各方面都觉得不正规。部里各个口出去的文件材料都让他不满意。就发火，说政治部的文字水平差，要集中整治。闹得主任副主任天天都是灰头土脸。政委快来两个月了，正巧碰上一次任务动员会，按说，政委的讲话稿应该是组织口出，但主任把活儿交给了怀秀，好钢要使在刀刃上。然而事与愿违，政委拿到稿子，简直不是一般的不满意，稿子上被他画了一道又一道的粗杠杠，描了一个又一个圆圈。他把认为不满意的都指出来。他克制着没发火，说出的话口气可不怎么样："这稿子我怎么念？句子长得软塌塌地不给劲，哪里有动员令的号召性？"

当他知道稿子是怀秀写的，连连说："怪不得，怪不得！女同志哪写得了我要的感觉。她写的教育教材我看了，还不错！但是大材料达不到要求，照我说，还不上道。这样可不行。算了，这次的稿子，我先改改，下次直接打回去！"

119

落叶也有绿色

回去，主任没和怀秀说这个事，让女副主任找她到办公室，扯了两句别的事，副主任就笑着对怀秀甩了两句，"你这支笔发挥失常啊，没达到领导要求，部里都挨批了。怎么搞的，想想办法嘛，政委来了这么久了，口味还摸不透？"

离开副主任办公室好长时间，怀秀还是觉得脸烧得慌。副主任是笑着说的那番话，但在怀秀听起来分量却很重。工作这些年，鼻子点鼻子的批评，从没有过，就算有做得不到的地方，但都是客气地提醒。为此，怀秀很沮丧。回到座位上，还是半天回不过神。公平地说，为了赶出讲话稿，怀秀可是熬了两个晚上，写了三稿。她试着念了几次，每念一次都是热血沸腾啊，怎么就不过关呢！

后来，动员令做成文件下发各单位学习，怀秀仔细研读。发现自己确实有差距，意义认识深度不够，道理没有反复讲，讲反复，没有听起来普通却上口的小对仗句。

下次，她有意在这些方面加强，可照样得不到肯定。反复磨了一阵，进展不大，尽管政委不直接冲怀秀发火，怀秀毕竟是女同志，可他现在三天两头亲自往怀秀办公室跑，一来就丢下一沓从老单位带来的材料让怀秀学习，颇有点恨铁不成钢的意思。

怀秀学得很苦，第一次有了看到字就想吐的反应，可成效依旧不显著。连怀秀也开始怀疑自己的能力了。她甚至开始检讨是不是没有专业背景，进修少，理论水平不高，这些年写材料都被掏空了，所以感到吃力。

就这样诚惶诚恐，郁闷至极过了几个月。有一天上班刚到办公室，同事刘洋就趁着处长开会不在办公室的空隙，神秘兮兮发布了最新消息，办公室要来新人了，是青年政治学院的研究生，曾到政委所在的集团军实习过，听说写东西很对政委路子，这回毕业来这里是政委钦点的。

果真，几天后人就到位了。人很年轻，长相普通，好像转过头就能忘了模样。人挺谦虚，张口就是师兄学姐地叫，还是学校的感觉。眼镜背后的小眼睛却藏着灵活。各办公室走一圈回来，就把大家的名字都记得差不多，干事颇有眼力见。才来两天，一次见怀秀到开水房洗杯子，他悄悄跑过来，拿出一个不大但包装不错的茶叶盒，说："楚姐，我一来就发现你喜欢喝茶，听说你胃不好，带盒普洱，听说养胃效果不错，你试试!"推辞不过，怀秀只得连声道谢。心里盘算着何时给小伙子做些自己拿手的酸菜肉馅饺子尝尝，来而不往非礼也嘛。

进办公室，处长桌上热气腾腾的水晶茶杯里泡的内容物也和之前不一样，看着很滋补的八珍茶，处长吹吹杯口飘散的热气，喝下一口，马上惊叹，"嗬，还有洋参片呢，小张够心疼我的。"

刘洋笑眯眯接过话头，"不止心疼您，他也想着我，上等贡菊，去火! 小张心细啊!"

于是，办公室一阵欢声笑语，一天的工作就在这样和谐的气氛中展开了。

很快，大家发现，小张不光干事懂事有礼数，几篇材料也写得很贴合领导心意，来了还没见怎么表扬人的政委已在公开场合夸了小张两次了。主任找小张到办公室布置工作的时候多了，两个部领导也一扫先前的灰头土脸，脸色亮起来。

怀秀发现小张干事也是个擅于收集资料的人，可手法比怀秀先进多了。他爱上网，许多资料被他拷下来存在光盘中，他的一个移动硬盘有160G，里面什么都有。写文章心中必须有数，他每当把思路理顺，下手很快。单位在抓管理。他找了很多管理类文章，搬出很多国内外企业管理的事例经验，恰到好处地引用说明观点，个个新鲜。他不仅能写，还注意事先和政委多沟通，尽量让自己的观点影响他，多数得逞，稿子从没被完全推翻过。这点和怀秀最不同，怀秀从来就是闷头写，没有和领导商榷探讨回旋的余地。这些都令怀秀对小张刮目相看。

不久，处长就在处务会上宣布工作调整，今后小张干事负责接手教育，怀秀主要的工作就是出简报。处长还说，"楚干事一个女同志常年泡在材料上，很辛苦。调整工作也体现了领导关心，该歇歇! 以后多给小张指导帮助，放手让年轻人干。"

处长说得很有人情，但怀秀知道其中的变化。

小张来前，宣传上一个萝卜一个坑，一个不多，一个不少。政治教育这个大块交给小张，意味着她就成为边缘人。因为编简报的事从

落叶也有绿色

来就是几个干事轮流坐庄，根本不需要单独分配一个人专门来做。

人从极忙碌的状态突然闲下来，心理、生理都会起反应。怀秀反倒觉得身上的毛病都出来了，不是今天感冒就是明天发烧，三天两头请假去医院。

等到一路折腾下来，秋天就到了尾巴上。一年一度的转业工作又到跟前了。听说今年单位领导定了调子，就是年龄偏大、工作不饱满、精神状态不佳的坚决走。

部里的干事中，怀秀是年龄最大的。作为女同志，主任早就在处长上任前就和她谈话说，女同志走仕途太累，图的就是安稳，在完成好工作的基础上，把家庭孩子弄好就是成绩。就不要想着带"长"了。所以，提拔根本无望。她改行早，一直也没再争取考个技术职称，所以从行政线上，她也就是发展到头的老人了，没啥发展空间。原先领导器重，还需要给你压压担子，因此也不会把她推到转业这个风口浪尖。

现在情况可不一样，单干一个简报，谁抽个一天两天的就能整出来，完全不必专职。肩上一旦没了充实饱满的工作，人的价值感体现不出来，就心里慌底气不足，考虑的事情也多了。最关键的还不是工作的事，是她和处长的关系本身处理得就不好，具体什么原因，一来时间长，二来怀秀也不认为有什么更具体的冲突，肯定不是啥摆的上桌面的大事，但被处长认定怀秀觉得他能力差，不尊重他，和怀秀结下梁子。别看当着面笑眯眯的，背地里可是没少告状使绊儿。以前怀秀是红人，处长多少收敛。怀秀自己也没把这事当事，和处长说得到一起多说，说不到一起就少说或者干脆不说。但现在今非昔比了，人家已经开始挑剔了，偏偏怀秀毛病也不少，平时心高气傲，不善与人沟通，还最怕到领导跟前转悠汇报个思想加深个感情什么的。所以，让人家有机可趁。不是说领导偏听偏信，但什么话老说，老指向你，先入为主的印象就重了。领导自然觉得怀秀是诚心和处长过意不去，不配合工作。

在月例会上，主任把上个月的考核成绩做了讲评，从完成工作量和考勤上，怀秀都靠后。主任在讲评后说，"干工作讲个精神状态，工作量不大，政治和业务学习就更要加强，不要因为资历老一点，就放松要求，萎靡不振，干什么都无所谓。要更有危机感。"

一番话听下来，怀秀真有些坐不住。

9

眼看就要摸底了，怀秀心里没着没落的，索性休假回了家，但思想准备已经做下。可她不愿意向家人承认在单位的苦恼。她想要真有迹象自己被划进转业的考虑范围，她会主动提出来走。她不愿意被当做累赘包袱被淘汰。

回头想想，怀秀从小到大没离开过部队，属于生在部队长在部队听着军歌长大的，上学工作也都在部队，尽管换的地方不少，但军营大院就是她的根。如今工作都快二十年了，真要冷不丁让她去地方，就像是一直身处深宫大院，生活方式、思维方式都已固定了，猛然来到民间街巷，肯定一时难以适应。部队讲究横平竖直令行禁止，共性多，讲服从，什么都是见棱见角，因此无论从环境还是人与人的接触都相对单纯。而地方是个大社会大环境，沟沟坎坎、三头六面的人和事你都可能碰到，讲究中庸和变通，十个人恨不能有一百个心眼，思维方式各异，复杂啊！

怀秀人在部队，但也常听说，在地方办个事可真难，哪个山头拜不到都不行。大家见面都客客气气，嘴上答应得也痛快，可背后的弯弯绕太多了。碰上转业安置更是难上加难。怀秀的一个老同事，职务低年龄大，又没有更多专业特长，原来在单位当通信站站长，其实就管总机班的几个人。又是女同志，转业滞留好几年。第一年给放到一事业单位的实验室，一打听才知道，每月全部工资加起来一千块，单位快运转不了了，正等上面文件决定命运呢！第二年直接发到某监狱医务室，同事尽管觉得不很满意，可也都打算把单位签了，毕竟还算进了司法部门穿制服，有个公务员待遇。可到单位实地去看，吓了一跳，单位居然在另一个城市的郊区，每个月发两次班车可以回家。同事的孩子刚三岁，怎么离得开？同事想想又打了退堂鼓。但单位完不成每年转业计划可不成，就扣工资以示惩戒，弄得靠工资吃饭的同事日子过得紧紧巴巴，但为了未来的前途，她还得扛着压力再滞留一年。每次怀秀去看她，她总不忘叮嘱怀秀："你要是有离开部队的想法，可得想好了，没点办法，难安置，我就是活生生的例子。"

她的话也不是绝对，做科研的有专业的年轻的安置得还都不错，难的就是行政干部。也有安置得好的，怀秀一个战友就进了政府机关，还是一热门单位，说去了很快能安排职务。老兄一脸的意气风发。欢送宴上，一直关系不错的怀秀仔细问他门道讨取经验。趁着酒酣耳热，他说了大实话，花了二十多万。看着他比着的手势，怀秀惊呆了，按照现在新的工资水平，没个小十年也挣不到这个数，代价确实太大。

看着怀秀吃惊的模样，他拍拍怀秀的肩："老妹，别关键时候算不清账，无非把咱们的转业费安家费都砸上，再取出家底，可它值啊！你想找个好单位，关乎你后半辈子的生活幸福，如果再有个好位置，这些钱很快就能挣回来！你可不能见识短到光看鼻子尖！要知道，现在想花钱办事的有的是，找不对人，你花多少都办不了！老妹子，看来你还是老观念！"

后来再听到谁谁为了安排工作花了几万几万的消息，怀秀就见惯不惊了。但也从此对转业产生了恐惧。她不知道自己到了地方，能找个什么岗位，自己会干什么。她在想如果有那么一天，她就选择自主择业，免去求爹爹告奶奶，察言观色赔笑脸，她能想象等待安置的近一年时间里，忽起忽落，没着没落，焦虑带给人的心理煎熬。可目前看来，如果没有想好做什么，贸然自主择业，不工作的状态会让人废掉的，毕竟作为社会人，没有社会归属感是件可怕的事，需要慎重啊！

这次回家，看到年迈父母的身体状况，差点就把决定脱口而出了，她想放下一切回到父母身边，弥补多年不在父母身边尽孝的缺憾，好好照顾父母，让老人安享天伦。所以才有了和哥哥姐姐的一番谈话。她承认说离开部队不是单纯为了父母，但这不能不算是一个重要因素。她甚至一时为自己的决定激动着，甚至有些悲壮。

这样的悲壮来自怀秀对工作，对事业的感情。说到"事业"两个字，怀秀有点不好意思，觉得有些煞有介事。可是在她心里，她确实

火星居民的地球梦

把工作当成了事业的。虽然所从事的是枯燥写材料的工作，对于感情充沛、敏感的怀秀是无法满足的。但她来到单位的第一天就认定所在科研单位从事的是一项伟大的事业，她为此自豪。她多希望能有机会用笔去书写身边的人、身边的事业、身边的历史，她有太多的计划。然而，她似乎已触摸到转业脚步的临近，理想却还没有实现，确实是莫大的遗憾。遗憾连带着多年对部队的情感，无论如何也难以割舍，难做抉择。

10

父亲楚必成出院了，谁也没敢向他提起这个话题。怀秀的决心迟迟未下，心也依旧麻乱。此时，她突然接到单位的电话，所有休假暂停，让她迅速归队。

什么突发事件让情况变得如此紧急，怀秀想了很多，一夜无眠。赶坐最早的航班回到单位。

在全院大会上，楚怀秀终于明白，上级指示，单位要和另外一家研究机构合并，开始全面进入国家 S 计划筹备。院机关要重新组合。这就意味着机关有三分之二的人将要离开部队。

对于这项突然的人员变动，上级指示要尽快落实，并制定了时间表。此后一个星期，各级的各种动员会就没有停止过。每名干部都向单位写下保证书，保证书有两项内容，一是本人是否希望留队，二是是否保证听从组织安排。

在部队，服从命令是天职。所以保不保证书的，就是表个态，了解一下意向，看看你的态度是否端正。

突来的现实，让本还在犹豫挣扎、患得患失的心一下就放平了。她知道自己一定属于要离开的三分之二里的人。既然来了，就坦然接受。签字时，她甚至有松口气的感觉。

她平静地接受了领导谈话，平静地给家里做了通报，平静地开始联系工作。

父亲的声音越来越苍老了，可这回很平静："服从组织安排，放下包袱，咱当兵的走到哪里都会有发展。关键是好好干！"

每一次，她都穿着精心熨烫的军装，拿着简历和各种荣誉证书走入双选会场。其实军转办并没有对服装的特别要求，但她坚持，所以在一群穿着便装的人群中颇受瞩目。以前，这样的瞩目带给她的是骄傲，和一点说不上的虚荣心。但现在不一样，里面更多的是珍惜，是激励。

她没想到，找工作比想象顺利。投出的十几份简历，有四家很快有了回音，通知考试。有的还是政府机关。还有一家专门来电，说其他都很满意，仅仅是因为年龄超了，无法通过，很遗憾。他们将根据安置情况，再向领导打专项报告请示，希望保持联系。尽管如此，怀秀还是感到振奋。她甚至感到曾经逝去的自信正一点点回来了。毕竟，哪个单位都需要懂理论、文字能力过硬的人。

楚怀秀并没有选择去政府机关当公务员，去这些人人羡慕、挤破头都想进的单位抱金饭碗。她在机关待久了，想换个活法。她选择了一家金融机构，属于企业，希望有一片新的职业天地。她也知道很冒险，因为一旦能力不及，会随时出局，可没有什么铁饭碗之说。有了从前的纠结，怀秀突然发现自己变得勇敢了。谁说中年女人就一定要囿于安稳，就不能有突破，有挑战？她还有一个愿望，就是通过实力给父母一个更有保障的晚年。

寒风乍起，一片片树叶飘摇落下，枯黄遍野，黄色中，零星的绿意飘入眼帘，满是润意。楚怀秀在这秋意浓浓的忧郁中，心境却格外地平静。她拾起一片心型的落叶把它夹进了笔记本中。

在这年的最后一天，楚怀秀照例要到她住处对面的小书店去浏览一番，那家书店的女店员对她也再熟悉不过了。此时，她正整理摆弄着一本新上市的书，那书一摞摞平放在醒目的展示台上，书名叫《通天绿海》。楚怀秀虽已收到了多本样书，但她仍忍不住翻了翻那带着油墨香的书脊书页，这是一种奇特的感受，这感受远比她书中描绘得那些情感、细节还要迤逦，书里渗透了楚怀秀对军旅生涯一种永远的寄托。

在甲流中甜蜜的生活

1

"阿嚏""阿嚏""阿嚏"。一连串的喷嚏让冉玉环的脸痛苦纠结地变了形，桌上的电话本上已是星星点点的口水密布。好在是她自己的屋子，自己的天地，要在外面，估计自己早被别人愤怒地扼住脖子，左右开弓抽上耳光了。想当初，冉玉环就咬牙切齿地想对她对面办公桌的马广禄这么干。

统共没在对面坐到半小时，他打了十三个喷嚏，而且没有任何防护措施。其实在他打第四个的时候，她已经跳起来躲到屋角的电脑桌旁，然而还是中招了。马广禄感冒了，可是不发烧，带病坚持工作。冉玉环可不行，发烧三十九度六，五天不退，差点牺牲。眼里、口里、鼻子、耳朵，只要有孔的地方，都像要喷火。浑身疼痛，她都想把胳膊腿儿卸下来扛着，否则真不知道怎么安置它们才好。发烧到第四天，一直拧着不去医院的冉玉环被丈夫戴上口罩，强行送进了发烧门诊，进行甲流排查。

冉玉环之所以硬扛着不去医院，实在是有理由的。目前甲流盛行，大家谈其色变。去了医院的发热门诊，就像嫌疑犯直接进了局子。专门的挂号窗口用个纸盒子堵着，不叫不开。挂号员带着三层一次性口罩，也不怕捂出个好歹。手上带着手套，还非得让你把钱什么的各种票据扔到搪瓷盘里，她用镊子传递。接着就上一检查室查体温、"提审"（详细询问）、登记、验血，拍胸片，让你一溜够地跑。等好不容易拿着各种检查登记报告一脸痛苦地坐到接诊医生对面，又是压舌板又是听诊器一阵检查，接着一言不发开始开处方。战战兢兢又充满焦灼地问一声："是什么感冒？严重吗？"医生透过戴的高高的，遮住下眼睑的口罩的眼睛斜睨一下，慢腾腾地说："现在感冒的，一般都是甲流。"

彻底崩溃。

"没查咽拭子，怎么就诊断是甲流？"凭着看来的、听到的那点知识，冉玉环不甘心地问。

"呵呵，懂得挺多！哪忙得过来？成本也太高！除非你的胸片有改变，再给你查！"

一听到无论怎样已和这流行瘟疫挂了钩，而且连验明正身申述的机会也没有，冉玉环立马就软了下来。

"没事，吃上这些抗病毒药和抗生素，加上退烧的，你看又是中药又是西药，应该没问题。你年轻轻的，没什么基础病吧？"

不等回答，又说："吃上三天，再不退烧，要立刻来医院。我们已经把你的住址电话都留下了。回去吧！"

丈夫连抱带扛地把冉玉环弄上了出租车，临上车前，嘱咐着："可别满世界说你得甲流了，人见人怕呀！"

冉玉环整整躺了一个星期，烧是退了，可依旧喷嚏咳嗽不断，整个人软塌塌的，像踩进了棉花朵儿，脸上也是虚肿着，咋看咋不对劲儿。这段时间，在冉玉环的强烈要求下，她和丈夫分室而居，分餐而食。相处都是口罩对口罩。

等到稍好，冉玉环就住到了单位宿舍，她可不想给大家添堵。刚才居然接到了科长马广禄的电话，说："小冉，怎么一病那么长，是不是得甲流了？我虽然病得比你早，但估计是着凉，上班不耽误。好了，我们也不敢去看你，你好好休养，好利索了再来！"

谢谢的话冉玉环懒得讲。甭管什么时候，习惯性推卸责任，然后不忘往自己脸上贴金就是这个土豆一样男人的招牌，她才不给他机会。就一张接一张纸巾擤着鼻子，动静大得让马广禄不得不再次开口说话来打断。

"另外，有个事，我和老唐想这几天抽个时间去看看刘亚纯，听说从香港回来了！哈哈！慰问一下！哈哈，你要恢复了，一起，一起啊！哈哈！"

不等马广禄电话放下，冉玉环立刻报复性地来了一串喷嚏。痛快，痛快，恨谁就来这么几个！此时，她希望马广禄就在眼前。

"你们去吧！我就别添乱了，再传染上！有领导在，什么意思都到了！"

她说话瓮声瓮气，照旧猛擤鼻子，鼻孔周边的肌肤很快被蹂躏成了发酵的红色，疼疼的，解气。

放下电话。才发现早上才打开的二百抽面纸，已经没剩下几张。其实，马广禄的用意，冉玉环再明白不过。他打电话的主要目的就是让自己知道刘亚纯的事，更想看看自己的反应。冉玉环就是有反应，也不会让他看见。她只是觉得这个矮男人很没意思，成天唯恐天下不乱，到处把着门缝看别人的热闹。"偏不让你得逞！"

冉玉环戴着手套蘸着消毒液满屋子擦拭家具用品，尤其对桌子和桌上的物品进行了重点处理。善后工作得做到位。手上还忙里偷闲地按着电视遥控器。

新闻频道里正播着："香港发现一例甲流变异病毒，尽管世卫组织已声明是偶发的，不具普遍性，但形势依旧不容乐观。"

她再瞄一眼，香港？香港。手上的动作一下一下，越发认真而有条理。

甲流真是个不错的挡箭牌。

2

周围的人都说冉玉环脸冷话少，让人亲近不起来，好像周身常年被冰坨子包着，再热情的火焰见了也只有熄灭的后果。不说话则罢，说出来的就是内容物，一丁点儿不浪费。硬邦邦砸过来，没有一点柔软和弹性，直来直去，直捣心肺。婉转两个字在她这里好像只能沦为理论层面不带进实践。就算是好心好意的关心，也不如夏日里的冰可乐舒心润肺，总差着点意思。要么就是口不走心，心里想的很周全妥帖，说出来就全变了味道。多年来，在人际关系这门课上，冉玉环始终在六十分上下浮动。朋友不多，与周围关系平平，交流甚少，永远缩在角落。好事记不住她，平常说起来，这又是个有个性的人，忽略不掉。

冉玉环也郁闷。兵营里出生，直来直去，口无遮拦，这点她是找到出处了。可是，兵营里五湖四海皆兄弟的火热情感在她身上就没有一丝踪影。后来，她总结归纳起来，源于工作之前，父母从没让她离开过身边那一亩三分地，加上从小体弱，除了上课没耽误，基本没有和同龄人一起玩的经历，连到医院看病，从小到大都是母亲代她向医生陈述病情，她倒像个旁观者，简直就是"装在袋子里的人"。可她骨子里喜欢热闹，渴望被关注，脑子里被奇思妙想的东西塞得满满的。

就像盲人的听觉嗅觉总要优于常人一样，封闭的冉玉环对事物的敏感度也高于周遭。当同龄人沉醉于《地道战》《小兵张嘎》《铁道游击队》的英雄情结时，她就爱上了《王子复仇记》《吟公主》《砂器》《基督山伯爵》等译制片里的缠绵悱恻和人性纠结，从不觉得晦涩难懂。她甚至把自己想象成了里面的主人公，每晚带着梦想睡去，活跃在别人或迤逦或纠葛的人生里，她的热闹在想象中，她的关注在成为想象的主人公后。

远离人群却从不觉得孤单。

世界不会同意一个人的游离，而是想方设法把你集合在人群的聚光灯下。冉玉环感到了压迫，不自在。真实的人远比那些剧中的主人公复杂，不知哪句话不对路数，就把对方得罪下了，偏偏还不让你知道，然后在一个未知的时间来个新账旧账一起算，一个总爆发。真实的人身上的色彩总是乌突突的，描绘不出具体的色彩，线条也是温吞模糊，远没有剧中人光彩耀人，色彩线条鲜明。说话也不直溜儿，说幽默不幽默，总左扯右拐。冉玉环即便心里明白对方有弦外之音，嘴上却也应对不上。时间长了，哑巴亏吃多了，就干脆当上了哑巴，越发不爱说话。她感觉和周遭有些格格不入，知道是自己出了问题。

得，先天不足后天来补。她恶补中外名人演讲稿，从亚伯拉罕·林肯到马丁·路德金，从克林顿到丘吉尔再到小黑子奥巴马，从毛选宋词到马寅初闻一多流光溢彩动人心魄的讲稿，她都啃读多遍，她甚至连续订了好几年的《演讲与口才》，因为通俗易懂实用。可这些努力尝试很快让她失望了。周围人说话要么粗俗猥亵装幽默，要么恶毒尖酸装深刻，要么家长里短流言蜚语假装亲热，要么插科打诨绵里藏针云山雾罩，哪里配得起书上那些智慧那些字字珠玑金玉良言，不屑。好不容易说会儿人话吧，被打着不同算盘的人转天就复制成不同版本，流传于不同人中不同领域。呸，那些人也不配听真话。

总之，冉玉环的人际世界就是这么纠结，这么极端，这么不随人意。她把自己包得严严实实，密不通风，小心翼翼地生活，伤痛却一点不少。

她和第一任丈夫闪结闪离，20世纪70年代的保守派在这等人生大事上，用的全是21世纪的速度。

原因是什么，交流。

结婚快，是因为两个人在剩男剩女堆儿里纠缠得太久，高不成低不就的早已没有了元气，于是标准降、降、降，男的深沉，女的安静，都被当成优点放大贴到墙上，变成了话不多，事儿就不多，日子肯定过得平顺的定语。关键是都太累了，那点判断力早已消失殆尽，"将就"就成了那段人生的主题词。

离婚，还是因为交流。婚后，两人没话。每天仅有的珍贵的下班相处的几小时，很是难熬。他把着电脑看股评，她守着电视看烂剧，然后上床各自睡下，连个身体交流也没了兴致。好不容易在吃喝美食上有个共同嗜好，却是个北面南米，但为了彼此靠拢，就海吃海塞，说不好是互相为了唯一的共同点讨好对方，还是因为心情不畅狂吃发泄，总之闹得男壮女肥，婚姻成了蠢笨的代名词。

于是，一段蠢笨的婚姻很快结束了。

突如其来的离婚，对冉玉环来说，算打击还是不算打击呢？

她为了做下离婚的决心，曾经失眠一个月，期期艾艾，以泪洗面，放不下，丢不掉。拿硬币取舍、看相、求签、算卦都成了老招子。在她保守的词典里，全世界都离一遍婚，也轮不上她。她曾经那么甘心情愿地承诺：生是他的人，死是他的鬼。嘴里也数次唠叨：嫁鸡随鸡，嫁狗随狗。可真一旦定了心，她却几乎不能认真想起对方的容貌，干脆决然。

甚至可以在民政局的同志还未在离婚证上扣上章时，她就已经在手机上遥控上了送家具的师傅，为他指示送货线路，仿佛她不是在这里接受人生中重要时刻的到来，要细细品味其中甘苦，为迎接今后生活积蓄力量，而是像轻松随意地在菜市场买菜，和熟人唠个闲嗑。在离去时忘了礼貌地和办事员道声感谢，这一直是她遗憾的。

虽然不是有意，毕竟家被搬空了，再不迎家具上门，只能睡地板。虽然也看出来办事员在处理他们这对儿时，连句调解询问的例行程序都懒得走，动作尤其麻利。但事后想想，拿离婚证那一刻，自己心里连个磕巴都没打一下，还觉得离婚证的红色比结婚证颜色柔和好看，觉得自己挺生猛。还有更猛的，回家途中，她一把把扣上无效章子的结婚证扔到路边的垃圾桶，连撕都懒得撕，完全不似她平日里小心翼翼的风格。以至于很多年后再想起，她还觉得这场没有温暖的婚姻是被正确地终止了。

3

刘亚纯就不同，自来熟，无论什么人什么身份，只要张开嘴搭上话，你立刻就能感受到她从里到外透出的热度。直门大嗓，动作夸张，却让你感到沁入心脾的亲切，又把距离拿捏得恰到好处，让你不至于被热情冲昏头脑，没高没低没上没下，蹬鼻子上脸忘乎所以。而一直是敬着畏着，仰脸瞧着，为这点热情施予感恩戴德。她的眼睛会勾着你，当然不是放浪的表现，而是顺着你的心意，把话说到你的心坎儿里。你会认为她是最真诚的，最理解最懂你的，她完全站在你的立场说话。即便是在与周围人的观点不一致时，她也不会与你辩驳，而是像柔曼的枝藤贴合着你的走势说话，哪怕她的观点就在此前一分钟与你是背道而驰十万八千里，但她就有本事拉回来和你齐头并进相得益彰，驯服得如同一匹求偶成功的野马，沉浸在和你共谋的无限美好里。可你要以为自己真的胜利了，对不起，判断极端失误。她总是会找到恰当的机会合理地表达出本身的观点，不急不缓地找补回短暂失去的绝对权威，而你还是愉快地接受，因为你即便不是心悦诚服，可又推不开绕不开她的真诚笑脸，道理是长在她那边的，而且人家还是在彬彬有礼地征询你的态度啊！上司马广禄就多次遭遇这样的待遇，他乐滋滋地说，"呵呵，温柔乡，什么是温柔乡？这就是！"

要以为刘亚纯是个娇娇滴滴、温柔缠绵会发嗲的江南小女子，那就大错特错了！她身高体壮，银盆大脸，十足的用面揣起来的西北人。分量尤其体现在下半身，那阔大的胯，被认为随随便便生个四胞胎五胞胎的没问题，屁股发沉绝不翘挺，所以和西方洋妞不是一个概念。两条腿让大象见了也羞惭，可有一点，直溜，有脚踝曲线。与之对应的上半身，却相对单薄，并不纤细的腰身在下半身的映衬下，变得纤巧，盈盈可握。就是胸部没太发育好，总是靠各种昂贵的假情假意的厚厚的定型胸罩支撑起勉强看看的造型，最怕与人共浴或游泳。但她是个有心的女人，很会遮蔽劣势，她总是穿着裙子，要么就是阔大的、可以直接脱下来装上二百斤白面的裤装，走起路来也就有了婷婷袅袅的意思。四十码的大脚只能穿外贸鞋，走到哪里都是人未到，二里地外却已被动静震倒，很有皇后娘娘驾临的意思。

有一点，必须承认她属于后天会保养的人，她身上皮肤粗糙暗沉，成天用牛奶加精油泡澡加以改造，成效不佳。可需要露出来的地方却是肌肤胜雪，脸上常年带着淡淡的粉色，好似天天把当归乌鸡当补汤，皮肤虽与细腻无缘，远观起来，三十多岁的刘亚纯脸色绝不输于正当年的小女子。她还有希腊男人的美鼻，高挺笔直，虽说在一般女人脸上稍显硬气，可搁在她那张银盆大脸上，却秀气可人正适合。最值得说上一嘴的，是她右侧脸颊一只娇俏深浅适中的酒窝，好像演员殷桃的一样，笑起来格外甜美。她也发挥优势，只要在镜头前或大一点的场合，她总是把右脸放在显要位置，好像是加了导读的报纸头条。其他的诸如眼眉什么的都不想说了，眉毛是文的，很自然秀气。很难得曾给闺蜜展示她过去的旧照，两条蜈蚣一样粗重的乱眉，实在不敢恭维。眼皮是割的，这也是一次电脑修片时做细部放大处理发现的，还真挺吓人！至于美鼻酒窝是否人工制造，就不得而知了。

刘亚纯是个爱美的女人，不化妆绝不出门，每天出门都走路板板的，妆容精致。和设计院大门站岗的哨兵回礼时，总是下颌微收，伸出右手稍侧头颅，指尖滑过眉际，虽不标准却很有派。业余时间，爱穿个花红柳绿，全是极端鲜艳，像打翻的色彩盘，虽绝对和高雅柔和无缘，可很打眼，像在舞台隆重出演。但别人千万别以她为蓝本仿效，打扮出来绝对是个恶俗大嫂。想来这与她曾经是基层文艺队出身，学过表演的经历有关，喜欢浓墨重彩，不喜清淡。即便如此，第一次见面，绝对不会有惊艳的感觉。记住的就是一张白胖脸和很壮的身材。但单位的人都把她叫作第一美女，她自我感觉也一贯良好。这与事实无关，而是因为她的爱美和张扬。

有她在场，哪里就是热闹的聚集地，哪里都会随时传出她肆无忌惮的嘎嘎大笑的声音，领导、士兵、职工、教授、商人、演艺界大腕，她都能在五分钟进入角色，找到共同话题，还那么贴心。说话还是看人，地位高的就恭顺，地位低的就是亲切里含着不容置疑，像个亲切的领导。说到亲热处，她不吝当个插科打诨的主儿，舍得小小地践踏一下自己："瞧我最近都胖成猪样了。"当然这必是在别人夸赞她漂亮的时候。"我这张大饼脸最不上镜。"这是在别人说她当晚会主持很成功的时候。在好似没心没肺的不扭捏作态中，感情又进了一步，亲和度又加了一层。亲切间，就不知不觉被她支使，为她做这跑那的，而且相当愉快，屁颠屁颠的。她也很会施予小恩小惠笼络人心，常常带些零嘴吃喝小礼品啥的做着布施，做着又不显刻意，就轻而易举地收买了你的人心。倒不是为东西，而是被热情感染。

她常说，吃小亏占大便宜。因为办事得力，虽然只是设计院里俱乐部的干事，在其他单位不算边缘但也绝对不是主流的位置，却被她干得风生水起。单位但凡需要出头露面，外部交往，内部办个活动啥的，都要她出面。虽然不管经费，但她就能替领导拍板花多少钱，无往不胜。各种眉目的花销，她的领导也要费心思掂量挠头的，她三下五除二就能找更高的领导签字处理了，换回一沓沓真金白银。于是她就成了实际上的财权重臣，每年弄个十万八万的不成问题。她的吃亏理论发挥了重大效用，把领导喂得格外好不算，感情交流也煞费心思，每到冬天，她都要和家乡牧区联系车马，把正宗的牧区羊肉给领导挨家送上一只半扇的。连家乡的酒也成为单位的招待"御酒"。悉心经营下来，确保了财权多年不倒。

　　每年年终总结庆功会上，由党委书记宣读的当年年度"突出贡献奖"，基本都有刘亚纯的大名。这个"特殊贡献奖"很有花头，立功够不上，却比嘉奖实惠大，嘉奖了不起五十元的奖品，哄孩子似的，而贡献奖是货真价实的五千人民币。它不需要考察你一贯制的工作成绩，只需每年有一项比较突出的成绩即可。说难也简单，就看对谁了。刘亚纯多年一贯地一年给单位搞台内部新春晚会。筹备期间，她发动各个兄弟单位、演出队、熟悉的人头，再巧舌如簧让领导应下经费保障，一次演出花个二三十万是小菜。机关报告把大旗舞得山响，打得口大气粗，后勤车辆保障充分，不敢怠慢。接下来的演出说是内部，从舞美到灯光，从音响到服装，从化妆到道具都是一水专业水准，加上请几个末流的专业演员撑场，她自己更是发挥老本行优势，包揽节目主持的重任隆重出场，和单位的文艺积极分子同台献艺，整台晚会也流光溢彩，有了专业范儿。熟人业余时间有个走穴赶场子的机会挣个盆满钵满，对她能给机会充满感激。单位的参与者也有了聚光灯下明星的感觉，说起来也是参加了系统大型文艺演出的，笑逐颜开。平时上班下班做研究做实验，生活枯燥，有此调剂，自然满意。群众满意，热情参与，说明一个单位的精神面貌好，有凝聚力，进一步说明单位的政治工作得力，思想文化建设扎实，再加上横向几个单位比较比较，在这方面自己单位当仁不让算上乘，领导脸上光芒四射，对她自然赞不绝口，于是对她巧立名头捞点小钱，也是睁一只眼闭一只眼，当成了心知肚明，不能说的秘密，何况她吃水不忘打井人，领导的红包包得更大。这样皆大欢喜的局面，有什么理由不承认刘亚纯的"突出贡献"。学了科学发展观以后，单位下大力进行文化建设，并成为单位建设的重要内容，摆上日程，党委常委举手表决通过的，每年的对外会议，上级布置的歌咏大会、文艺汇演、演出活动都成为增进感情、显示实力的主要手段，增加到每年四五次，单位每年的预算列出专项一百万，多了不退，少了补齐。刘亚纯干得像经营自家的买卖一样卖劲，更加红红火火，社会地位也水涨船高。单位的一些科研项目的经费倒是能并就并，左斧右砍，精打细算。

总结会后，接着就是各单位组织的庆功团圆会餐。机关的并在一起，单位的领导来得很整齐。刘亚纯喝酒如喝水，红白黄酒的三种全会样样来得，如果进入状态，发挥更好。酣畅淋漓之际，她的表演功力能给聚餐适度活跃气氛，让各位领导愉快放松。她通常就是满场飞的场面人物，绝对主角。

有时，她半玩笑半当真地说笑，"我最应该当办公室主任，把领导全能给办了，而且让大家舒舒服服。"可是部队不像地方，到底是阳刚的地方，对女干部的任用除干技术有硬邦邦成果的不说，行政人员除非扑下身子干到全系统扬名或者来头太大压不住，凤毛麟角地安排个职务，一般总是慎而又慎。色字当头一把刀，甭管私下怎么想，面上这遭浑水是谁也不敢蹚的。但女同志嘛，官职这东西无所谓，有实惠，干得舒心最重要。所以，她走到哪里都能呼风唤雨，气场很盛。凭着不俗的活动能力，她已经开拓了很多领地。一次聊天，她很认真地问别人，连续几天做梦都是从天到地一片金碧辉煌的殿宇，一尊金佛慈眉善目总冲她微笑，她在里面转呀转呀，总也绕不出那片金黄，不知何意。得，傻子也能听懂，这梦是一般人做得了的吗？还连续几天。

4

在人际交往上，刘亚纯简直就是人精上的人尖。但在感情上也是走过麦城的。

刘亚纯的性格注定她不会成为剩女。她刚到结婚年龄就嫁了个死缠烂打手段高明的同乡。那人挣了些钱，但离真正的"款爷"还差得较远。年轻的刘亚纯还是很感性的，她的他高高大大，富富态态。她说不喜欢瘦了吧唧、个子不高的男人。虽说好这口的的确不多，但她的理由与众不同：但凡成功的男人都长得方头大耳，圆圆乎乎。那叫排场。

没错，就是这个男人，苦追两年多，刘亚纯即使调到中阳市还是没下和他分手的决心。虽说一个在老家一个在中阳两地分着，但他结婚时专门在中阳买了房子，隔三差五打飞的来探望，节假日则安排国内游，如果军人能随便出国，估计国外的也少不了安排。总之是今天海南，明天水乡，后天庐山的，眼花缭乱，充实到热闹。一次，海边度假归来，刘亚纯三天没上班，原来吃海鲜过敏了，脸成红皮球了。

虽说不能天天陪在老婆身边时，他也是一天不少于六个电话，每个时间段的情况了如指掌，怕老婆一个人寂寞，派自个儿妈来长期陪伴儿媳，醉翁之意不在酒，得看住喽，每次回来，各种高档服饰伺候，把老婆整得和富婆有一拼。接着，老婆通过关系把大学毕业的小姨子也弄到中阳，穿上了军装，只等两年后老公随军来中阳团聚。一家人准备在中阳这个国际大都市施开拳脚，大展宏图。

看起来，冉玉环和刘亚纯就是风马牛不相及的两种状态，两个人生，怎么也交集不起来。冉玉环第一次见到刘亚纯，就告诫自己，这女人不善，远躲为上。刘亚纯也觉得冉玉环神神乎乎，看着太闷，不是一路人。所以，冉玉环和刘亚纯同事三年，一屋办公，两人除了正常的寒暄没有亲热地聊过一次天。

刘亚纯的幸福生活怎么就急转直下，她和丈夫怎么就分了手，很多人至今没搞清楚。是嘛，那段时间，刘亚纯在众人面前还是每天笑声朗朗，美艳如花。冉玉环只记得在自己的婚礼上准备送单位同事走，提前到卫生间整理服装，无意看见刘亚纯上了院长的车，还拉上了帘子。冉玉环没有多想，赶着回去招呼同事。院长是个很有亲和力的领导，尽管是下属的婚礼，也毫不矜持，玩笑的话儿一堆，又是作词又是吟诗，又热闹了好一会儿才率一干人离去。冉玉环只顾上沾沾自喜有面子了，正在新婚丈夫面前笑意盎然。突然听有人问，"亚纯呢？不是说一起走吗？"

"小刘？哦，她刚才跟我说还有点事，先走一步。让我和新娘新郎道个别呢！"同事老苏才想起来。

把大家送到门口，冉玉环看到院长的车还在，隐约能看见里面坐着人。等车开动，冉玉环确认早在车上的人就是刘亚纯。疑惑只有五秒，婚礼闹哄哄的，还有很多事等着张罗，冉玉环转头就忘了这事。

其实刘亚纯和院长关系好也不是什么秘密。刘亚纯能调到中阳，就是院长全程帮忙。理由也很拿得上台面，单位一直需要一个文艺骨干，作为曾经的文艺队演员当然胜任。院长是个诗人性格，平时喜欢作个词弄个曲。一个单位重视不重视文化，关键看领导喜好。话又说回来，中阳人才济济，一个文艺骨干一定需要从外地引进吗？不过，这样的关系好也是大鸣大放的，并不避人，刘亚纯也一口一个嫂子地称呼院长夫人。

冉玉环婚前在为如何不成为剩女焦虑。婚后的生活没有舒心两天，便也走向瓶颈，两个人谁也不迁就谁，动不动就剑拔弩张的。所以冉玉环很快就陷入新的焦虑中，只是因为好面子，对外界她始终小心翼翼掩着，也没有心思留意外在的变化。一些零零碎碎的传言还是到了耳朵中，刘亚纯在闹离婚，院长夫妻关系差等等。冉玉环相信自己属于后知后觉的一类，自己知道了，满世界一定传遍了。

在冉玉环还没有搞清状况时，又传来刘亚纯离婚的消息。不久，院长两口子在孩子大学毕业后马上办了离婚手续，结束了多年冷漠的夫妻关系。院长的老婆很能干，生意做得风生水起，离婚后，单位仍是她的固定客户。足见院长不是个小家子气的人。

刘亚纯离婚离得很高调，领导都在积极帮她从中斡旋争取，离婚好像不再是个人行为。其后，又众口一词说那个男人太不男人，舆论一边倒。据说离婚原因似乎是男人怀疑女方外面有染，而且态度转变似在瞬时完成。从刘亚纯那里传出话："明明是自己有了外遇，偏把屎盆子往我身上扣，领导指派办事，说明领导信任，我的工作几年来一直这样，到现在来挑毛拣刺儿，明摆是贼喊捉贼。"

刘亚纯离婚后状态调整得很快，同事们又能听见她在办公室哼出轻快的歌，闺蜜们也不给她闲着的时间，下班后的活动安排得挺满。让冉玉环不禁羡慕朋友多的好处。但这件事让冉玉环对婚姻的期望值打了些折扣。毕竟之前刘亚纯在婚姻中展示出来的幸福甜蜜好像满溢的酒杯，可比自己波澜不惊、从一开始就温吞吞的从未沸腾过的婚姻好太多了。她在感叹的同时，脑子老在冒一句话：世上没有无缘无故的爱，也没有无缘无故的恨。好在刘亚纯不在自己的世界，隔着云，飘着雾，茶余饭后想一下而已，撼动不了自己的神经。

5

这两个看起来永远难有交集的女人，有一天居然会成为朋友。

那天，已和丈夫达成最后协议并进行了物品分割的冉玉环正在家中收拾。说是收拾，其实是把空空如也的家扫扫灰而已。当初结婚时，丈夫说他的单位要分房，就把冉玉环单位的房子当个过渡，所以两人除了把房子简单地刷了白灰，就把各自的旧家具拼在一起了事，房子太小，后来干脆把冉玉环单身的家具全淘汰了。如今丈夫把家具电器全搬空了，甚至连个台灯和当初他家置办的床上用品也一样不剩。冉玉环很佩服干财务的丈夫，物品清单写得一丝不苟，甚至连他单位发的一个小 U 盘也没落下。为避免节外生枝，他还要求做了财产公证，二百块的公证费一人一半平摊，真正一副恩断义绝的样子。在公证处，冉玉环的眼泪就像关不住的水龙头，把离婚的眼泪全流干了。她在心里大骂自己不要软弱到在对方面前掉泪，可没办法。

现在因为订的家具还没到，冉玉环临时借了张行军床安置自己。想想当初过渡的决定，她的肠肝肚肺都悔青了，简直就是一个咒语，把婚姻也给过渡了。正感叹着忙乎着，传来敲门声，刘亚纯来了。她可从来没登过门。环顾四周，屋里地面垃圾狼藉，空空荡荡，像浩劫过后，刘亚纯的眼圈就红了，让手拿脏抹布的冉玉环一时无措。

"唉！"刘亚纯重重叹口气。"你不早说，看我能帮你干点啥！怎么弄成这样。"

又看看冷锅凉灶，贴心的话喷薄而出。"中午上我家，咱们吃点儿涮锅，家里刚带来的羊肉，冰箱都搁淤着了，正愁没人陪我吃。我这就让小菜场送点素菜。"说着不由分说打起电话。

"别，别，我这有面呢，千万别麻烦。"

"什么都是现成，快！你就别推了。我先回去，你洗洗马上过来。"

刘亚纯的热情没有一点虚伪，明明是请你吃饭，话里却是你在帮她解决问题。稍稍缓释了对方的负疚心理，暖暖和和的话一来二去就让彼此亲近了不少。别看当过演员，刘亚纯却不是一个好逸恶劳娇气的主儿，一身麻利劲儿，家里家外拾掇得一尘不染，还有一手好厨艺。这点，冉玉环差得太远。前夫就说她笨手笨脚，除了认得几个字，做做白日梦以外什么都不会。

自打决定离婚，几个月来，冉玉环的神经高度紧绷，以应对对方随时提出更改协议的要求。虽说两人的关系恶化，但冉玉环还是想不通曾经同床共眠的人怎么有如此仇恨，出尔反尔，全家出动，步步紧逼，上单位折腾，让原本好面子、想早点息事宁人的冉玉环像惊弓之鸟，简直在调戏自己的尊严和智商。

所以，离婚到最后简直就演变为一场对耐性的考验，冉玉环下定决心，哪怕耗上一年两载，决不妥协。谁沉不住气，就全盘皆输。

最后，是对方耐不住了。

事发突然，让一直处于堵枪眼的战斗状态的冉玉环一时还适应不过来。很长时间，她光想着要以最佳状态去抗衡，买新衣，改发型，化淡妆，隆重减肥，脸色也因神经一直处于兴奋状态而出奇地好。总之，她想尽办法要证明一个人也可以活得更茂盛。完全没有时间去想今后怎么办，离婚给自己会带来什么影响而悲悲切切，自叹自怜。此时，她完全理解了历史上为什么会有那么多的政治人物热衷斗争，那是所有注意力都集中在一点上的超然物外的亢奋啊。

她记得，当初拿着离婚协议向主任汇报，是瞒不住了，离婚必须得有单位证明。主任一个劲儿埋怨她，"非得到事情无法解决才张口，之前要知道，大家可以帮忙做做工作嘛。一个女同志，离婚不可怜吗？"主任是老派人，冉玉环听着挺感动，但那时还顾不上悲伤。

今天，她是第二次听到外人公开表示的同情。不经提醒，她还没意识到事情已有了确切的结局，而今后的自己就是烙上离婚标签的弃妇。看到刘亚纯表现出的怜惜，一直麻木的心房突然就柔软了一下，喉头就有些哽咽。她挣扎着把眼泪逼回去，又有了对刘亚纯的一点歉意。自己在人家离婚后除了有限的同情，表现得可没有那么贴心贴肺。

那天，在饭桌上，盘盘盏盏地张罗了一堆，吃得不多，两人的话却没少说，有惺惺相惜的感觉。冉玉环头一回对自己的"第一印象论"产生了怀疑。刘亚纯说的一番话让她记忆深刻：看看，"咱俩犯了同一个错误，就是都找了斤斤计较一毛不拔的小男人。当初他退给我的陪嫁钱里，居然还有两张假币。真让人恶心。分了干净，有句话现在才有机会和你说，其实大家都觉得那家伙配不上你。以后咱俩可都得放亮眼珠，好好找！"

6

刘亚纯比冉玉环早两年离婚，却一直没把再婚当作紧迫目标来实现。她和冉玉环说，"没心思找，怕了。"但关于院长和她的传言却甚嚣尘上。

听说正值盛年又有官有位的院长，进入了黄金王老五的行列，明里暗里被好几个或离异或寡居的中年妇人惦记，筛选出来的不是风韵犹存，就是家世良好。院长有才，看上去还有点潇洒倜傥的劲儿，却没有他这个位置上应有的高深城府。好应酬。好出风头。关系好的男男女女一堆，也说不上真情假意。

一天，突然就听说，刘亚纯被骂了。对方是对院长追得很紧的一个离婚女干部，妖娆、泼辣。在单位的一次内部演出中，那女人突闯后台，走到正在休息室里默串词的刘亚纯身边，笑眯眯贴着耳朵像说悄悄话一样："瞧你那副猪样子，扭个什么劲儿？我们肯定要结婚，你离得最好远点儿，骚货！"

短暂的惊愕过后，刘亚纯选择了沉默。演出没有受任何影响。她被骂的消息，是她自己说出去的，准确地说，是向单位相当一部分领导做了汇报。冉玉环知道的时候，早已成了旧闻。她很惊异刘亚纯的涵养。

无独有偶，冉玉环在办公室也接到那女人骂人的电话。冉玉环和刘亚纯的声音很像，尤其在电话中说头一句话，误会率极高。那女人一阵污言秽语过后，不容对方说话，就挂了线。平白无故被一顿臭骂，冉玉环当然愤愤，就和刘亚纯说了。没想到不到一天，单位上上下下全知道了。刘亚纯安慰道："好好臭臭这个泼妇，看她是个什么嘴脸！"

女人最终逼婚成功，如愿和院长结了婚。领证那天，这个没名堂的女人开着从前夫那里争得的尼桑天籁，专门在上班路上候着刘亚纯，等着看到了，加大油门从她身边横别过来，扬着手中红彤彤的结婚证，冲着刘亚纯竖起中指，挑衅般地围着她开车转一圈，一冲而过。

晚上，又逼着新婚老公在富华酒店开了几桌，算是小型酒宴，请了单位各路大小领导出席，至于红包的丰厚程度，自己掂量着办。席间，她挎着丈夫的胳膊，把头歪在还算高大的丈夫肩头，一副甜蜜状，表情略显夸张："昨晚，我和几个女朋友到酒店开了个小型 PATTY，为我庆祝。我都流泪了，因为昨晚是我最后的单身之夜。我要把酒狂欢！来，CHEERS，干杯！"

作为领导的新晋夫人，面对一群下属同僚说这番话，怎么也不合时宜，有失庄重。但喜庆的日子开个玩笑也无伤大雅。于是有人说："那院长放心吗，没有陪着？"

女人看了丈夫一眼，媚眼一翻。"才不让他来破坏我最珍贵的一晚呢！以后让他天天陪着！"再看丈夫，"你说，是不是？"一脸期待。

领导拿着酒杯尴尬地打着哈哈，顾左右而言他，"大家慢慢喝，我今天特地带了茅台，保真，二十年的。哈哈！"

这边厢，敬酒的人也是一阵麻酥酥，只顾找掉下一地的"小米粒"。

第二天上班，院长结婚昭告天下的消息就一路传开。不管各路人马什么心态，但有一点是肯定的，就是女人成了众矢之的，刘亚纯成了同情对象。在整个过程中，冉玉环并不了解事件的沟沟回回，她和刘亚纯之间非常回避。但这桩俨然够格的香艳事实，足以让人们去做各种版本暧昧猜度。冉玉环的感受就是，刘亚纯这个女人不简单，把自己摘得很干净。

自打院长和那女人的事板上钉钉后，刘亚纯就一心一意开始寻觅佳偶。很长一段时间，上着班，冉玉环都能听到对方哼歌，一起头，就是军旅歌手谭晶的成名曲《妻子》，而后就是长长的叹气声，问起来，居然是无意识地。渐渐，冉玉环的耳朵都能磨起茧子。后来，对方一哼唱，她就接下句"我骄傲，我是军人的妻"逗刘亚纯。一阵嬉笑过后，刘亚纯就会幽幽地发誓："我以后一定找个军人，还是军人正派。"冉玉环就坏笑，"那就找个某某那样的？"那是军界的一个大腐败贪官，生活腐化，他为官时的神气和不可一世与他沦为阶下囚的狼狈可怜，都是一个时期内热议的焦点话题。

"那是特例。"刘亚纯不服。

冉玉环的心事一点儿也不比刘亚纯少。自打离婚后，她自己还没怎么的，母亲总是看着她愁。女儿离婚，她没一点反对，但是对女儿今后的生活焦虑却不少。"她常叨叨，现在城市里很奇怪，女多男少，男人岁数再大，人再不咋地，也不难娶个大姑娘回家。可女的，眼看着一堆未婚大龄女还剩着呢，这离婚的就更没谱了，万幸的就是还没孩子。"

冉玉环最怕母亲叨叨这个话题，提起来，眉头皱巴着，怎么都捋不开。虽说达不到天塌地陷的恐慌，可是那愁啊，密密实实像茧子一样套着你，动弹不得。叹息声一下下砸来，听在耳朵里比打在身上还难受。这不，紧跟着的又是那老一套。

"你可想好了，要是找不到合适人，嫁不出去，你可别守着我哭。这老了，生个病啥的，没个人照应，你也得认了。唉，要真这样，我和你爸咋闭得上眼哦！"说着说着，似乎就有了哭音。

"妈，你烦不烦啊！好不容易逃离虎穴，你又打算把我往狼窝送啊？你也忍心？我现在没心思，对男人免疫！再者说了，就是真嫁不出去，也没到世界末日吧？离了男人活不成了？吴仪就一辈子没结婚，人家当了副总理。印度的特蕾莎修女死了十几年了，还有那么多人纪念，这些凡夫俗女办得到吗？"

裹挟着母亲一连串的唉声叹气，冉玉环逃也似的出了门。每次都这样，总要在院子里溜达溜达，把气平顺了，再回家。

硬气话谁都会说，可真说完全不考虑再婚那是假的。但现实在那里摆着，冉玉环一无美色；二不窈窕，只能算得上五官端正；三来性格不开朗，甚至算孤僻；四是环境封闭，每天上班下班，家里单位两点一线，连单位的人都没认全。找谁去？谁找啊？

虽说事情倒也不是那么绝对，也有热心人介绍过个把对象，可那是完全的拉郎配。除非在离婚前就有了下家，否则离婚简直就成了凑合的代名词。随便个人，都能拉来对付。见的几个，不是拉扯个孩子准备找后妈，就是年龄差着天上地下，不是生理或者心理有点显性或者隐性的缺陷，就是好不容易逃脱婚姻苦海，决然不想再踏围城，却又耐不住寂寞，想找个身体上的伴儿，顺带精神也愉悦。这些让冉玉环差点崩溃。此后一段不短的时间，她宁可焦虑着，也决心生扛，不再见那些莫名其妙的相亲对象。她感觉自己就是银河系里飘着的行星，各自绕行着特有的轨道，如果和哪颗行星发生了碰撞，只有微乎其微的可能性。尽管如此，她还是想不抱希望地等待。

7

刘亚纯没有选择守株待兔，而是开始了主动出击。其实按照她的人脉，关心她终身大事的人算不得少，可总是差强人意。介绍的多是些做生意的，要么就是搞文艺的，再不就是学院研究院规规矩矩的学究们。前两者她觉得不靠谱，后一种倒是靠谱，扎实，可一想到一辈子就要过得清汤寡水，过着今天，就知道四十年后的日子也出入不大，她就坚决放弃了。这一点让冉玉环特不明白，经历了一次婚姻了，找个人品好，通情达理知冷知热的人，握着一份平凡踏实的感情不是很好吗？然而这番理论却被刘亚纯嘲笑为书呆子气。"傻瓜，那是书上写的。我可不喜欢男的成天待在家里守着老婆，怪没出息。我就希望他在外有头有脸，不说呼风唤雨，但也有说一句顶一句的分量，回到家里，什么家务活也别干，我怎么伺候他都行。说起来，我脸上有光啊！"

据冉玉环不多的了解，刘亚纯家也不是祖坟冒青烟的人家，说起父亲，她仅是点到父亲是干部为止，具体什么干部，哪里的干部，多大的干部，从来不提。她的父母来看姑娘时，冉玉环登门探望过。印象里就是二老话不多，黑红而沟壑纵横的脸上总是带着恭敬的笑容，比村干部还要朴实，爱吃泡菜就羊肉，有它们就是最大的享受。冉玉环嚼着羊肉干，心头纳起闷。怎么也看不出二老能养出这样的闺女，刘亚纯总是张口闭口"大气""贵气"，虽说每次应酬吃饭总要平易地强调，"我还是喜欢吃个清炖羊肉，就点我妈做的腊八蒜和醋，美味啊！"可她对鲍鱼吃几头的，燕窝和鱼翅的品种品相都是深谙其道、颇有心得，出入的地方自然上档次有规模。虽然她起草个文书时常语句不通，言语重复，错别字不用挑，生往外蹦，还要费老鼻子劲，常常需找外援支持，可她爱翻翻军报和军区军兵种报，对上到国家政府机关，下到总部和各大军区主官的调整动向很敏感，掌握得清清楚楚，说起来总是某某升上将了，谁谁当上军委委员等等，口气熟络得好像在谈自家的亲叔二大爷。再有就是政治敏感性强，手写不灵，可是嘴上能把国家新近的热点焦点随口道来，国家军队现阶段的政治教育内容一条不落，还能发扬光大，是个很讲政治的同志。

其实，也有人给她介绍什么领导秘书，哪个部哪个局带"长"的，说起来好听也体面。但是人家也当你是市场上的菜，也得挑个新鲜水灵周正的，味道甜美，风味足的，隔了一宿的白菜萝卜只能论堆儿撮了。都拿着个劲儿，不给你挑选的余地。所以相亲的结果，总是有来言无去语，一两个回合就无疾而终了。刘亚纯刚开始心还热着，总急着向介绍人试探，没想到现在的人聪明，回个话也是模棱两可吊胃口，之后便音讯全无，她也觉得面子上过不去，就淡了。

一天早上，冉玉环到办公室早，正谋划着是否换双平底鞋围着院子走两圈锻炼锻炼。推门进去，没想到刘亚纯来得更早，正握着话筒打电话。隐约就听见一句，"他的单位属于什么级别啊？"看到冉玉环进来，赶紧说，"那先这样，回头我再给你电话。"冉玉环很知趣地放下包就出了门。没走几步，听见锁门声和楼道里重重的脚步声，一回头，刘亚纯追上来了。

那天早上，两人围着院子走了四圈，再踏进办公大楼，上班已过了十分钟。刘亚纯很神秘地说，"玉环，我发现一个很不错的婚介，军区大院里的，广告打得挺大。那女的我见过，一看就是个正经人，有点风度。听说是部队医院退休的。她专做军婚，手里大把的军师职干部，团的都不多。但层次高条件好的资料只有 VIP 会员才能看到，上周末我交了 9600 元。这礼拜人家已和我说了两个了，邹老师人挺热情，安排一个错后两天，说是给我充分的比较和考虑的时间。今晚就见一个。要不，你也试试，咱俩就个伴。"

冉玉环像听故事一样，接着用看恐龙的眼神看着刘亚纯，"你真信啊？婚介所有几个靠谱的？就是糊弄着你交钱。"

"怕啥，碰碰运气呗。反正钱也不多。"冉玉环听了，想想扣了杂七杂八不到 3300 元的工资，扬了扬眉毛，没吭声。

一想到再婚，冉玉环总是告诫自己，"这回一定要稳扎稳打。"去婚介所的险她是坚决不会冒的。

前阵子，母亲托父亲在中阳的老战友，老战友又托了女婿的哥们儿，总之七拐八拐，介绍了区建委下属单位的一个公务员，享受处级待遇，四十二岁，很早就离了婚，有一个女儿随前妻嫁了人，前两年移民了。人听说很本分，自己有一套二环边上的大二居，还有一辆中规中矩的捷达王。

母亲挺满意，说："对方虽说有孩子，可人在国外，离得又早，和没孩子一样。要知道，现在这个年龄段，二婚又没孩子的男人不

146

火星居民的地球梦

多，和你差个七岁，也能接受。我和你爸还差六岁呢，大男人知道疼人。加上是个公务员，铁饭碗也算抱上了，要知道现在的国考比例可是1：3000。房子也解决了，以后孩子上学，二环也方便。关键是人本分，没有莘七素八的事。现在的男人，哼，可说不准。"

好像这个男人就被她握在手心里说准了一样。还没怎么样，连孩子上学的事都计划好了，心都操到这份上，能不老吗？

"不去，不是说了吗？不去见什么莫名其妙不负责任介绍的。"

"必须去！你郭伯伯生怕不踏实，专门约小伙子到他家吃了顿饭，大冷天的送人家出门，自己倒冻感冒了，躺了几天。仔仔细细问下来，他说，那孩子挺老实，工作也不错。我相信你郭伯伯的眼力，干部工作干了几十年了。你不去，谁都对不起！"

勉强之下，冉玉环去见了。约的地方也是中规中矩，一个古色清幽的茶馆。她是掐点到的，人家早都端正坐在那里恭候了。除了头顶微秃的特点，冉玉环看了对方好几次，还是牢记不住对方的模样。真是普通又普通，个子中等，体型偏瘦，但气色状态不错。

一番自我介绍后，方汉伟礼貌征询对方要喝的茶。冉玉环对茶道没有研究，照例要了一杯菊花。一来清火，二来她准备坐坐就走，不想让对方过多破费。这个举动，让方汉伟露出诧异之色。他说，"这地方我常来，这里的六安瓜片和雁山毛峰都不错，可以尝尝。茶师的茶艺也地道，到茶馆喝菊花总觉得是慢怠的。看你的脸色，感觉有胃寒，要不就喝点大红袍吧！"他说话总是温声雅气，不急不缓，嘴角挂着的笑意也很温暖。总之开场白还好。

那天下午，本想坐坐就走的，两人却聊了三个钟头。直坐到太阳渐隐，通过木质的雕花窗棂，洒下一地昏黄的光晕，照在两人的身上，暗影斑驳，有种融融的平和。他不抽烟喝酒，嗜好喝茶读书，却不让人感觉闷。他很体贴，总不等茶凉便一步步按步续上，掭起紫砂茶杯的手指细白修长。冉玉环不由地想到早年暗恋过拉大提琴的音乐老师，也有一双这样的手，兀地多了分好感。送冉玉环回家的路上，方汉伟轻声邀约下次见面的时间，冉玉环竟没多考虑就答应了。

几番接触，已经过了半年，到了冉玉环应约到方汉伟家里喝茶清谈的地步。就是在那里，在两人一起在厨房，他忙她陪着看的时候，他貌似不经意地和冉玉环说起了女儿。前妻嫁到菲律宾，这两年那地方不太平，加上前妻刚生了孩子，商量着想把女儿送回国内上初中，等两年再接走。方汉伟属于随和的人，前妻两句好话两行清泪说下来，就满口答应了。至于是否只是两年，是否还要回菲律宾，都两说着，毕竟是孩子的亲爹，为女儿怎么都行。冉玉环心动了动，想说想问点什么，只是在喉咙里转了两下，又咽了。

冉玉环正好下午约了死党蜜友钟丽媛一起打羽毛球。说是打球，其实是冉玉环约来考察方汉伟的。处了这么长时间，可以小范围见见光，不是说恋爱中的人不止要看他对你如何，还要看看他对你的朋友如何。钟丽媛长着一双巫婆眼，眼光毒辣，一直为冉玉环等推崇。她的老公当年就是一小公司的小职员，谁也不看好，这才不到十年，就成了一家新兴公司的三号人物，算是靠上了 CEO，听说公司正忙着上市。不光别墅豪车供着老婆孩子，还绝对忠诚。钟丽媛虽说是山鸡变凤凰，可一点不张狂，多年来一直和冉玉环关系密切。冉玉环对这样的落差也算坦然，照旧让方汉伟开着捷达王去接冉玉环，三人玩得还尽兴。

晚上通电话问起来，钟丽媛在电话那头憋着半天不表态，问急了，才慢悠悠地发言，嘴里发音含糊，好像有东西。果真在吃荔枝。让冉玉环好不烦躁。

"你注意到没有，这个老方衣服上一层密密的头皮屑，我一眼就看到了。"

"头皮屑？"冉玉环近视眼，还真没注意。不过没女人照料的男人，有点也正常，不是关键问题。头发长不齐全的事，她都忍了，还怕这？她接着倾听下文。

"这倒也没什么。你真让我说，我就说了。当然就是感觉，第六号噢？你也就听听，自己考虑！"

"你别舞神弄鬼的，快说！"冉玉环显然快要耐性不再。

"关键是我觉得这个男人单纯只想找个女人，实用的。换了你冉玉环、张玉环、杨玉环、李玉环，只要条件差不多，全一样。没有什么特别的、深厚的感情在里面。换句话说，和你上床，和别人上床没什么区别，他可不会对谁刻骨铭心，都无所谓。这是我从他眼睛看出来的。"

"可他对我挺体贴的！"

"他的性格好，对谁都会体贴。其实也没什么错。按照凑合过日子的标准，他已经算很不凑合了。怕只怕你这个又敏感感情又纤细、受过伤害又是理想主义的小女人受不了！"

冉玉环的心又动了动，到底没反驳。

她没想好怎么办。有两次方汉伟约她，她都以非常合理的理由推了，不过中间打过电话，也都是些家常话，挺正常。谁也没明确提出过什么。然而随后方汉伟迅速地从她生活中消失了。冉玉环郁闷了一阵儿，觉得对方没有一点耐心，连拿个劲儿使个小性的机会也不给女方。她后来又想通了，现在的人讲究快餐文化，哪有闲工夫和你泡，没三天领上床就算够有耐性了，他们可足足耗了半年，不容易了。

于是，她更成了钟丽媛的铁杆粉丝。

母亲很不满意，说冉玉环吹毛求疵挑花了眼。唉声叹气的老一套又重复上演了。

8

转眼花开花落，又是一年过去了。刘亚纯的婚介之道走得并不顺利。邹老师有一搭没一搭地一直没断了介绍，除了三个是部队上的，其中含一个武装部的，其他不是从部队自主择业漂着的，就是已退休提前进入老龄生活的。以后见到的都是所谓的商界精英。用邹老师的话说起来，都曾经当过兵，永葆军人本色。不管真部队还是假部队，不是脑满肠肥，浑身酒气，瞪着布满血丝的红眼珠，就是说话前言后语不能无缝对接，说起来都是中办军办一路热闹，好像哪的关系都多，能拍胸脯的。可关键时候都打哈哈。只有一点是共同的，就是借着看人，吃点女方豆腐什么的。

几回之后，刘亚纯再也不去了。邹老师倒是常打电话，和她说话也亲热，老动员她去见面。

冉玉环爱看都市类报纸，连各式广告也不放过。这天，她看到邹老师的广告又上了版面，号称"中阳第一军旅婚介，现代军人的幸福之家"。再浏览浏览里面的会员介绍，不是有钱有势又有情的大干部，就是西施现世，有着倾国倾城貌的美女。冉玉环心里笑得花枝乱颤，真都是这么好，早被抢了，还能藏在婚介等着开张。

其中一条赫然入眼：某女，34/169，少校营职军官，美艳大方，肤白胜雪，才艺俱佳，单身离异，有住房。寻重情义、人品好有缘男士，可随军。非诚勿扰。

妈呀，这俨然是刘亚纯啊！说实话，比着刘亚纯，这条文字有一定水分，但水分不大，估计邹老师觉得"女军官"这三个字的含金量已足够高。只是最重要的择偶条件怎么只是"有缘"而不见"军旅"了呢？

赶紧拿给刘亚纯，小声开玩笑说："我估计你也是 VIP 大户才能见的高端啊，而且绝对不止 9600 元，邹老师给你拿提成没有？"

刘亚纯看了，脸都变了颜色，拿着手机就出了办公室，过后索性连手机号也换了。

刘亚纯把阵地转向网络，她在网上看到一家最热的婚介服务网站"佳偶天成"，里面人气颇旺，关键是军人不少。为避免再误入歧途，冉玉环帮她找了很多相关资料来证明"佳偶天成"的正规性，表面也不是以盈利为主要目的。

刘亚纯很快注册成为会员。一天中午，两人在刘亚纯家吃过炸酱面，这也是刘亚纯的绝活之一，说你绝对吃了小碗想换大碗，冉玉环试过，果真不错。中午不想去食堂了，刘亚纯就吆喝着给露一手。但今天，冉玉环看出她是有话要说。

原来，今天晚上刘亚纯想让冉玉环陪自己去京环饭店参加"佳偶天成"网站组织的一次交友活动，两个人也好壮个胆，有个突发情况也能应对。刘亚纯可不是无目的出击，是早在网站上相中了一位上校，那个胆子大的家伙，居然贴上了军装照片，说明货真价实。还正是刘亚纯喜欢的方头大耳体面排场型的。刘亚纯想试试。因为她虽是会员，但没贴照片，没有填身份证电话号码等真实档案，所以信誉度不高，不能给对方直接留言。可对方在自己的留言簿里，说了当天肯定出现。所以昨晚，刘亚纯就赶着给他的表情空间里送上了最高上限的十枝红玫瑰，一闪一闪地表明心意。

看着刘亚纯迫切的样子，想想自己反正没事，冉玉环心里早就应下了。可嘴上并不饶人。"我的大小姐，咱矜持点行不，怎么搞得那么火急火燎的，有点不好意思哈！"

"也不知怎么的，离婚头两年，人家提我理都不理。可今年不知怎么了，特想找。想想自己年纪是大了，示弱了，有危机感了。前两天，我以前单位的一个大姐和我打电话还说，'你想不想啊？'我知道她说什么，她离婚好多年了，拖着个儿子，去年考上大学。她说，'别苦了自己。'还向我推荐了一种药膏，说对没有那方面生活的女人特好，不仅愉悦身心，还养颜。国外好多明星都在用。"

尽管没有明说，冉玉环也知道她指的是什么。她曾听电台一档夜间节目《爱的私语》里提到过，估计是一类东西。但是被刘亚纯说出来，她还是脸红了，耳朵烧烧的。

"这不，我也托她去国外演出时给我捎一盒，那么一点点，居然要两百多美元。想想真悲哀，我居然也要靠它来安慰一下自己了。可我还年轻啊，精力无限，人也不丑，怎么就到了这步。"说着眼圈有点红，低下头轻叹一声。

算今年，她离婚第五个年头了。

冉玉环的泪水，也差点被激了出来。三十五岁的自己何尝不是这样，仿佛没有如花怒放过，就急速进入了生长衰退期，度过一个个凉秋冷月，纵是在婚姻中也大抵如此。否则她绝听不到什么《爱的私语》这种乱七八糟的节目。她太了解女人的寂寞，还夹杂着深深的恐惧，又不能摆在台面，真是说不出、道不明的绝望啊！

她吸吸略微有点堵塞的鼻子，换了种调侃的腔调。她可不想让这样的不良情绪在俩人中蔓延扩散，那样只能越来越绝望。

"我保证当好保镖和跟班，下面就考虑考虑怎么谢我吧！"

一个中午，俩人都在为晚上的出场服如何艳压全场挖空心思。

9

晚上，她们到饭店大堂时间已过，被追着每人花二百块钱买了入场券，手上就多了一枝验明身份的玫瑰。网站把酒店里的 KTV 包了，里面吧台吧椅摆了一长溜，一圈沙发茶几把舞台包围起来，屋里的人来了不少，男女都是中年人居多。三三两两地打着招呼聊着天，还有一大部分就或坐或站，听着舞台上一个蹩脚的主持掰活，眼里也不闲着地搜索目标。主持一会儿念一下来宾点唱的歌，一会儿张罗一个十岁孩子都不玩的游戏，想让屋里的老男人女人再回味一下童年的快乐，可显然不合时宜，尽管大家都想把身上余下不多的活力和激情好好展示一下，但每个人脸上写满的疲惫和欲望，让这些刻意显得有些弱智和胡闹。屋子里灯光昏暗，烟味汗味香水味以及各种说不上的复杂气息混杂，加上闪烁的球灯绕来绕去，冉玉环两下就找不着北了，顿觉口干舌燥。

刘亚纯今天很矜持，找了一个视线目及全场的位置坐着。冉玉环挤到吧台前想要瓶矿泉水，会上除了茶水免费，其他都收费不说，而且死贵。可免费茶水的壶早空了，就是没人来续。问起来，接待的服务员永远是一句，拿去了，马上。一边收费的饮料点心供应很充足。

刚才她和刘亚纯在洗手间整理妆容时，一名臃肿的中年女人闯进来补残了的口红。一边骂骂咧咧的不知和谁在讲："奶奶的，就知道收钱，现在网站越来越黑心了，带来一帮婚托，好多都是熟脸。比不上我前两天参加的'嫁我网'办的活动，人家好歹是三星级酒店，还有一顿质量说得过去的自助餐，也才二百块，但来的人比这多了去了，看着层次也不一样。早知我今天就不来了，尽瞎耽误工夫。"

冉玉环和刘亚纯相互看看，一脸茫然。刘亚纯的沮丧更多点，她安慰着冉玉环，也是安慰自己："没事，我就看他，要没来，咱一会儿就走。"

才买了两瓶水过去坐下，刘亚纯就捅着她嘀咕上了："他来了。"循着方位找过去，果真就是那个男人。他足有一米八五，壮壮的，已经有了他那个级别可以有的肚腩。他穿着一件咖色的皮夹克，正和一个背影年轻的苗条女子说话，一股股地冒出点很有节制的笑意，眼睛不时地扫视一下四周。估计是一个联系上的网友。冉玉环特别留意到他支愣着的两片招风耳。

"亲爱的，帮个忙，把这张纸条交给他，上面是我的手机号。就说是送他玫瑰的'十五的月亮'。让他一会儿出来说个话。妈呀，我的心真慌，腿儿直软，我都觉得不会走路了。哎呦喂，演出我从没惧过场，现在怎么掉上链子了？"

刘亚纯晶晶亮的眼睛打动了冉玉环，她决定接受。可这样主动和一个男人搭讪，还是和充当使命光荣的地下党信使的接头不一样，除了害怕拒绝的紧张，更多的是难为情。她一连运了几口气，小纸条放在手中都揉搓得有了湿意，才终于鼓足勇气向那小子走去。"妈的，爱谁谁了，也就是答应了刘亚纯，要是我自己才不会受这份洋罪。"她有点咬牙地想。

听了冉玉环的请求，又顺着所指看看吧台，他居然坏笑着又重复地问了一句，'谁？'也不知是因为音乐声太大没听见，还是故意的。

"十五的月亮。"冉玉环说第二遍的时候，明显底气不足，她判断对方要拒绝。

没有拒绝，但好一会儿，他还依旧和那年轻背影聊着，没有要过来说话的意思。重新坐过去的冉玉环看着眼睛直勾勾在等的刘亚纯，在想着怎么消消她的热切，省得一会儿更失望。

"哎，别老往那里盯，人家不怎么热情，我觉得戏不大，看他和那女的聊的热乎的。我就算现了半天眼，也没打断。"说着，一丝恼怒从头灌倒了脚板心，她使劲跺了下脚，闹得旁边那个脸上抽巴的像朵干菊花的男人看她好几眼，她不示弱地送上几个白眼球，却是出了点闷气。

正想着，刘亚纯向她递过自己的手机。屏幕上面写着：十五的月亮，有事我先走一步。晚些电话联系。

原来是那人的短信。再回头望，确实连年轻背影也找不到了。刘亚纯是一脸喜色，拉着冉玉环就出了门。

夜里一点多，睡得迷迷糊糊的冉玉环被忘了关掉的手机震醒了。她拿起手机缩在被窝里压低声音，刚想发火。耳边传来刘亚纯听起来像早上八九点钟的太阳一样的声音："宝贝，对不起，我知道吵醒你了。我赔罪，我赔罪。明天我把那张兰蔻送的面膜忍痛割爱给你用行不？保证你水灵一星期。"

夜里的静寂让话筒里的声音有了金属的脆质，声音越发显得张牙舞爪，让鼓膜有了隐隐的震痛。"大半夜的，你不会只想送我面膜吧？劳驾，我的美容觉被耽误了，一个月也水灵不起来。你赔得了吗？快说正事。"

"嗯，他给我电话了，刚聊完，我们家话筒快说爆了。嗯，我们说得特好。唉，反正我特满意，都约明天见面了。哎，他说你特逗，说话愣愣的，还有点大舌头，把他吓一跳。不过，他说你紧张冒汗的样子，一看就是好孩子。"

"瞧把你美的！小心点吧，一定要把他的实际情况弄个底儿掉。要见面，替我向招风耳上校致敬！"

"放心，我明天就和我干部部的哥们儿联系，让他帮我查。"

此后的两个多月，招风耳把冉玉环和刘亚纯的关系拉得更为紧密。他的话题伴着她们上下班，食堂吃饭，电话聊天，无所不在。有时，两人在楼下说得眼见天一点一点暗下来，邻居家的电视已传出《新闻联播》的前奏，还结束不了。当然由刘亚纯主诉，冉玉环更像一个倾听者，偶尔当个判断分析出出主意的角色，但不占主导。

招风耳不仅是某机关上校处长，而且有成为副部长的可能性，是三名后备人选之一。办事机灵，为人在机关非常低调（这可是跟他在网上的表现大相径庭），群众口碑好。离婚两年，有一个九岁的儿子归女方。这是刘亚纯干部部的哥们儿拿到的第一手材料。哥们非常尽责，还利用手中资源侧面了解了群众反映。这些简直就是刘亚纯和招风耳的关系的催化剂，他们已上升到了亲密关系。

刘亚纯为了寻个安心，多方托朋友私下打听招风耳的事儿。渠道多了，线索就多。听说招风耳之所以仕途坦顺，是有贵人提携。这个贵人，就是高他多级的上司。而且，就连老婆也是贵人钦定。又据说，虽然离婚原因尽管被当事人遮挡凶狠，还是有好事之徒放出闲话，两人离婚皆因女方红杏出墙，罪魁祸首即是尊崇多年的贵人。

　　这个消息换来刘亚纯对招风耳更加扒心扒肝的好，当然不会说开。先是给招风耳来了个里外翻新，从头到脚丫子的装备全由刘亚纯新置办。刘亚纯的应酬少了，成天哇啦哇啦叫的手机也消停一些。每天下班前后十分钟，是等待指示和召唤的时段。冉玉环看着她一脸温良恭俭让的样子，就在想自己要是恋爱会不会也是这副倒贴的模样，不知为什么，她一点也不羡慕。

　　随着刘亚纯恋情的逐步稳定，冉玉环能支配的业余时间多了不少。闲来无事，就满世界地找影碟看，要不就看各种免费或价格相对低廉的展览。没想到，看出了状况。

10

　　每个周末再忙，冉玉环也会安排自己在外面看场电影。然后找家情调环境都不错的餐馆，犒劳一下自己的胃。这项措施从离婚前两人关系不好的时候，就开始执行了，通常就她一人。她觉得这是自己的秘密领地，不需要和他人分享。想想，已然被生活挤压得都快无处遁形了，安排个透气的空间无可厚非。所以每次出行，都是一周中她最隆重的时刻，平时总是素颜不讲究的她，甚至尝试化浓妆，穿潮衣，从里到外和平常南辕北辙两个人。她的单位在南郊，所以她选择的活动地点绝对屏蔽南面。每次走在熙攘陌生的人群中，冉玉环心里就变得特别安稳踏实。她喜欢漆黑的电影院，只有虚幻的故事，闪烁的光影，把自己藏在阔大的皮椅里沉浸在影片中，旁边没人注意她的笑声哭泣捂眼睛堵耳朵，恶作剧地小声尖叫，甚至激情画面的眼热心跳喉头艰涩。她完全地做了自己或者是电影里的某个人，完全不必在意外

155

在甲流中甜蜜的生活

界的反应，酣畅痛快。每当电影结束，灯光大亮，冉玉环眼里的光彩一下就不见了，心慌头痛恶心全部袭来，手脚也是潮湿的冰凉，随后就被抛入到无尽的失望。冉玉环特怕这样的落差，所以看电影的时间通常选在晚上，所以吃饭就更晚了。吃并不重要，关键是要有个氛围让她去舒缓过分地沉浸，帮助她慢慢平静下来。

这天，冉玉环看的是法国电影《钢琴教师》。冉玉环对法国电影情有独钟，她这个年龄的很多人都受不了法国电影的冗长和沉闷，她偏偏喜欢这样的闷，还喜欢法国电影呈现出来的温暖色彩，浓浓重重，晕着柔和的黄，好像18世纪的油画。影片结束了，她还沉浸在伊莎贝拉·于佩尔的演技中。貌似淡漠坚硬的外表下，把一个老处女的渴望、彷徨、矛盾、绝望、控制、欲自卑又高傲的复杂心理演绎得淋漓尽致。她深深被这个瘦小并不漂亮的法国女人折服，她一点一点侵入你，硌着你的心。她是为电影而生的精灵。在冉玉环心里，于佩尔已经和角色融为一体，她没有了自己。冉玉环记得有个中国记者采访她，问她的角色想给观众表达什么。她说，"我无意表达，每个观众看到什么，就是什么。"

冉玉环从钢琴教师身上看到了自己。

钢琴教师拿刀片自残然后麻利地收拾，她在色情影院放映厅门口镇定地等待，她在厕所对男生的冷静和粗暴……都让冉玉环感到一种凄凉的疼痛，她在想那是否也是自己的痛。

冉玉环恋爱了。对方似乎和她这个朝九晚五、严谨得像套子里的女军官风马牛不相及。他是一个电影摄影师，自由职业，有绝对的艺术气质，钱包也绝对的空白，四十五岁一直未婚，他们是在电影资料馆举办的法国新浪潮影展上认识的。喜欢他的理由很简单，因为对方有一双干净的眼睛和一颗同样干净的心，粗犷外表的另一面是简单细腻。冉玉环觉得和他在一起就像生活在梦里，每一天都是一枚刚从烤箱出来的蛋糕，新鲜诱惑，可以大口地呼吸，没有丝毫束缚，足可以忘我疯狂。

喜欢他也不容易，首先父母关难过，因为他的没钱飘摇艺术范儿都是女儿后半辈子不稳定的因素。但此时的冉玉环态度坚决得像第一次恋爱的小姑娘，逆反严重，母亲扬言绝食抗议，她就早一天提前开始。父亲说要断绝父女关系，她生在楼外站了一夜，直到晕倒在地，一副不齐的架势。

男友出马来谈，不知他施了什么魔咒，反正他的坦诚纯净甚至感染了冉玉环七十多岁的父亲，两人甚至还成了忘年交和象棋棋友。老爷子反过头来帮女儿做老伴儿的工作："只要他人好，两人穷点图个舒心吧。"

冉玉环把恋爱的秘密精心保守了八个月，对刘亚纯也不例外。不是她城府深，而是不自信，怕美好易碎，总想等板上钉钉终成定局再说。刘亚纯是个喜欢表达到神经末梢的人，连她和招风耳在一起亲热时的隐秘感觉都在冉玉环面前展露得一览无余。让冉玉环徒生许多愧疚感和恐惧感，因为知道秘密太多不是件好事。她甚至想堵起耳朵，把对方拒绝。她觉得自己的心已装不下那么多的起起伏伏。可她又不能，因为那是一个人全部的信任和尊严，尽管觉得压迫。

11

刘亚纯是个喜欢分享的人，她的恋爱不是一个人的，而是一群人的。

自从和招风耳有了那样亲密的关系，她觉得就是对方接纳她的讯号。她也需要自己家人对招风耳的认可，所以见双方父母的建议通过各种方式都在强调。但招风耳的口风一直咬得很紧。直到有一天，刘亚纯借酒发言，哭得稀里哗啦，把肚里的委屈诉了。招风耳才表情复杂地对她说，前妻和她挺像，这是当初吸引他也让他犹豫的理由，让他一时下不了决心再婚。儿子每周末和他在一起两天，他需要等待儿子慢慢接受。所以见家长的事得往后放。她要愿意就等，时间说不准，也许一年半载，也许两年三年都说不准。要是不接受，他也不会拦着。大家都有追求幸福的权利。

刘亚纯的心凉透了，也不平衡极了。她压住火，什么态也不表，只说想想，就走了。

有一个月，刘亚纯就像疯了一样，在"佳偶天成""嫁我网"等好几个网站上扑腾试水，准备再发现一波新行情，并且放开胆子贴照片，为的是集人气集信誉，做到有的放矢，非诚勿扰。冉玉环有个小巧的尼康酷儿，拍出的人像景物很不错。刘亚纯那段时间让她担纲拍了很多照片，因为两人关系熟，冉玉环的手艺也不错，刘亚纯把得意的锦衣华服穿上，表现婀娜，所拍图像个个像明星。

还真有几个军中豪男抛出了橄榄枝。刘亚纯曾得意地向她炫耀，和自己联系的陆海空全有，可以开个军兵种会了。通常联系没两天，就安排见面。她可不想把时间浪费在看不见摸不着的网络和电话上。可这些人实在不敢恭维。一个自称已进入中阳的机关优选人才、马上就要调入重要部门的人，让她费的时间最长。好吃好喝招待，还因对方说出门没带钱包，贴上一千给他带上。后来托哥们儿打听，才知道这小子早在几个月前第一波选拔中就被淘汰了。还有一个处长，认识没两天就"大白、大白"亲热地叫着，却是个花花草草，同时处着好几个，两天就现了形。再打听下来，他早在部队机构精简中没了位置，是个曾经的过了气的处长，年底铁板转业。还有一个更恶心，刚刚熟悉还没怎么的，就提出匪夷所思的条件，说是做爱必须穿戴整齐，连袜子都要穿上，否则他会生病。总之是一团龌龊。

比较来比较去，谁都不如招风耳靠谱，谁也不如他条件好。再说自己已经在他身上投入了那么多，无论感情还是别的。好在留了一手，虽不见面但一直保持电话联系，刘亚纯不信铁杵磨不成针。干部部的哥们儿来信了，说招风耳极有可能当选，那个贵人已做了不少工作。即便当不成副部长，也会提拔到别的单位任相应职务，应该是双保险。

刘亚纯紧急邀集闺蜜，做了一个局：招风耳那个位置，应酬多。刘亚纯发动哥们，精心设计了一个在饭店吃饭偶遇的场景。紧接着她见到日思夜想心上人，悲喜交加，难以自持，但还是脉脉含情镇定招呼。招风耳看了，心里多少有些内疚，但也是有点内疚而已。接着刘亚纯和陪伴的闺蜜喝个酩酊大醉，哭了个梨花带雨，楚楚可怜。这边包厢等招风耳应酬差不多了，闺蜜们打电话把他约到另一包间，晓之以情，动之以理，再把刘亚纯的重情重义、痴情不改夸得像祝英台，说者诚恳，听者认真。果真打动了这位肠冷心硬的男人。当天晚上，男人把刘亚纯送回家，没有离开，一夜温存。

冉玉环没参加，说发烧了，其实就是小感冒，她是不愿意。她已经开始觉得这一切简直是个闹剧。

以后的事情似乎开始走向美好。招风耳带刘亚纯回自己家了，这可是以前他一直回避的。虽说不掌握钥匙，刘亚纯还是像合格的主妇似的把家里里外外收拾一新，甚至连拖鞋，纸巾这些小物件都换了。她也学乖了，绝口不提见父母结婚的事，只是每天又温顺又活泼地以对方为中心，还专门安排和他儿子见面，吃的玩的各种礼品，孩子根本抱不住。几次下来，孩子已经对这个"漂亮的阿姨"有了几分好感。招风耳非常有成就感，有时会冷不丁地说："要是结婚，婚礼就免了吧？老大不小的了，咱们别整景来看。"刘亚纯此时就会甜蜜地靠上前，嗲嗲地来一声："随你！"

和闺蜜聊天时，她颇有些不屑："那孩子看着一点儿也不像他，他却当宝。谁知是哪个的种！"

党委扩大会结束不久，就宣布了院长的退休命令。让所有人始料未及。今年是他特别关键的一年，年龄到坎上，不上即下。原本院长提拔任用的呼声很高。有传得更神的，说有人已经看见任命状锁进了机要室，谁知道呢？当官这种事，只要没有正式宣读命令，一切皆有可能。底下风传，是院长新夫人把自己老公拖下马的。自从结婚，她看贼似的看着老公，把院办的女秘书骂走两个。搞得女副院长什么事都要男秘书办，直呼不方便。两人好的时候，就挽着老公在院里的马路上遛过来遛过去地散步，有说有笑。稍有反抗之意，就要死要活地闹，他家楼上楼下都没少劝架，后来干脆当听不见。最要命的死啊活的招数，闹得院长熟视无睹后，她就动不动把电话打到上级纪委，说要反映揭发丈夫腐化堕落的事实，大义灭亲。一年不到，院长好像老了五六岁，神情萎靡，话也少了。

12

冉玉环结婚了，领证前不久，才把消息告诉刘亚纯。与预想的差不多，她果真一副大受伤害和打击的样子。"冉玉环，你道太深了，不声不响就弄个新郎官儿回来。我这边还想着把自己安顿了，就来给你张罗，没想到你比我还熬不住。"

眼看再说下去，话就不好听了。冉玉环急得一直解释。到底是刘亚纯，话锋一转，就成了真诚的祝福！

"别解释。我是被你的意外弄懵了，不过，这么稳重的婚姻是可靠地。哪像我光顾咋呼了，结婚也不知猴年马月了！我真为你高兴，你嫁出去了，我也有希望了。"

为了表示赔罪，冉玉环两口请刘亚纯吃饭。席间，刘亚纯特真诚地说："你们俩真是火星撞地球，碰上了，都那么有艺术气质，太登对了。要不冉玉环像个梦幻仙女似的，一般人娶不起。"

冉玉环结婚没有大操大办，只领了证，发了糖，和家里人吃了顿饭。她觉得那是自己的事，不必惊扰别人。在这点上她和丈夫有共识。领证前一天，她突然觉得心里发慌，情绪极度低沉，甚至不想去领那张证了。她有了深深的不自信，对方究竟是她要找的那个人吗？那张薄薄的纸能把他们包起来，裹到老吗？自己的幸福真的可以递到对方的手里吗？太多的问号，让她的泪不由自主流出来，总也不干。她不敢和母亲讲，就去守着刘亚纯。但也不说缘由，其实她就是想哭，并不想改变什么，一会儿就会好起来。她希望刘亚纯就这样陪她静静地待着就好。

刘亚纯却会错了意，以为两人吵架了。

"玉环，咱这婚别结了，现在还来得及。我怎么看，他都不配你。他有什么啊？艺术能当饭吃？反正，我就是这感觉，嫁给他，你不会幸福。"

与几年前相似的话把冉玉环惊得泪水倏然收回。她不知道在那张唇色饱满鲜亮的嘴里什么话是真，什么话是假？她突然觉得刘亚纯对自己而言其实是陌生的。

刘亚纯最终没有和招风耳结婚。招风耳当上副部长不久，就和前妻复婚了。

他们分手的原因是招风耳听说了院长和刘亚纯的关系。分得一点不拖泥带水。

刘亚纯从单位消失了一个月。大家都说不清她是休假还是出差。领导也不说。

再次出现在人们视线里的刘亚纯，瘦了，漂亮了，简直是神清气爽，还是当然的张扬霸气。只是冉玉环不太关心，结婚后她们的关系慢慢转淡，最后干脆不来往了。甚至连单位的聚餐，两人都有意回避。关于两人的关系传言很多，马广禄甚至亲自打听过，却没有答案。

新来的院长夫人不好打扮，总是把自己闹得老气横秋，刘亚纯主动自荐当起了美容顾问。做美容买衣服，两人总是一同出现。不长的时间，院长夫人就有了韵致，有了亮色。丈夫嘴上不说，神情里已有了赞美之意。家里碗柜里长期备着的精致阿胶片，就是贴心的刘亚纯托山东的朋友弄的上等货。她说，"这可是女人的美容圣品，嘱咐院长夫人多吃，管够!"

刘亚纯在离婚后的第八个年头再次举行了隆重的婚礼。

是她自己认识的。这两年单位的地位日益提高，对外交流搞得如火如荼。承办的活动名头越来越大，分量越来越重。刘亚纯是少不了的灵魂人物。于是她辗转认识了一个显要部门的副局长，离婚多年，还没孩子。

婚礼在一个私人会所举行。只有院部一级领导获邀参加了，因为来参加的大人物很多，档次很高，自然风光。不过，刘亚纯办事周到，随后专门办了答谢宴，敬酒到单位人的时候，她的嗓子已经沙哑，可还是由衷说出，"我今天终于是翻身农奴把歌唱了。"之后喜极而泣，花了睫毛油，也没挡住她的泪水。大家都觉得在她饱满的额头上，赫然刻的是：有志者事竟成。

刘亚纯很快转业了。不久听说搬去了香港，有了一个更高层次的社交圈，交了一帮太太级别的朋友。

大家聚会见面的开场白常常是："怀上了吗？"

"快了快了，我和我老公正在努力！哈哈哈哈！"一脸的满足惬意。

盼了两年，做了价格不菲的试管婴儿终获成功。可惜生的不是时候。

政府加大力度监察把家人孩子办到国外的所谓"裸官"的行动取得初步成效，一批"裸官"纷纷落马。刘亚纯虽然只是在中国香港，丈夫也不幸落马。怀女儿到七个月大时，她听到的消息，没抗住，早产。早产的孩子本身体弱，又碰上香港甲流盛行，孩子感染后不治。

这就是不久前发生的事。

冉玉环病好后，独自去看刘亚纯。听说她家东二环边上的那套公寓房没有查没，她回中阳就住在那里。没想到，房门紧闭，外面挂着"招租"的牌子。犹豫了一下，冉玉环打电话给马广禄询问。

"我们也没看到。听说，她丈夫的事正在走司法程序，一时半会儿也不会有结果。她父母就把她接回老家了。你说她怎么找的，当初得意忘了形，咱们还真以为她攀龙附凤进了龙门了呢！这下比我们还不如。"语气里说不出是惋惜还是幸灾乐祸，说完又觉不妥。

"不过说起来，也真可怜。你呀，身体刚好，还跑啥？我们要去了，肯定会把你的意思带到的，啊？哈哈！"

晚上躺在床上百无聊赖地看电视，甲流挺折腾人，都快二十天了，还留个尾巴，人还是没精神。也不知电视上在放什么，闭着眼权当听个响。一句台词，跳入冉玉环的耳朵。

"出来混，尽早是要还的！"

13

甲流依旧在世界范围蔓延，已有包括中国在内的多个国家检测出甲流变异病毒株。世卫组织告诫人们防控形势不容乐观。

长时间紧绷的神经也有懈怠的时候，世界上需要关注的事情太多，大家好像不再谈甲流色变。

街头大大小小的药店都醒目地辟出了防治甲流药品专柜，各种西药、中药、丸剂、片剂、口服液一应俱全，卖得火的居然还有防治甲流的香囊香包，据售药人员介绍，闻着它们既能杀菌、抗菌、防治甲流，又能清心明目醒脑，一举多得。看看价签：十五元。

各种口罩像当年 SARS 流行时，再次火遍街巷，除了传统的白色棉纱医用口罩，蓝色无纺布的一次性口罩，精明的商家更给爱美、前卫、讲究个性的年轻人准备了颜色各异、图案夸张的卡通口罩、情侣口罩。尽管卫生部门的人一再提醒人们，有些口罩由于生产不规范，没有抗菌处理卫生检疫，不但起不到防病作用，还有可能致病。但依旧可见做口罩批发的商贩备货充足，一脸喜气。街上戴这种装饰意义远大于原始意义的口罩的人照样随处可见。有的情侣戴着的黑色口罩上，女款的是一个通通跳的红心，男款的是一支锐不可当的利箭。还有的口罩脸颊部位描出了两团红晕，外加一张艳丽的微笑红唇。在寒风凛冽的冬天，它也算温暖人心。

每天关于甲流的新闻都有几条。有两条冉玉环一直津津乐道，一条是在全国各家新闻中都被转了的，一厂家研制出抗甲流口罩，能防病治病不说还具美容功效，还申请了专利。新闻播报员念这条新闻的时候口气很振奋，毕竟困扰人类的一大顽疾好像就要穷途末路、束手就擒了。仅相隔一天，还是当初那些媒体，播报了另一条新闻：经卫生部门查实，所谓抗甲流口罩肆意夸大功效，所言并不属实，而且厂家并无生产资质，已遭查封。

冉玉环把它们权当笑话听。

冉玉环是个喜欢收集资料的人，在她的笔记本里，夹着一张手抄的便签，那是她在网上查到的：甲型 H1N1 流感为急性呼吸道传染病，其病原体是一种新型的甲型 H1N1 流感病毒，从未在人群中传播。与以往或目前的季节性流感病毒不同，该病毒毒株包含有猪流感、禽流感和人流感三种流感病毒的基因片段。人群对甲型 H1N1 流感病毒普遍易感染，并可以人传染人，症状和其他流感类似，包括发热、咳嗽、头痛、肌肉和关节痛、咽痛以及流涕，有时会出现呕吐和腹泻，严重的会导致死亡。

此时的她，急急忙忙喝完粥，正翻腾着挎包。昨天熨烫好的玫红色套装的衣襟上溅了一滴粥汁，也没有注意。

她在找请柬。今天是丈夫的片子首映式，嘱咐她去看。眼看要晚了。都怨甲流，成天睡不醒似的，闹钟都没听见。

手机响了。

"喂？……这就出门了！"

是丈夫打来的。

早上八点来钟的阳光虽然劲道十足，但一时还无法穿透飘散在空中深厚的雾霾，冬日的城市被衬得不是特别透亮清爽，有着浅浅的阴郁。

街上，照例是高峰时段的交通拥堵。已坐上出租车的冉玉环，频频看表，一脸焦急。

旁边和平广场的 LED 大屏幕上，播放着哥本哈根气候大会的新闻。这是一场国与国之间艰难博弈的大会，复杂的政治化、道德化议题的未知走向，颇为引人关注。画面里一位年轻的斐济女代表在发言，说到气候对祖国和人民的影响，突然就不能自持地哽咽难语，流泪了。底下的听众报以理解鼓励的掌声。

那是一滴世界的眼泪。

隆冬里的盛夏

秦漠对锦娣说，"你是帆，是要牵着我这条船走的。"

锦娣就笑，"真俗套！难道就没有更好的形容词了吗？帆也会让船翻掉的。"

秦漠轻叹一声，说话声音很低却很清晰。"翻了也不怕，帆还是那个帆，船还是那条船，在一起的。"

锦娣的唇角还浅留笑意，秦漠的声音总是挠着她，柔暖。心却微微颤簸，于是转了脸，不去接秦漠的眼风。

1994 年夏，盐京

湿哒哒的黏，身上的裙子也因潮润黯淡了颜色。

她能感觉到汗水从毛孔钻出的执着，然后看着衣衫一点点被水汽晕染，水墨画一般，慢慢与皮肤贴合，逐渐露出身体的线条，失去洁净的线条。

她总爱用鼻子嗅，鼻子触伸到身体每一处可以抵达的地方。发丝，手指，衣襟，腋下……不确定的气息。

在这个茫然的苦夏，她在一遍遍追问，为什么出现在这里？为什么惊惶？为什么不给自己留一点退路？

答案永远含糊。

只知道越是遥远，越是长久，越是正确。

没事的时候，她爱趴在窗前，二十三层。一定要把脖颈长长探出，看楼下的街景，密织的人流，装扮各异，神色各异。在人流中左突右挡的自行车流，在嘈杂的街声人语中，感受生活实实在在的喧腾。

是的，她在这里了，一个被人仰视的城市。她居高临下，她要感谢母亲所赐，顾长的脖颈，让她能顺利完成一种仪式，熨帖的美好！

她尝试踏上方凳站在窗前，戴上男友从新疆带回的围巾，杏粉色轻软的纱，在正午的阳光下，闪出扑朔迷离的光泽，暖暖地耀着她的眼，没有了远方，有些恍惚。长长的披在肩头，好像印度女人的纱丽，柔软纠结。她把自己的双臂展开，身体奋力后仰，像一只努力的鹰，飞向远方。

她感受到风的力量，惊喜的力量，飘飘欲仙。

那一刻，她纵身扑下，以飞翔的姿态。身体失去重量，像一片飘摇的落叶，去寻找母体的芬芳。接触地面的瞬间，她终于感觉到沉重，闷闷的，四分五裂地贴合，飞溅的血色珠粒，在阳光的魔力下变得绚丽迷幻。她来不及想象，来不及形容，她的天和地顷刻间黑暗，冰冷滑腻伴随她走向遥远的未知。

这一切都没有发生，完全来自她的想像。

她是一个在舞台上漾起水袖、眼神流转的演员，未待谢幕，舞台灯光尽灭。

只有手中杏粉色的纱巾，被汗水蹂躏得丑陋。

她奋力地工作，为活着，好好活着，为别人眼中的好。

那一年的经历起伏跌宕。

好些个无处落脚的夜晚，她终于敢走在城市街道的中间。她想起母亲小时的告诫。走在路中间，如果有坏人从两边跳出，还来得及跑。只是母亲忘了，这个法则，只适用在他们那个清净空廖的小城。她牢牢记在心里，她如敏捷的鹿儿经常练习，跑过小城所有的街道，轻盈跳跃，直到确认别人不能轻易追上。所谓所有街道，不过是小城中七八条田字格般的大街小巷，小而规整，直来直去。

初来这座城市，她也尝试这样做过，无意识地尝试。直接被司机张牙舞爪的咒骂干掉。

现在，她正走在马路中间，恶作剧般。偶尔有一辆大车呼啸而过，车大灯狰狞地打在她的身上，惨白刺目。她也不躲避，挑衅地向司机微笑。稍稍不太过瘾的是，盐京的街道，这座繁华城市的街道，竟然没有小城的阔达。

她在用如此得来的好心情去抵御磨难带来的沮丧。

她对这座城市的司机印象总是不好的。想到最初，她压根不敢上公共汽车。她想象不出，哪里会有那么多的人塞在一个个铁匣子里。司机冷漠地打量着上下车的人，优越无比。上车的人如同得了他恩赐般挂着幸运带来的喜悦，没上来的人奋力向前扑挤着，脸上有瞬间的撕扯变形。耳旁是售票大嫂不耐烦的声音："快点快点，往中间挪，别都挤在车门口，哎，说你呢！这么大块儿，把门口堵满了，不知道侧个身啊？"

再一声厉喝："关！"

车门关上瞬间，车子便急不可耐地滑动起来，阻隔住车外那些奔着希望而来的念想，带着一车闪着各色欲念的疲惫肉身殊途同归，一个临时的集散地。再如同洒落的棋子一般飞溅各方，分崩离析。

车上的男人和女人没了界限，女人饱满的胸部很紧地贴着男人的后背，男人下体自然黏在女人的臀部，渐渐感受那个地方的湿热膨隆。保守的人们一脸镇静，也许佯装镇静。即便乳房大腿下体紧密贴合的肉身，也发酵不出相亲相爱的味道。有的只是姿态各异的相片贴满车窗，艰难寻找着一点可怜的立锥之地。

她却在羞愧，羞愧地目送一辆辆能把她送至目的地、送至希望的所在的车，远去。

"哎——停车，我的脚被夹住了，哎呦——停车！"

"真对不起你，忍忍吧！开了门就关不上了，我得对一车人的安全负责，等到站吧！"

普通话优美如入口绵甜的冰激凌。油门加速，乘客骂骂咧咧的声音很快被淹没了。

司机的脸上竟挂着欢愉，好像说相声的捧哏，精彩。

她终于不再躲闪，因为不能丧失希望。上车就是希望的所在。

也是在公车上，她了解了人的精神和肉身都是柔软的，你不知道它的接纳力、承受力，不知道它的底线极致在何处。

人是可以忍耐的。她告诉自己。

她愿意做相片。

她不愿意哭泣。即便忍不住，也躲起来偷偷流泪，不叫人看见。

她数着一张张积攒下来的车票，舒展开浑身皱褶，平整的票根厚成一垛，手掌摊开，压实，直到失去弹性，再也握不住。再一垛，又一垛……她在这样的厚度中飞速成长。

城市的天空已与最初展现的温情友善不同，凛冽的冰寒。

她知道，盛夏已过，隆冬将至。

即便是隆冬到来，她也知道，她的青春在 1994 年的夏不同寻常地展开了，连同皱褶。

秦漠的讲述——

知道锦婳的时候，她已有了男朋友。

那是 1992 年初春，春寒料峭。

我们在一个研究院，虽说不在一个部门，上下班骑车总会碰到。她束着长发，嘟嘟的粉脸，一双大眼睛汪汪的，引人遐想。骑在车上，身子板板的，从不左顾右盼。在一群嘻嘻哈哈的年轻人中，显得特别安静。听说，她是刚分来的，研究院聘请的兼职广播员。字正腔圆的普通话，每天回荡在山间田野，上下班的路上，一点点叫醒着人们的听觉神经。

研究院很大，虽地处山区，但每年全国各地分配来的年轻人可不少。所以，每周会举办两次舞会，鼓励大家认识交流。20 世纪 90 年代初，舞会是最流行的社交场所。我就在舞会上认识了锦婳。

那天，她是和男友一起来的。

她男友，我认识，和我一个学校的，比我低一届。不熟，但我知道他，嘴甜，很有女人缘。

我有点失望。

落座不久，男友就撇下她，邀请别的女孩子跳舞去了。她规规矩矩坐在那里，视线不离男友，平时束着的长发现在披散肩头，别了枚藕荷色的发卡，很乖的样子。她的眼神没有不满，这个女孩有意思。

我有点吃惊。

一曲又起，我鼓足勇气走到她面前邀舞，她愣了一下，眼里闪过一丝迟疑，还是礼貌地站起来。这时我才发现，她的个头比我看到的高，站在她面前，我的身高优势不大。

我刚学跳舞，舞步僵硬，她一直在微笑，不知是出于礼貌，还是在笑我的笨拙。看得出她跳得不错，就是拘谨。跳舞的时候，手架得很端正，只轻轻挨着我的肩膀，一问一答间，脸就微微泛红，眼帘总是垂着，看着地下。问答中，我知道了她的名字和来历。

她羞涩的样子，让我也很紧张。

一曲慢三，童安格的《其实你不懂我的心》。歌名一直记得，好像在替我说话。走着花步，飘来转去间，她的眼神在寻找男友。我也看见了。男友已连跳了好几曲，这时正和舞伴边跳边聊，我甚至听见他愉快的笑声。她转过脸对我微笑了一下，就又垂下眼帘。我感到了她的失落。

我有点替她不平，说真的，刚才敢邀她跳舞，也有这意思。于是，我就有些挑衅的意思，带着她旋转到男友身边。她急急地把头转过去，冲着他笑，有句话怎么说？嗯，纯甜。他也看见了，瞥了我一眼，漫不经心，我们互相点了头，就又带着各自舞伴飘走。

自那以后我放弃了对锦娟的幻想。

青春总是热辣辣的。我有过零碎的感情，尚未展开，就已宣告结束。

我有时还会在路上碰到锦娟，微笑点头而已，便擦肩而过。还是喜欢广播里的声音，可以由此铺开想象的路径。

我一门心思想考研，各种书本搞得我焦头烂额但并不妨碍我关注锦娟的消息。她的男友到外地进修，有了新的恋情。这件事居然连消息闭塞的我都知道，传播的范围估计不会小。

那个男孩的名字那段时间总是徘徊在人们舌尖的周围，对此我毫无意外。

据说，锦娟是最后知道消息的。

此前很长一段时间，她还在遵循男友信里的要求，寄钱寄物。

那时，研究院开往剑都城里的车需要近三个钟头，停留的时间不过两个钟头。来回主要折腾在路上。

一次，我坐在回程班车上，车已稳稳地从市区出来踏上公路。车厢里渐渐归于平静。我百无聊赖，就兴致勃勃看着前后左右昏昏欲睡的乘客。

我就看到了她，缩在最后靠窗的位置，后排只有她一个人。旁边的空位上坐着两个胖胖的塑胶袋。她扯着一件羊毛衫的袖子，在自己的手臂上比画，又用手一匝一匝丈量，很显然，那是一件男人的衣服。路很烂，车子不时蹦着高，每蹦一下，她就挑起眉毛，张大嘴，料想中的尖叫却没有传过来。她好像很中意这个游戏，捂着嘴的手空下来，还不忘丈量。塑胶袋里的内容一件件掏出，大部分是男人的东西。在一遍遍翻捡中，似乎她的满足感也在一点点加码。

我们的目光终于聚焦在一起，我向来执着。

锦娟变得惊惶，我好像一个窥视秘密的混蛋，让她难堪。风尘仆仆的脸上不止有汗水和尘土的痕迹，还夹带了一抹红。她率先低下头去，往塑胶袋里塞着战利品。手上的动作与刚才的灵动愉悦比起来，笨拙沉重，战利品被慌乱地揉成团，塑胶袋干脆也走下了座位。不忍再看，我把眼睛移向窗外。

下车时，我有意磨蹭着等她经过，她却在车门有了空隙的瞬间，完成了穿越。

我喜欢看她受惊般的背影。

在试验现场值夜班的时候，我和徒弟（他比我晚分来，我带过他半年）有时聊天，不知怎么就提到锦娟。他女友和锦娟一起分来的，曾是同屋。听他说，锦娟好像没有什么闺蜜死党之类，爱独来独往。

徒弟的女友曾含蓄地提醒过锦娣，关于她男友的事。但她根本不在意，虽然不说什么，表情里写着嗔怪，倒像别人搬弄是非。这让徒弟的女友颇为纠结，以后绝口不提。

徒弟说起来颇为愤愤，不是对锦娣。

"更可笑的事还有，听我女朋友说，那小子走的时候，还托付哥们儿看住她，郑重其事得很。这算什么事儿啊？搞得我朋友受了刺激似的，没事就拿他当例证点拨点拨我！"

值班的洞子湿闷，平时已习以为常的味道，此时刺激着我的鼻黏膜。我连打了几个喷嚏。耳边传来徒弟的笑声，"谁在惦记你？"

我趁休假专门去了锦娣男友进修的学校。不是特意，和他一起进修的有我的同学。但看望同学的理由总很牵强，我也不清楚此行的具体目的。

在学校两天，进进出出看见他几次。临走和同学吃饭，他也来了，还带着传说中的新女友，很亲密的样子。女孩小巧，可能是帽子的遮掩，眉眼变得模糊。笑声很响，很热闹的，一口细密的碎齿晶亮。

喝酒间隙，出去小便，他也来了。两个男人掏出玩意对着前方肆意妄为。在充满尿骚气的地方，他居然和我提到锦娣。

"这个，不能当真的。出了校门就各奔东西了。锦娣对我很好，她就是有点闷。"

他托着那玩意儿的手，刚才还环搂着小碎牙的细腰。想着，我就心里拱火。

"不用提醒，没事。就是别玩漏了。"我意味深长看了他一眼。

我连和他一起再次走进包间的兴致都没有。

回来，我没去找锦娣。

以后的故事没什么新鲜。

那男的回来过暑假，她忙着给他拆洗被褥，发现了碎牙的照片。

锦娣经历了什么，我不知道。总之了结很干脆，安静。让众多人看热闹的希望落了空。

冬天很快来了，一场大雪令寒意迅速膨胀。更新了这里三十五年前的降雪记录。

我就在隆冬，去了她的宿舍。

屋里出奇温暖，窗玻璃上竟然结了层密密的水汽。她奢侈地在不足十五平方米的屋子里摆放着片数很多瓦数不小的油汀，另外加两个细长电暖气。

她刚泡了脚，地下一汪水痕。她赤足穿着凉拖。我注意到，她的脚被泡得通红，中趾比大脚趾长。印象很深。

开场白是怎样的，记不住了。她表情淡淡的，一点也不惊讶我这个不速之客的到来。聊天的氛围有些尴尬，我在努力搜索着下一句内容。聊天还是一问一答，总是陷入沉默。没来由地，我约她打乒乓球，她不置可否。

我在她打第二个哈欠的时候，起身告辞。

走到门口，她突然说，周六下午两点，她会提前要好活动室的钥匙。

刚还有的一点紧张尴尬飘散在楼道里，借着廊灯，看表。八点四十，在她屋里不过二十分钟。

两人在活动室对垒时，才知道锦娣对乒乓球的陌生，连发球都要先把球在台子上颠一下。

她很认真，像必须完成的任务。样子比我跳舞更笨拙，甚至难看。

突然就明白，她答应我的原因。她是个善解人意的女孩子。

我还是会去宿舍找她聊天。跳舞，打球的约请都被拒绝了。聊天对我们来说艰难乏味，我们很难亲近起来。但都没让我失去耐心。只有一个理由，她不会拒绝——借书。第一次去，就注意到她的桌上床上摆了很多书。

因为书，渐渐熟悉起来。她看的书很杂，还有一本翻得很旧的《圣经》。唯独这本，她不借，其他的书，都是慷慨的。

周末，她就宅在宿舍。约她进城看电影，她说自己从小晕车，火车都晕。

就想到她曾经在班车上的愉快。

估计她也想到了。

"曾经有几个月，差不多每礼拜都进城。天知道怎么过来的，吃掉很多晕车药，我现在记性差，不知和吃药有没有关系。喏，抽屉里还剩着。"她小声小气地说，看也不看我。

就开了抽屉。

果然，看见小药瓶子无奈地倒着，有气无力。

我们的关系毫无进展，仿佛就是借书还书那么简单。这让我头疼。

试图表白过，每次都被她阻止。

她明确告诉我，没有可能。

我不知道过去的恋情留给她什么。她的眼睛里和过去没有什么不同，一样的安静，一样的羞涩。可能因为渐渐熟悉的缘故，反倒觉得她比从前开朗。

我相信日久生情，我相信时间。

对此，我颇为自信。

春天刚刚崭露头角，我出了趟长差。单位进新设备，派出学习。

盛夏也许才是表达爱情的季节。

我对盛夏的归来憧憬着。

锦媂没有等我到盛夏。后来，我才知她为离开准备了很久也很彻底。她几乎辞去公职，完全没有留退路。

盐京，对我，真是一个遥远的地方。

我写了很多很多信，无从寄出，就存在我的抽斗里，满满一屉。依旧在写。有时也怀疑，她是否真的在我的生活里出现过。

她汗津津的脸，跳来跳去的发辫如同刚刚发生过一般清晰。她的样子在我的信中渐渐填满血肉，丝丝丰满润泽。此前，我还犹疑过，从她走的一刻起，我一点点清晰，仿佛久藏地底的宝贝，经过拂尘神奇挥洒，才显出绝伦精妙。

如果一切到此为上，那么我的叙述完全没有意义。

1995 年秋剑都

她的生活凌乱。

她在凌乱中寻找方向。

她回到这里，最不愿回首的地方。她日夜诅咒、丑陋的出发地。短暂停留，为把最后一丝粘连割断。

她感觉自己是逃避的高手，她的未来在盐京，一个和这里再无关联的地方。

来不及得意，他出现了。

其实，他不是今天才出现的。

早在她刚刚想逃避的时候，他已经在那里。

那时，他是人不了她的眼的。怨愤挤占了所有的思维，没有地方留给他，无辜的他。

他是胆怯的。小心翼翼地走近，稍加弹拨，就钻回厚重的壳，脆弱。也许他还没有想清楚为什么靠近，只是本能的吸引。走了来，来了走。如此往复，若即若离。

当然不能入眼，何况她终要离开。

然而，这次他的出现不同。

出现在她要离去的最后时刻。

彼时的她已经和这个城市没有关系了，甚至没有了身份。如果有下一次的到来，她该是客人。

可这次，他来得坚定。

短暂的，可以按小时计量的时间里，他黏住她，除了睡觉以外的所有时间。

任性的还有他的泪水。

绵长的泪水让她恍惚。就想到了那个人，那个送纱巾的男孩。她找了一千条一万条理由去掩盖，去遗忘的人，她拼命想离开这座城市的真实所在。

那个人哭泣过吗？为她？

有过。真心真意，却轻薄。

还有，颤巍巍的裁纸刀尖，划过指肚。一脸的张皇，一脸的自怜。百般挤纳，终于出现的血珠，渐渐饱满。蘸在光滑的纸面，一个歪歪扭扭的"错"。

在那一刻，她充满疑惑：一个热情冲动的肉身中喷涌出的血液，落在纸上竟然如此清淡，不真实！

她再一次想到了自己的处子之血，落在柔软的纸巾上，也是浅淡，透着粉意。好似调色板中的色彩，随随便便，就在那里。与以往电视和书中的描写一点不同，那是她少有的目睹血腥的经验。没有悲壮，没有刺目惊心。

她还是落泪了。

告别的惆怅，不甚美好的失去。就是眼前这个男孩拿去的。她是抱着舍生取义的念头去的，却拿得不情不愿，拿得心慌慌。搞不清值得还是不值得，就投下了不见底的深潭。

耳边传来他幽怨的叫声："我都写了，你还要怎样？"

好像指责她的逼迫，无情。

她不曾逼迫，虽然惊恐含泪，却也没有多加阻拦而已。心头还有一丝不屑。她敢说，他切割的伤口，不如医院验血时，护士拿六棱针在肌肤上留下的深度。她甚至在担心，他的血滴能否把一个"错"字的最后一笔填满。

在那个"错"字在纸上变成棕色，像一抹污迹的时候，他们分手了。

她安慰自己，他是把那滴血当作她的处子之血，来抵的。

那个人完全否定了他认下的错，开始一个个新的爱情片段，他一直有的，即便和她在一起时。她在想，以后，还会有自怜的血珠写下一个又一个错字，歪扭的，经不得考验的。

她告诉自己不要怨恨。

她愿意把那个人称之为男孩。不是对他的怜爱，也不是为了原谅，而是在嘲笑自己傻呵呵的初恋。

直到八年后，在盐京。她接到一个电话。

他打来的。那个男孩。

这是八年来，他第一次经过她所在的城市。他说，从她的同学那里知道她的情况。他想见见她。

她压根没有见他的欲望，丁点也没有。她把他从荒芜了很久的地底下扒出来，满是尘埃。

他一定停顿了很久，因为她清晰地听见电话里传出的电流声。

"我错了！"声音低沉，含糊，不很真切。她却迅速捕捉到了。

只有在那一刻，她才知道，自己有多么怨恨。荒芜的心底从来没有阻止住蓬勃的怨恨，只是不愿意承认而已。

"没有意义！过去了！彼此珍重吧！"

好像一直在口中演练的台词，熟稔，冒着股股寒意。

放下电话，才发觉掌缝间的汗水斑驳，透着灰，冰冷。

她努了八年的劲，瞬间排空。心脏痉挛，能感到挛缩中血液有力地喷射。

无力地倒卧椅间，平时丰满的躯体，展现出罕有的软弱。耳边是嘀嘀嗒嗒的座钟走动的声音，时间却消逝了。

她知道自己应该哭泣。

八年了，她执着等待着这声轻飘飘的歉意。

清醒的时候等，睡梦中还在等。

她在用近乎自虐的方式为此殉道，为了这声没有任何意义的歉意，生生让自己钻了牛角尖，把自己耗成了剩女。八年里，在这座她并不喜欢的城市，选择远离亲人，远离爱情，磕磕绊绊地生活。她在惩戒自己。

漫长的等待结束了，在不经意间。

为什么不哭泣？

脑海里漫出无数悲苦，她想感动自己，感动泪水，引诱它们掉下来，掉下来。曾经哭泣是那么轻易，可以只为一段歌，一个小说，只为电影里某个并不煽情的情节。

现在，她却做不到。

她累了，空了。当她摇晃着走出室外，被晴好的阳光刺激，她才意识到，此时是青天白日，不是墨洗黑夜。

她是用厚厚的窗幔伪装出黑夜，那只是一段谎言。

许是白晃晃阳光的刺激，这座城市的阳光永远紫外线强烈，招摇。眼眶里蓄积的泪水喷薄而出。

朗朗晴空下，她终于放声大哭，为阳光带来的真相。

周边的一切，隐去，隐去。

让我们返回到 1995 年秋，晚秋。

继续关于泪水的描述。

他的泪水绵长，是另一个不知深浅的他。

她在为他惋惜，为什么是他？一个认识她男友的人，并且是校友，一个和男友有着相同年龄的人，一个外在不如男友优秀的人，一个知道她故事的人。

一个所有人都知道的背叛故事，只有她傻傻地不知道。而他就是知道真相的其中一个。她感到芒刺在身，她在羞愧，为自己。她在愤怒，为那群知道真相的人。她想象所有人都在看她的笑话，他也是。

那时，她就是那么敏感，就是那么偏激。

修饰他的所有定语，都让她不能接受，成为否定。

只是，她不了解，一个内向腼腆、近乎失去表情的男人能有如此绵长的泪水。

泪水吸引她。

这座中等的边塞之城，如同它的名字，刚烈如剑，轻轻挥下，就什么都能斩的断。

她轻信了。

她已经见识了盐京，尽管只有短短一年。但她认定，那个曾经像高高在上的美梦一般的城市，是不能有铭心刻骨之恋的。因为城市太大太热闹太快了，大的让彼此间失去信任，热闹到千奇百怪的故事随时发生，繁杂到让人失却了窥探分享回味的耐心，渐渐疏离。没有什么值得感动，没有什么值得留恋，有的就是把生活迅速往前推移，推移到一个没有标准的好。繁杂的众生刺激了人们的感知，固有的攀比释放出人们最大最多的欲望，好就失去了标准，变成看得见摸得着的好，变成了旁人眼中的好，至于内心的感受反而忽略了。

她也认定，这座城市的男人，没有他那样绵长的泪水。

天亮，她就要离开。

真相总是伴着天明而来。

看着越来越浓的墨色逼近，他们越来越沉默。

因为墨色过去就是天明。

大口大口地喝酒，好像玉液琼浆，甘甜辛辣苦涩酸楚，样样聚显。

那是一场告别的盛宴。

麻醉中，她想忽略他的泪水。

她在麻醉中绝望。为什么是他？为什么是现在？为什么在她的身体已如射出的子弹，只能决绝向前，而没有迤逦的回转可能时候。她只能按照既定线路，向前向前，前方是漆黑冰冷的未知。

他却在麻醉中生出希望的微光。也许，还有也许。

当他们并排躺在洁白的床上，她的绝望更甚，他的希望更烈。

火星居民的地球梦

她想自己是给予不了他想要的。丧失了处子之血的残败躯体，让她有了刹那间的追悔。

他不会要的，哪怕他说愿意，以后也会放弃的。

他告诉她，他不在乎。他甚至感谢她的丧失，因为有失去，他才会幸运地得到她的接纳。

他要给她最好的。

以她浅浅的人生阅历，是不能明白他的苦心所在。

她愿意给，是要弥补多日来他如这座城市绵长的雨季一般密结的泪水，弥补他的好。她还有些不甘心，这座伤城总该留有一线怀恋和念想的。

果真是最好的。绝望中，她品尝了欢愉，从未有过的欢愉。

可是，巨大的心理障碍遮蔽了那份好，她拘谨的身体，把欢愉浅尝辄止。

她又有些怨，认定他带来的欢愉与经历过风月有关。她固执地不要听他的解释。

睡过去，是最好的遗忘。

他要在她身体里种下希望。像掰开揉碎，再重塑的亚当夏娃，精血相连，不会分开。

说出来，有点阴谋的意味。

可是，她出离愤怒。激烈粗鲁地终止了他的幻想。让一个沉浸于炙热而伤感的夜晚变得索然。

暗夜里，他望着她微微开启的唇，沉沉睡去的样子，一眼不眨。他知道他要失去她了，就想努力把她的样子刻下。

丫头，傻丫头，你不知道的，不知道的！

眼里团雾起一汪晶莹。

夜很静，仿佛引得来远处澴河的流水声，缠绵。他不能确定的是，温柔的水流是否可以削薄裸露出水面的顽石。

多年以后，当她想起 1995 年深秋，还有些微微的寒意。那时，一年多不规律的饮食作息，她不可遏止地胖，原来，悲伤也可以让人丰腴肥硕。暄软的肉身被一袭浓重如墨的黑裙包裹，毫无曲线韵致而言，这样的形象令她惭愧。

他就是在那样的景况下迎向她，坚定地走来。

秦漠的叙述——

我在耐心等待。

我知道，她会回来，哪怕只是短暂停留。

她眼神中的内容是我在意的。居然看不到丝毫的留恋。那里坚定取代了羞赧。硬硬地硌在我的心上。

一如往初的平淡。

她只把我当作行将成为记忆中的一段影像一个片段一节旁白而已，存储下来，却没有生动。即便面对着我，她也如此。

我又体会到四岁时母亲第一次把我关进小黑屋的恐惧，铺天盖地的黑。

身体瞬间空了，听得见血液流动的声音，心房鼓胀着要跳出胸腔。

第一次知道我的泪水如此绵密，悠长，简直不像男人。

留住她，留下她。

只有最可宝贵的。

完美的第一次。

在想象中，我们已多次交融。我像一个要在老师面前展示成果接受检验的学生，虽然忐忑，却卖力，难免矫枉过正。

屏住呼吸，舍不得让喘息的声响惊动我的美梦。

穿越在精准丈量中完成。

自卑歉意和心灰意冷像洪水一样就要把她淹没了，丢失了贞洁的女人不会被珍惜的念头固执地横亘在她的评判标尺上，她是如此悲观绝望。情绪好似站在蹦床上，高高低低，上上下下。欢喜刚刚冒头，就又躲避推拒着。

她不知道的。我从未对她的失去沮丧过，甚至暗暗庆幸，是失去把她送到我的面前。我像怀揣宝贝的孩子，怎样稀罕让我颇费思量。想让她怀上我们的孩子，拴住她。她觉得我居心叵测。想好好喜欢，让她舍不下，她怀疑我泛爱。

哎，一切都拧巴。

那一晚，幸福，喜悦，悲伤，压抑，绝望，希翼，一点点弥漫在空气里，裹挟着我们，推上高峰，沉下谷底。望着她精疲力竭睡去，我把头轻轻停留在她胸前，听着她平静的心跳，以此来确认我们真的在一起。

丫头，我等你回来。

其实，我并不知道坚定对我意味着什么。

2002 年初盐京

这些年，她都在走来看去。

对婚姻的努力，她一直没有停止过。

甚至显出了焦灼。

时间，当然在那个人的电话之后。

她以为自己能坦然。

八年任性带来的后果一点点闪现。

几乎在她终于摘下不离须臾的放大镜，调整好视角视线，准备停当时，才发觉适龄的男人都结了婚。

寻寻觅觅间，她跨入三十岁的门槛。

忽地，她有了尴尬紧张和不安。

不是没有寻找过慰藉，沉醉。却是不能给予承诺的，仿佛饮鸩止渴。

满大街都在吟唱刀郎《2002 年的第一场雪》，别的她记不住，唯有"是你的红唇粘住我的一切""是你的甜言蜜语改变季节""是你的万种柔情融化冰雪"牢牢牵引着她的耳朵。

她想当蜜语红唇。

有一阵，她开始迷恋爬山。

一定是一个人。

她喜欢遥望的感觉。

从不奢望能站上山巅，只迷恋那样的起起伏伏。当一个人徒步走在无人的山径，弯弯绕绕，不知道下一个拐点出现在何处。草长莺飞，她不觉得感怀。遥望山巅，不管风景如何，总是能诱发你的想像，也许有顺石而下的淙淙流水，也许是两只觅食的松鼠，也许是树梢上滴下的露珠，也许就是一棵长在乱石间遒劲的大树，你找不见根脉，却依旧茂密……只要不去奢望，总能发现令她感动的惊喜。她甚至喜欢爬山时的险情，喜欢绝处逢生的感觉，好比她的生活。

有段时间，她每周都去骑马，还是一个人。为此，还买了一身价格不菲的马术服。只去燕山脚下那家。说不清为什么。

实话讲，她骑马的技术很差。但当她看见那匹枣红色的马将脖颈探出，头轻轻在她的肩头挨蹭，亲近得好像已熟识很久的时候，她被那匹马的眼睛打动了，纯净清亮无辜。她决定把自己交给它。

她没有体会过在马背上风驰电掣的快感，也不羡慕，只是悠悠地散步，没有方向。有几次把马牵回，交还给老板时，老板就好奇，以为她胆小，不敢跑马。自告奋勇要当教练，还打了包学包会不另收费的包票。等知道了她的想法，就笑她，可惜了这身装备。

她也不在意。

一次，她和枣红马像往常一样在山路上溜达，它还调皮地去逗弄旁边的狗尾草，不时惬意地打两个响鼻。她坐在马背上，呆呆地遥想，连缰绳从手间滑落也不自知。突然就遭遇了一只山猴，怪叫丛生，从天而降，悠来荡去，很快没了踪影。这山间很少看到猴子，不知从哪里荡来玩耍的。马却被这个陌生的访客惊了，仰起身，抬起前腿惊恐嘶鸣，接着就朝山下一路狂奔。毫无防备的她，在一仰一俯之间，倒挂下来，只有一只马靴挂在吊环上，本能去抓缰绳，却抓住长长的马鬃，感觉疼痛的马儿，跑得更加快了。她第一次有了风驰电掣的体验。

山路满是碎石，那马蹄有些刹不住，她能感觉马的惊惧。她是连惊惧的声音也发不出了，感觉头皮已经要触到地了。也许是神助，不知什么力量，她一跃而起，居然就扶上了马背，那一瞬间，她的魂魄身体好像一同飞上了天。恍惚中，她看见了老板黑红的宽脸膛。

脱险后，她直接被送进医院。腰椎错位，脚踝骨折，左手掌侧的肌肤顺着手臂，一路血肉模糊。脸上被树枝挂得伤痕累累。

从此戒了骑马。

直到她选择徜徉在午夜，才突然有了安心妥帖的感觉。从此，她属了夜行动物。

因为夜晚有幻想，没有真相。

浓厚的妆容是一定要的。

每次出门，眼妆最费心思。粗重的眼线，微微上挑，烟色的眼影，在眼上浮出重金属的光泽。粘上的假睫毛不很浓密弯翘，却裹上厚厚的睫毛油，根根分明。夸张的眉形配上超大的眼睛，脸上的暗影，透出冷漠坚硬。是的，她怕眼睛泄露秘密。

总要配上一张橘红的唇，鲜亮欲滴，唇形规整，毫无性感凸翘，倒有了宫廷贵妇般的复古回归。风格迥异的妆容放在一张脸上，就有了乖张诡异。

假象，就让它彻底。

依旧选择独来独往，拒绝约请。

她的夜晚不属于别人。

她不跳舞，却喜欢看别人跳。很多年后，她还会记得，在卡梅伦酒店，一个赤脚穿红色绣鞋的女孩带给她的惊艳。

她发现自己很容易迷恋。有一阵，她迷上了一个眼镜贝斯手的长发。她原本很讨厌男人留长发的，总觉得油腻不洁净，一种心理排斥。贝斯手是个例外，毫不夸张地说，那是匹绸缎，墨亮滑顺，随着音乐在跳跃飞扬，惊得出她的魂魄。可那张脸却在她记忆中模糊。

她需要沉沦，在沉沦中忘却，在沉沦中死去，在沉沦中重生。

与过去的联系仅限于他。

那是他强加的。

她心里认定，当年伴着秋风，火车徐徐开动的时候，她用泪水已完成了对他，对过往的祭奠。由此展开的，是一段新的开始。

他的信件执着顽强，不绵密，却长久。每当单位收发把信交给她时，她总能从中看出意味深长，于是被窥了秘密般不安，此后竟然对收发萌生出羞愧。其实，在别人眼里，哪里有更多的究竟，她生生要做出究竟套在身上，心魔难挡。

她对他尽量轻慢，尽量草率。谁说迎合不是一种伤害。尤其是固执如他。

他们在交往时碰上她的生日。正是地上缀上绿衣的春天。

前一天恰逢周末。封闭的环境里人们总是对今天谁和谁好了，明天谁和谁有分了具有高度的洞察力和兴致。为免得给别人口实，他们相约，一前一后骑车去了耳闻已久的翠湖。

翠湖之名得于近旁的那座看似平庸的山，然而那山色竟然真如翡翠般透绿，染映在平静如镜面的湖中，有了晶莹，有了魂魄。一树的粉梨，一树的婀娜，扑面而来的油菜花围成巨大的狐尾，毫不吝啬洒下一地明黄。黄绿粉白张扬汇聚，撩起春的发梢。她远远地下车，生怕惊动了图画，他也停下，一起守望，时间在这里停止了流动。他们静静地看风景，自己也在风景中。

只有这一天，她告别了忧伤。

回去的路上，她执意邀请他吃砂锅面。当她举着豆奶瓶碰向他的杯子时，她的笑容认真明亮。

从此，他记住她的生日，永远提前一天，固执。

那些长长短短如呓语般的来信她从不回复。

她喜欢将一些碎片般的情绪化的东西写下来，邮寄给他。也毫不讳言正在经历或已经过去的玩闹般的情感卡片，漫无边际，好不热闹。她始终在嘲笑、蔑视盐京的男人。

他是读得出她的虚弱的。

她在有意传递着各种可能和不可能，唯有他们是一定不可能。

她时常想起他，想起离别前夜。她怎能品读不出他的好。可是……可是，那些脑中的定语不能接纳他。如此，就不能给予希望。

一年、两年、三年、四年……

生活在不同语境下的两人各说各话，乐此不疲。

他来信了。这次的信与以往不同。说只要一句话，如果可以，他宁愿放弃一切，随她走。

环顾四周，她什么也不能带来。工作、房子、稳定。现实遮蔽了眼。感情，太奢侈。

她想了很久。

四年里，她给予过什么？她从未专心致志对待他。在她的概念里，四年前他们就划上句号。就算有那样的夜晚，也是为了永久的告别。况且，承诺未被允许，不能称其为承诺。

她试图去街边的电话亭拨通他的号码，耳边的嘟嘟声从节制到急促，再化作电流叩击耳膜，才发现，她根本没有他的电话，她甚至没有关心过，此时的他在哪里，在做什么。在他面前，她永远是绝对的，骄横的，他则是纵容，接纳的。虽说一切都是意象。她知道，自己要失去了，一个遥不可及的远方，一线与过往可怜的粘连，一个并不可依赖，却足以安心的支撑。当全世界都放弃她，她想也许会有来自那里的牵挂，尽管微弱，却是了然。

放下电话，她带着对他的想念和告别，泪流满面。

终于放弃。

她重新置入人潮中。

秦漠的叙述——

没有锦媂的声音，唯有靠想象来支撑我的思念。

盐京对我来说阔大无边，锦媂就义无反顾投身，她会丢失吗？

简单到复杂，是否会更复杂？

满脑子的问号。

盐京的阔大，让我失去想像。

锦媂在试图忘记。她很努力忘记。她努力地把我们的位置摆放在一个安全有效的距离里，不牵挂不惦念可忽略，又能随手捡起。

她和我谈独自打拼的有趣和无奈（无奈的亮相，不代表悲伤，只是增加戏剧性），她谈希望和漂泊，她谈权术和阴谋，她赤裸裸地打开生活中诱惑鲜亮的包装，极尽嘲笑，她谈男人，她爆粗口，她一点都不在意我的难受。她有意在我面前淡化性别。她要告诉我，上帝铺陈给她的所有因果，落在手上，都会化作齑粉，不在话下。她需要我相信，她就是超人。

她越是这样故作强大，我越是担心。从不点破而已。

只有一点，我确定，锦媂不希望我出现。我与她的世界太远。

所以，就算我想得牙痒，也克制自己不去盐京。

我给自己留有余地。在她交给我的幻想里。

四年，四个三百六十五天，三万零四十个小时，二百一十万二千四百分钟。

每一点都落下她的痕迹。

终于忍不住，我需要她的回应。

她没有发出一点声音。

我想这该是她最彻底的拒绝。

难道她不明白吗？我愿意，愿意舍弃一切。一切，我的事业，我的亲人。

我是不是吓着她了？如此疯狂的行为，一个男人不可思议的行为。任谁接到了，都会踌躇。

我是否给了她太大压力？多年不见，上来不由分说就是全部人生的托付。她一个女孩子哪里扛得住如此分量。都知道，留在盐京像一步登天，她刚到那里，势单力薄，根基全无。我一厢情愿的放弃，她不会坐视不管。哪里又管得了？

在各种揣测中，我一直在等待。

我只需要她一个表态。

三个月过去，没有只言片语。

锦娣，我该是把你藏起来的时候了。

去年，我就买了一个摩托罗拉手机。这是我工作以来买的最奢侈的东西，六千多元。我以为怀揣它，就揣上了整个世界。它能把我们拉得很近，世界的变化巨大，不可思议。

你的办公室电话就存在我的手机，这是我手机唯一留存的号码，手机也是给你专用的。

还记得吗？这个号码还是那年你回剑都办调动手续时，匆匆留在纸条上的。几年来，我一直留着。我不知道你的号码更换过没有，只要它存在，就是找到你的指向。

你的号码被我无数次拨打，总在按出"拨出"键的最后一刻放弃。我怕你的拒绝，我怕失望，我怕找不到你。那样的拒绝，是闪着寒光，见得血刃的赤裸裸。时间隔得越久，我越是胆怯。暂且让我留下一线希望吧！

我决定告别。

我离开了研究院。那块到处是你气息的地方。去了剑都一家公司。

母亲的一场大病，加速了我的告别。

我是长子，三十三岁，尚未婚娶。

为了让母亲放心，半年后，在家人的催促中，我结了婚。

公平地说，新娘辛眉漂亮。

找到她，这不是理由。她和锦娣同龄，连生日也是一天，当然是我心里的生日。

这是我能在她们身上找到的唯一共同点。

半年的恋爱，我全无心思了解，大家彼此客气，半年里彼此的态度没有推进。她不爱说话，周身笼着一股冰寒。我们都属于大龄，却谁也没有兴致知道对方的过往情感。

一切都在赶，赶什么我也没有想出个所以然。

只要有梦的日子，一定有锦娣。

我们像密不可分的连体儿，走到哪里，无论做什么，都一起出现。我天天盼着在梦里和她相见，相守，她身上淡淡的青柠味道始终盘踞在我的嗅觉深处。

在婚礼前一个月，我突然意识到有什么地方不对劲。是的，当我和辛眉并肩走在一起，我常常会不由自主喊出锦娣的名字，虽然总在第二个字蹦出之前，及时制止。

我感到羞愧，面对辛眉。

我就要和她结为终身伴侣，我爱她吗？不！她爱我吗？不知道。我只知道我们在一起始终周到克制，即便炉火够旺，坐着的水温也只有四十度的温吞。出差的日子，我试着去想念，我关注她约会时换上的每一件衣服。可是转过头，就是空白。

我向辛眉提出分手。没想到，少言寡语的她竟然自杀相逼。

我说服自己要遗忘。

那只是一场拖得有点长的单相思而已。

拍结婚照的时候，每个人都看出了我的笑容勉强。我的心在呜咽。

我开始害怕做梦，我怕与锦娣相见。

每天熬夜，看无聊的电视剧，熬到倒在床上就能睡着的地步。从此，我再无梦。

几年后，我发现自己真的迟钝了，记性尤其差。

我要把锦娣压到骨头里，骨头里。

2002 年初剑都

剑都的清晨总是被一层淡淡的煤烟味惊醒的，十年前就如此。

走在天缘大道上，锦娣依旧没有感到真实，她还沉浸在十年前的清晨，她从剑都的老火车站下来，迎接她的除了研究院热情的接站人员，还有就是这个味道。

循着味道，她想起很多。

此次出差剑都，她逃了几回。单位的孙同宇都把票都买好了，却突发胰腺炎住院，小田临时被抓差在外，只有她去。

命里该她。

来了就要还愿，一个遗憾。

剑都的春来得总比盐京早，各式的嫩绿、青黄、碧绿、暗翠都争先恐后亮出新颜，此时的盐京还是寒风萧瑟，春意尚在酝酿中，枯黄是城市的主色调。

脑子里就有了翠湖，就有了他。

是的。每年都会有他零碎的信息。字越来越少，甚至就是一张写着"生日快乐"加上一个名字的贺卡。

她知道他们已越来越远，甚至遥不可及。如果此时，她没有踏上这块土地，也许就是梳妆台上落下的水珠，顺着时间滑走，剩下的水迹，也会在摩擦中，遍无痕迹。

这样的想法，让她觉得可怕。活生生的人，一个生命里有着重要记忆的人，怎么就成了水迹？怎么就随了无痕？

时间对于她变得紧迫起来。

潜意识里，更重要的一点，她不敢想。也许，他还等在老地方，也许什么都没有改变。

只要没有改变，她就会觉得失落残缺的人生还留有一些意味。甚至，也许，她可以为此改变。

她来不及细想，也不敢去想。

到底还有同学，还有旧识，找到他并不难。

在电话里传出他的声音，她设想了千百道的声音，居然和哪一种都不吻合。

"哦？你回来了？"声音迟疑。

"出差。"她有很多话想说，很多问题想问，想验证。哪一句都很重要，哪一句都是重点。她的急切，令她一时语塞，哽在喉中，颠倒往复，顶出唇的，倒硬邦邦的。

"你还好吧！"

静。停顿。呼吸的声流。她努力地听，生怕遗漏一个字。她以为对方会百感交集。

"嗯，还行！"她以为，接下来会有长长的下文，询问，关切。一定急切约定见面时间，地点。

没有，都没有。

就僵在那里。她安慰自己，他在恨，恨自己的没有回应。应该的。有恨，就说明在意。她理解，都理解。

他选在剑都最高的鹏辉大厦顶层茶餐厅见面，据说可以俯瞰剑都的主要胜景。

见面没有想象中激烈。甚至没有起伏。平淡得好似昨天刚刚见过的同事。他没什么变化，没有了制服的映衬，少了点锐气。还是很周到。

当面前的咖啡，不再飘出热气，握在手中尚存暖意时，他们就分手了。

在四十分钟的时间，他看了两回表。每看一次，她都感到惊慌。惊慌之后，就是讪讪的无趣。

是的，无论多久的分离，只要丧失了探究的兴味，就会把漫长的

火星居民的地球梦

时间挤压成薄薄一片，变成几句概要，摸不着情绪的脉搏。

她问他是否有事，不方便。

他歉意地笑，说出门时，妻子交代让他去老丈人家取东西，老人睡得早，他怕误了时间。

她不知道自己当时是什么表情。但她肯定自己在试图微笑。一定还有好丈夫一类的夸赞。

但她的心是沉坠下落的冰，如同旁桌上端上的冰激凌球。

接下来，他们抢着付账。如同和从前的清算，到底被他抢了先。

临走，她回头瞥了眼铺着绿格桌布的餐台，摆着的两杯咖啡，奶沫依旧厚重地漂浮着，完整，美好。他们谁也没有碰。

她甚至开始鄙视自己。

她知道，这个地方不用再来了，已经和她无关了。

2003 年盐京

农历新年的气味尚未飘散，她便接受了一个男人的婚戒。他在结婚典礼上，举着这枚足足 86 分的钻戒发表宣言：套牢她。

这个男人与她的年龄相当，条件相当，家世相近，成长经历相似。一个机关公务员，好像电脑匹配过一样精确。于是，他们从介绍相识到结婚，只有短短三个月。

她需要结婚，他也需要结婚。两个人都是被家人同事过度关怀的对象。他们甚至愿意相信，冥冥中，就是为了等对方的到来。否则不会徘徊无度，预览无数地等待。

还有什么犹豫？一拍即合！

婚礼上，新娘罕见地醉了。"我结婚了！我能嫁出去！"这是和亲近的朋友碰杯时的语言，真切，不做作！

醒来后，她给他发去短信：我结婚了！

三月二十日，当美国向伊拉克正式宣战的那一天，一个不太平的日子，他们第一次吵架。

隆冬里的盛夏

紧随其后的日子庸常，吵架和好，吵架和好。

她常常坐在床上，头顶挂着如流水线上生产出来的结婚照，考量着油盐酱醋茶的用度，新家具的摆放，盘算着能拿出多少可怜工资的结余作为买房首付的基金。

那个男人在外屋对着电脑，听着电视里的股评，分析着长相平庸的股票曲线。屋子里烟气腾腾。

有时，她也会叹口气。

生活的真相不过如此。

每个人的生活不过如此。

远方的他也该如此。

2004 年盛夏盐京

结婚照被扯到地上，白色的油画框摔开的裂缝好似绝望的老头扬起满是沟壑的脸。画中两个被灯光蜜粉和电脑后期制作修整出来的惨白的脸，横满污渍，摄影师摆弄出来的幸福灿烂的笑容，有了悲愤的嫌疑。两具紧密贴合的躯体被刻刀利索划开，紧张对峙。

那是承诺和她相亲相爱一世的男人的杰作。

她的杰作在他的头上，湿漉漉地，顶着一粒粒被水浸泡发酵后，饱涨泛绿的菊花，泄气如他。

《菊花绿了我就走》，是她读过的一篇美文的题目。

她也该走了。尽管她也承诺过，分分秒秒在意他。

一辈子的架都吵完了，两辈子的指责也挥霍完了，俩人在婚姻至高地的博弈难分伯仲，都是输家。

承诺还有什么意义？

热辣辣的季节也不觉温暖。

歌手莫文蔚的老歌，《盛夏的果实》被她反复哼唱：也许放弃/才能靠近/不再见你/你才会把我记起/也许承诺/不过因为没把握/当结果那么赤裸裸/其实不用说什么/起码那些经过属于我。

窗外的蝉鸣是她的伴奏。

她很好奇，为什么自己的生活总能用一些烂俗的歌曲注解。

那个夏天的样子一点也不清晰，她却在一个雨过天晴的午后，看见了双彩虹。她在惊叹七彩光谱的美轮美奂的刹那，忽然想起这首歌是远方他的手机彩铃。

兀自笑了，双手捧起，手心里就停留着一枚盛夏的果实。

秦漠的叙述——

和锦嫦剑都的相遇，我没有想到，也好像预想演练了千万道。

和她面对面坐着的每分钟都是煎熬，我必须离开。唯有离开，我还是原来的我，她还是梦中的她。

我以为见到她会怨。在电话里听到她的声音，我就知道所有的想像都是错的。那曾经酝酿很久的一点点怨是如此经不起考证，早已化作心底哀哀的呜咽。

她到底来了。却已是物是人非。

我特意让她来鹏辉，在凌驾于城市之上的建筑物上，面对着她，我想看看自己有没有抛却地面的纠葛繁杂，超然俯瞰的勇气。

看到她，心揪扯着疼。她不时流露的优越掩饰不了她的憔悴，憔悴藏在她的眼眸中。

丫头，你还在错。曾经的伤害到底是怎样的？为什么你的世界总在对抗？一味地对抗，对抗自然而然的一切，从不示弱。即便如此，我还是准确捕捉到，那点纯真，那点羞涩。

对我，那是足够了。

我是软弱的，无法对抗现实，惟有辜负内心。

我需要走开。尽管我的后背也布满留恋，却不敢多停留一秒。我怕自己会在最后一刻后悔。

没有我的牵绊，没有往事的干扰，你会心无旁骛向前走。

你好了，我才能好！

收到锦媂结婚的消息，我没有回。
祝福那个幸运的家伙。

我和辛眉的生活波澜不惊。辛眉出身普通，却是被父母宠大的。结婚一年多，就在她的坚持下搬进了她的父母家。我们总像隔着一层，之间没多少话。很快，我就变成了她家里的外人。

因为婚前闹分手，对于辛眉，我是有愧的。

我试图做个好丈夫。只要在家，家务活我都包了。

辛眉是恨了我的。她总在她母亲面前夸别的男人能挣钱，说到我，就不吭气了。她爱冷冷打量我，接了眼风，再冷冷瞥过。

我知道，她嫌我没钱。结婚后，我就没见过我的工资，都由她直接取了。家里的钱怎么用，用在哪里，我都不清楚。男人总是需要应酬的，她让我自己想办法。我就业余搞搞设计，挣点零花。这也瞒不过她，逛街看上什么东西，回来就和我说，我就把钱贴上，买来给她。只要她高兴，我怎么都行。只有一点，我不想依，孩子。

辛眉想要孩子，我总是找各种理由推脱。

我不知道自己在等什么。我总觉得孩子是唯一能捆绑住我们的东西。结婚时，我想明白了一桩事情，她不爱我。居然有些欣慰。好像为自己不爱她找到了理由。结婚时，离婚已在我的心头翻滚。

我是有罪的。

即便锦媂已被我死死地压在骨头里，她也还是会时不时蹦出来。

我的笑容越来越少。母亲说我命苦，她说我老无所依。

我就想，即便我老得走不动了，也要去找锦媂。两个孤独的老人在一起，也还是幸福。想到这些，我颇有信心，一点都不愁，虽然我并不了解信心来自何处。

我也不知道自己凭什么就断定锦媂老了也是孤独的，毫无理由。

家里的气氛总是冷的，捂不热。

这是当然的。

有一天，我收到锦娜的电话，明显的哭音。

"你还愿意要我吗？"

"你怎么了？"

"没什么！"

"出什么事了？"

"没有。"

……

咳！做梦了，不当真的。

……

几天以后，我收到锦娜的短信：我想我是可耻的。轻易地忘记，轻易地想起，对你，我是霸道的。人生处处都有插曲，但主旋律不会变。我会幸福的，你也一定要幸福！

2011 年初盐京

2010 年的冬天还没有过去。

这是一个无雪的冬天。

这些年来，她把自己的行动半径缩到最小。除了上班，她更多地愿意宅在家。对于夜行，她早已失去兴致。

现在她常做的一件事是读禅，读现代诗。禅，自然顺意清净。诗，灵动激烈澎湃。她不甚了其意，两厢境遇却在大声诵读中，起了奇妙的化学反应，仿佛清洌灌入心中。

对所谓曾经、过往，她开始有意识地遗忘、忽略，也好像真的可以。

他的段落星辰也在过往的碎片中，在回收站中，等待集中处置的瞬间，急涌眼前。她很怕这样毫无周折的闪现，当彼此不加防备，面对面撞个满怀，她会拼命将那些片段甩到苍白的天花板，好像天花板上被渗水洇湿后留下的斑驳，也许就是窗棂上智慧的蜘蛛投下的密语。她要摆脱的不是他，而是她的歉意。即便她的每个细胞都有着长长的触角感知，她也认为，抵达他，全然是自私，欺负，甚至无耻。

她耻于想起他。

期间，她再次结婚，再次离异。短暂的和梦一样。仿佛和她并不相干。

她太想生下一个有自己骨血姻亲的孩子。

起初，她并不确定。是的，大部分女人都没有强大到可以承担未婚母亲的责任。

直到，她碰到 F。

F 是她的英文老师。为出国学习英语而找的。

见到 F 的刹那，她恍惚了。F 的眉眼像极他，更高更结实一些。在他不说话的时候，她简直以为他真的又来到身边。

F 讲一口漂亮的美语，还有扎实的普通话。无论装扮还是谈吐，都很主流。

她很快意识到 F 就是 F，不是他。所以宁愿叫他 F，一个符号而已。

F 很爱说话，甚至聒噪。自从知道她单身，而且不婚。

F 急需一纸盐京户口。有此，不仅身份更加主流，而且马上有机会得到不仅主流而且价格相对低廉的住所。

更为关键的点在于，F 从未想过结婚，确切地说，是不要和女人联系在一起。她显然是合适的。

而 F 让她确定无疑，她想要一个孩子。有他般的眉眼。

她想到了十多年前，她的抗拒。她常常在猜想，如果那一次有了他的骨血，她会怎样？他们会怎样？

如果只是一场制造伤感的盛宴，虚幻，不具有意义。

她和 F 很快达成共识。

她在 F 的身下想着他，想着那个迟到的精灵。她迷惑，慌乱。要是那精灵的眉眼不似他般，所有的精心刻意会不会都失去意义？但很快坚定了。

无论什么都要接受，有如她的选择。

孩子来得并不顺利。

从小小的细胞在她的身体着床开始，她就开始捍卫起这个小生命。

她已经没有所求，哪怕什么都不是，哪怕妖魔鬼怪，她只要他存在，只要他活着。和她一起相依相伴，这样的相依才是可靠。

一直辗转在医院，医院已成为她另一种需要。

当她终于捧着柔软的身躯，她为不知该怎么拥抱亲近精灵，惊惧、哭泣。

是个女孩，她急切地寻找他，那里有她的眼眉，他的唇。贴近她，仿佛贴近自己的灵魂。她为孩子起名小沫。

她和F践约后，F便没有了踪迹。一年后办了手续。她迅速搬离了盐京，带着孩子出国。

当她再次回到盐京，却是孑然一身。

小沫会说很多话了。下雨打湿了衣服，她会央求妈妈买个太阳晒晒。清晨被小鸟叫醒，她会说小鸟来问好。她爱看着天上的星星说话，说星星最爱小沫，她走到哪里，星星就跟到哪里。

孱弱的小沫的世界太小，只有一张小小的床。

美好的小沫的世界很大，终于循了星星的踪迹去了天堂。

秦漠的叙述——

离开辛眉的时候，我们都很平静。听说我辞职要去盐京，她甚至慷慨地从银行取来两万元给我。

辛眉怀孕了，周身的细胞都像被撑开了一样，连带着眼睛。脸很白，暄软。她长久以来不很清晰的眉眼，此时被笑意隆重地舒展。她从怀孕以来，变得爱笑了。结婚八年，我终于发现她还是生动的。

辛眉怀的不是我的孩子，我也不想探究谁是孩子的父亲。我不恨她，相反，我有些内疚。医生说，她是孕期高血压，这是高龄孕妇的常见病，有一定风险。

是辛眉提出离婚的，很坚决。

我没有要那些钱，留给辛眉，她用得上。

来盐京快三年了，最初打听过锦婼的消息，却不得。我没再努力寻找。我想她会幸福的，应该幸福。

我选择继续留在盐京。想像着和锦婼呼吸着同样的气息，我已经很知足。每天忙忙碌碌，在城市的天空下，我只是一粒小小的种子，不挑拣，自然生发，随遇而安。如果非让我说出些期待，我期待老去，期待我和锦婼一起老去。

那一天毫无征兆地来临。

我像往常一样开车去公司，早高峰，四环照旧拥堵。我拿出镜布，慢慢地擦拭着眼镜，模糊地看着周围。有的人开始打电话，有人在安慰身边的孩子，有的人不住地从车窗探出头查看路况，有的人甚至悠闲地拿出电动剃须刀对着车前镜刮胡子。还有的人嚼着早餐，油饼配着豆浆，隔着塑料袋，我还是感觉到油腻。

等待，每天每时的等待，我不怕等待。时间对于我并不存在，等待对于我的意义就是尽快老去。

车刚在公司的大楼前停下，等待那个慢条斯理的收费员敲下计时卡，就看到一个似乎熟悉的身影从车前飘过。

灰白色微卷的短发，很精心地被梳理过。黑色的风衣挺括，却挡不住她肩背的一点懈怠。脚步是轻的，仿佛怕惊扰了这个世界。她？不可能！

拉开车门，追上去靠近这个不真实的质疑。

锦婼就在我的眼前，眼袋堆积，肤色晦暗，即便涂着厚厚的脂粉依旧掩盖不住两侧颧骨上方布满的色斑。她的眼神空洞，没有悲喜，沉静地望着我。蒙着尘埃，布满沟壑。

我们面对面地坐着，中间隔着一张泰式餐桌。午后的阳光慵懒地映在槁褐色的桌面上，无端地带上了一抹暗红，像极了延展的泪水，那是谁的泪滴？

我越过餐桌，越过千山万水，越过消逝的时光，终于握住那双干涸而冰凉的手，不再放开。

我的心慢慢倒空了，没有了曾经，没有了过往。

我的心里充满喜悦和感动。我要牵着这个隆冬里的女人，我唯一的女人一起往前走。

起风了，干燥的风。

我给锦娣整理着那方油画般的丝巾。此时的她终于露出了软弱，原来，她可以软弱。

她胸前的绚丽斑驳伴着风鼓噪起来，那风该是能唤醒皱褶沟壑，拂去尘埃的。

那里是我的帆。

隆冬已经过去，饱满的夏季就要来了。

尹顿的春天

窗外那棵香椿树逃过了院子里那些打着怀旧、健康旗号的男男女女老老少少的浩劫，奇迹般一如既往地保持着悠悠然的生长态势，毫发无损地挺立着。说奇迹也许并不准确，因为许是它长得太过难看，可怜兮兮地，稀稀疏疏的一些嫩叶，只在树尖上才集中点染出一块绿色来证明它并没有枯萎。

母亲告诉尹顿，那些摘香椿的人太急功近利，总奔着旺盛的绿色去，而被他们忽略的、低调爬伏在树干上的嫩芽，才是香椿的上品。母亲笑眯眯地，有些得意，安静地望着窗外，苍老的身体里藏着孩子般热闹的心事。

尹顿却在琢磨，许是楼下的那个离婚女人太厉害了，让这些人放弃了打她园子里树的主意，就给母亲留下了窗前的风景。尹顿经常在想，到底是离婚让女人变得厉害了，还是因为女人太厉害了才离婚。

尹顿的生活概念中，没有离婚。

谷雨之后，窗外的香椿树一天一个模样，很快泛起了繁荣的绿色，像性急的孩子，急着地冒出一瓣瓣新叶，原先丑陋的秃鹫模样瞬间婷婷婉婉。

春天踏实地来了。

尹顿的春天却是别人的。她的夜依旧清冽，手脚在被子里半宿都是冰凉的。

尹顿的孤单只能展现给自己，虽说有那张纸证明她并不孤单。

尹顿与纸上那个最亲密人的联系，是每晚一个例行的电话，一般不会超过三分钟。她总在盼望，也恨电话的短暂。于是，放电话前，她会说，"等着呢!"于是电话那端会传来几声嘴唇噘起发出的爆破音。尽管里面有多少全心全意，尹顿不愿多想，但也证明了形式上的亲密。

尹顿一辈子都活在形式里，苦不苦的，是习惯。

偶尔，她也会表示出不满，强行拖延。可也实在没有能让两人都兴奋起来的搭子，话题就得绞尽脑汁去想。三言两语就成了对方一日生活情况的汇报。而这让对方极是厌恶，浑厚高亢的男中音就会张牙舞爪地飞出话筒，逼尹顿缴械。他的私人空间是密实包裹着的，即便没有秘密可言，他也不容许外面的主动窥探。哪怕这个"外面"是妻子，也不行。其实，在夫妻间平凡日子里，这样的交流太正常了。尹顿惭愧地觉得，作为妻子，自己可能是太无趣了。

几次三番的不愉快后，尹顿就接受了三分钟内解决通话的结果。周末，她依旧会如约花两个钟头坐公共汽车前往城市另一端，到他的家过周末。打扫卫生，洗衣服，买菜做饭，在摊子上挑挑拣拣，和小贩们侃侃价，在超市里大包小包采购些生活用品，只有这时，她才觉得自己还活在婚姻里，有点主妇的样子。当然在这个名目里，也藏着尹顿小小的私心，回家也是接接人气。否则，她都已经不能确认自己还生活在城市里，是个人群中的人。她的家就在单位院子里，这个被戏为"天上人间"的地方，实在离群索居，没有车去哪里都困难。尹顿总是自嘲自己在这个院子里过的是老干部的修心养性的日子，与周遭的热气喧腾的生活根本不搭界。平素，尹顿的生活就是单位和家的两点一线，几乎不出门，渐渐也熬成了"孤家寡人"，与外界的交往少得可怜。

周末的晚上，两个人是一定要同床而眠的，这也是形式的需要，却是没有缠绵的夜晚。尹顿就像对方的催眠物，只要在一起，他一定早早呼呼睡去，想尽各种法子也是惊扰不了的。可平时尹顿在他的博客上，总能看到对方在凌晨贴的博文。

尹顿渐渐淡了欲念，甚至拒绝反感。拒绝丈夫在东方刚泛起鱼肚白时涨潮般的热情，沉重的，毫无乐趣的亲近。

过往的梦境却不能欺骗她。梦中越来越多的情色，让她面红耳赤，却也留连回味。梦中亲近的人从来不是她法定的丈夫，她常为此自责。

尹顿从没有想过和丈夫分开。三十多岁的尹顿从前不信命，不知疲倦地做着太多改变命运的决定，最后终是徒劳，这还不是最伤害她的。而是抗来抗去的结果比当初接受还差很多，这让她绝望，她彻底在生活面前畏惧了。

尹顿也任性地和丈夫吵过闹过，以各种形式各种理由，甚至没有理由。步步升级，针锋相对，互不相让。然而最终尹顿选择了放弃。因为丈夫眸子里孩子般的纯净无辜。纯净刺痛着尹顿的心，她像豪迈的剑客一般，只想保护这样的纯净不受伤害。

丈夫是个简单的人，简单得和社会不入流。他总说自己是火星来客。尹顿也过得很"独"。两个不容易相处的人在一起，即便分开，也似橡皮筋，分开的弹力会让他们更紧地复合在一起，仿佛从未分开过，继续惺惺相惜地生活。

他们更像亲密的伙伴。周末的清晨醒来，她的床头一定有他准备的显嫌油腻的早餐。他喜欢用油炸一切可以炸的东西，所谓健康食品的概念，在他眼里都是一派胡言，我行我素是他一贯的作风。此时他一定在电脑上鼓捣一些无关痛痒却让他津津乐道的照片和文字。可只要听见她起床的动静，他会马上跑过来，抱抱她，亲亲她的面颊，像对待一个宠爱的孩子。他觉得这样的表达就是爱，就这么简单。前提是你不能干扰他的生活状态。如果你不在他爱的状态里，那你就算是杵在他的眼球底下，也必须遵守隐形规则，当不存在。否则，当你的声音、影像干扰了他的时候，他就会暴烈地厌恶，你就是他最大的麻烦。

他要"爱"你的时候，你就得像听见集合哨音的战士，马上调度出浑身上下情欲的细胞，迅速进入一个流情溢蜜、呢喃着渴望与火热、诱惑与痴迷、如一具程序设计精良的机器，只等他来按下打着爱的名义的开关。你必须像一个折服的臣子百倍逢迎，他不能恩赐你甜言蜜语，温暖的抚摸，就那么直截了当，就那么一览无余，他不会关注你今天的内衣有什么不同，你的腰身在掌上指尖的翻飞中是丰盈腻滑还是瓷实弹性，他沉睡的嗅觉对你特意抹上的香奈尔无知无觉。他让你如同伟大演员般顷刻间进入既定角色，不需要优雅不需要羞涩，只有燃烧，你为他全情投入地燃烧。否则，他会说，瞧瞧你，这可是你不配合的，可别怨我。仿佛"爱"全在于他的恩赐，你的不合作就是不知好歹，毫不领情。激情过后，他总是迅即穿衣离去，留下尹顿好似床上一件揉搓得七零八落的衣服，可怜巴巴地铺展开，却与他无关。

尹顿总是领情的，她配合地将此作为评判夫妻感情深浅的标准。因此她觉得自己很贱。领情，并不说明情愿。她总是在丈夫驰骋在他的领地里，信马由缰时，冷静地看着他闭着眼的样子，听着他发出的不具备优雅潜质的声音，靠走神熬过这段时光，有时她也会配合地从嗓子眼里挤出些有点技术含量，类似陶醉的声音，只是希望能帮助他快些结束。当他墙一样的身躯排压而来，她似乎能听见五脏六腑的爆破声和骨头压抑的嘶鸣，她情愿帮助他分担一些。这样的时光在尹顿的概念里漫长得没有边际，她总要趁此偷偷想想心事，默数着墙上壁纸的花朵，数着数着就眼花了，又继续重新开始。结束了，终于结束了，尹顿首先想到的就是迅速站在浴室的莲蓬头下。他从不在之前洗澡，说洗了会破坏感觉。尹顿还讨厌他腥味浓厚的口水沾在皮肤上，总是对他的亲吻左躲右闪。这些都让他不满意。

尹顿总是惊奇那些不管一流还是不入流的小说家，在性爱描写中总能写得酣畅淋漓，生机勃发，美不胜收。那样的感觉在现实中她从未体会过，小说的描写却让她呼吸急促，目光游移。她似乎才想起自己正处在女人怒放的年华。

尹顿偷偷落泪。她走神更多了，甚至也有了不识好歹地拒绝领情。终于她发现丈夫的床头柜中有了 A 片的痕迹。她没有探问，以后，他们在相聚周末的床上也成了亲密的朋友。夜深人静时，尹顿抚摸着着起伏的身体，渐渐听到了花谢的声音，眸子里闪烁着幽怨。

生活似乎已经不能再给尹顿重新开始的机会了。

尹顿的孤单不会因为感动怜悯而缺失，尹顿还是不由自主地发生了变化。

她发现自己开始慢慢失去了回家的向往。从前，一到周五下午，除了被回家的念头鼓舞，什么事也进不到心里，绞尽脑汁想提前下班。如果碰上周末加班，尹顿的心情似落到谷底，不情不愿。丈夫也很配合，尹顿总会在路途中不断地收到他询问到哪里的电话和短信，她知道丈夫又在大规模采买，做共进晚餐的准备。之前的几天，她就开始收拾准备带回家的东西，尹顿就像一只将草衔来含去不知疲倦的鸟儿，有无穷力气，乐此不疲。今天带回家一个熨斗，明天搬几斤天价大米，给丈夫尝鲜。虽说丈夫总心疼地规劝，甚至发火，尹顿却为此极富成就感，觉得这就是踏实的婚姻和爱情，就是当老婆的感觉。

可现在，尹顿渐渐把回家视作畏途，内心还是想回家，却没有动力。常常下了班，还是要找避开公交高峰的理由，待到眼看末班车都要错过了，才迟迟疑疑地上路。回到家，也就到了睡觉的时间，两人匆匆说不到几句话。周末，尹顿也能看着这个整整一周由男人统领的家，杂乱不堪而毫不在意地熟视无睹，不想扫除，不想做饭，也能容忍他换下的衬衣袜子东一件西一只地丢在那里，对什么都提不起兴趣，常常要等到两天的团聚即将结束，再也拖不过去了，才不得不清理打扫，完成任务一般。对于生活的变化，她想来想去得不到结果，就把它归结为抑郁症的光顾。

北京的春天依旧短暂，尹顿对春天也少了前些年的期待。

接受是她的宿命吧！

春天也是个让人浮想联翩的季节，这个春天对尹顿来说不太一样。

不一样的起因是为一个男人。

认识男人很偶然，一次去探访丈夫的熟人，尹顿和丈夫一起认识的。临分手的时候，尹顿都没有仔细注意过这个男人的模样，她向来不热衷认识什么人，对应酬更是不感兴趣。然而，这个还远谈不上认识的男人居然当着她丈夫的面向她要手机号，她不得不去注意他了。她看看丈夫，居然表情依旧，丈夫就是这么简单，从不过多揣测。男人接住她的眼风，也留下丈夫的号码，然后，自然地提议为大家的结识再一起吃个饭。

尹顿是不愿意的，之前，她好不容易说服丈夫一起去看电影。为了营造些家庭的感觉，让自己依然相信还算个婚姻中的女人。她努力地找一些和两个人都能发生关系的节目，而不仅仅是围着灶台做功课。她不想成天憋在家中，让两个人彼此麻木厌倦，电影好像是唯一能让两个人都认可的活动。尹顿说，"等过两天我们作东请大家吧！"

不能说尹顿在推诿，毕竟，丈夫的熟人是第一次来北京见面。

然而，男人的热情却不容质疑，推辞间，他已安排好饭店。丈夫欣然赴约，尹顿只好夫唱妇随。

那顿饭，尹顿吃得心不在焉。

席毕，在一个其他人都没有在意的间隙，男人走到尹顿的身边，说："认识你真的很高兴！有空一定打电话联系！请再给机会请你出来，我去接你到我的地盘转转。"

说话的速度很快，尹顿只有微笑的份。此后，她才想起，吃饭时，男人说起自己的工作。优越感很强，尹顿也随口附和，那地方不错。

三十多岁的尹顿虽没有饱经风月，但对男女交往的心思还是懂一些的。只是这个男人直白，无技巧，太急功近利，而尹顿是和大多数女人一样喜欢带些婉转的。但尹顿依旧享受这个过程，因为她的心里隐隐跃出一些快感，丈夫的麻木意味着自己根本不在他眼里，明摆着倾向霸道的婚姻生活，虽然让她不敢逃离，可期望能拨开深不见底的帷幔透口气，开个小差！

是的，太久了。婚后的尹顿觉得自己已经索然无味，在厅堂上她的羞怯与惴惴，令她无法成为给人充分想象、优越无比的贵妇。在床上，还是因为她的羞怯与古板，也让她无法成为激起男人热望的欲女。她在想也许就是自己的索然，让夫妻俩很快步入左手摸右手的瓶颈。她更不敢想象还会有丈夫以外的男人会对自己有哪怕一丝的兴趣。在尹顿未婚的时候，对自己寄予的希望还很多，不可知的未来还很广阔，她一定会对这样赤裸裸的直白嗤之以鼻的。可现在她的身份不一样了，年龄也不同了，基本到了不会有故事的区域。她甚至悲哀地想，自己已不会让男人想入非非。

还记得，一个多年的男性友人离婚后对她大倒苦水：中年女人疯狂起来比小姑娘更可怕。他老婆在受了丈夫多年冷遇后，居然和一个混在北京、没钱没根基、年龄近六十的外地男人玩上了网恋，像被热恋冲昏头脑的小姑娘，没日没夜泡在网上，进而不管不顾地同居，心甘情愿贴上钱，供老男人吃住。尽管这位朋友多年前就不忠在先，可当他处心积虑将老婆的奸情抓了现行后，还是感觉很受伤。他恨恨地说，"那个男人有什么啊？倒贴着想结婚人家还不愿意，就是玩她！"

尹顿从男人眼里看到了深深的妒忌。当时，尹顿对朋友的占有欲很不屑，既然早早不爱，就趁此放手，做法不地道就算了，何至生气？但她没有明白，一个无花无色、被日常所累的中年女人能疯狂到哪里去？

现在，尹顿有些懂了！

她再次打量了眼前的男人，四十多岁已不可遏止发福的身材，眉宇间依稀透出年轻时的俊气，都被岁月挡住，只剩下高干子弟、曾经的首长秘书和现在的身份带来的自得。脸色过于红润，尹顿猜想一定是养尊处优吃太多补药的缘故。

尹顿矜持地笑笑，没有具体表达一个什么意见。这种应酬的场合不都是这样吗？谁会当真！

事情好像就那么过去了，在谁心里也没有留下特别的痕迹。

一天，尹顿在家中一边叠衣服，一边有一搭无一搭地瞄两眼电视。此时，电视上闪烁的画面吸住了尹顿的目光。那是尹顿最爱看的《海纳讲坛》，是一档收视率颇高的节目。多少名家打破头想站上这个讲台，它意味着你蛰伏钻研 N 多年也不能企及的知名度，你的著作在上了《海纳讲坛》的第二天，就会占据图书大厦排行榜的前位，读者们会为排队等上你的亲笔签名感到幸运和自豪。总之，你被仰视了。多年一直苦于没有更多机会继续在院校深造的尹顿是把《海纳讲坛》当成了课堂的。尹顿觉得当学生很幸福，很享受。因为老师具有化腐朽为神奇的奇妙力量，点拨她的未知和人生。但是，今天牵动她眼球的不是因为讲坛，而是讲坛上出现的那个人。

那个人就是敢当着尹顿丈夫的面索要电话的男人。

凭着屏幕上的字幕介绍，男人的身份才真正往尹顿心里去了。男人叫苏文裕。

对这个名字，尹顿简直太熟悉了。他既是个作家，还是当代哲学领域著名的学者。许多政策的制定，都有他的参与，在国际上也颇有影响力。

尹顿从未把她认识的男人和这个响当当的名字挂上钩。前次男人给她的印象影响着她的思维。尹顿甚至想，男人的这副样子真的愧对他的学识。然而，六十分钟的讲坛却把尹顿俘虏了。讲坛上的苏文裕虽然只是简单的衬衫夹克，气势却与从前判若两人。语气淡定，眼睛却炯炯发光。一个个观点被他信手拈来，无需碰撞却个个崭新，迅速瓦解了尹顿从前固有的理论认识，论点论据论证清晰无误地证明着他的权威。一堂高水平的授课，是被尹顿当做珍馐佳肴来品味的。无数枯燥的理论术语，在男人如庖丁解牛般一一解构变成最浅显的观点，最直白的语言，再返回你的脑海却变得不一般，如同吹进一股清新的风，开启了通向更广阔世界的窗，让你陶醉其中，施了法术一般久不愿醒来。男人的形象被一层淡淡的光晕染，美好并不清晰，却散发着如兰的魅力。仰视成为尹顿对这个男人唯一的视角。她甚至开始怀疑自己是否真的认识过这个男人。

六十分钟不知不觉过去了，尹顿却感觉并不解渴。

仅仅两天后，一个雨后散发着青草香味的下午，尹顿收到男人的短信。

尹顿的心居然有点慌。回信的时候犹豫了一下，还是发出了！

"能抽出时间晚上一起吃个饭吗？我知道一个环境品质都不错的地方，你应该会喜欢。"

"抱歉！我今天还想整理些资料，恐怕不能践行。改日吧！"

"换个时间整理吧！今天对我来说是个特别的日子，你要帮我庆祝一下！再说我已经定了位。"

尹顿当然不愿如此就范。然而，她耳朵眼里突然痒得让人躁动，接着嗡的一声，直从头颅垂坠到脚底，异样不可控制的战栗不易觉察地一下击中她，虽只短短的一瞬间，但她已经知道答案了。通常，当身体有这样反应时，尹顿会无条件地顺从内心的召唤。

"你就那么肯定我一定会去？有这样值得庆贺的事，自然首先要和家人一起的。"

"道理上应该这样，可也不尽然。她出国了，我的喜悦总要和朋友一道分享嘛！今天，我最希望和你一起庆祝！那里的位子很难订到的。你就答应吧！"

话说到这个程度，再拒绝下去，恐怕就变成了矫情。不就一顿饭嘛，又能怎样？再说，被一个男人，一个不熟悉的男人这样恳求，尹顿还是喜欢的。

"告诉我路线，下班准时接你！"

那餐厅果真是有情致的。现代 LOFT 风格的建筑模式，每套包间都是带旋梯的上下两层，装修是尹顿喜欢的美式田园风格。细细密密的碎花布包裹着胖墩墩阔大的沙发，简约却并不简单的铜扣屉柜，充满居家历史气息的相框，垂着厚密流苏的桌布，质感朴素低调的大台灯，闻着让你陶醉的咖啡，每一件家具，每一处装饰都贴合着你的心意，时时找到家中温暖的感觉，处处闻到自然的芳香。不像尹顿去过的一家著名的私家菜餐厅，虽是彰显格调的大气，委婉的纱幔，着汉服的琴师拨弄着古琴，发出若有若无流转心间的空灵，那里的香茗美食，在尹顿觉得，美虽美，却是做给人看的，于己无干，如同中国人的排场，始终让人觉得冷冷的，有距离感。所以，尹顿更愿意用情致来说明这里给她的感觉。

看起来男人很花心思经营这顿晚餐，在这里就餐的氛围，私密的环境，让他们很容易放弃戒备，回归自然，比来时感觉亲密许多。那天晚上，他们点了一支巴伐利亚的红酒，在柔和的灯光下，在微醺的酒意映衬下，尹顿的脸上流转出嫣粉的水嫩，眉眼里也有了一许生动的顾盼流连，漆黑晶亮的眼仁似汪着的一潭秋水，腻着的酒庞大膈更显出唇色丰润，雕塑般的立体。此时，唇角微扬，笑意闪烁，却适可而止。

男人今晚的话一直不多，是将他的锋芒极力克制的。其实他刚刚有了一个新的头衔，带上了"国家级"的光晕，自然是提拔了的。但是在今天这个氛围，面对这样的谈话对象，他的克制是加分了的。两人说的零零散散，说的都是些不着痛痒的家常，两个谈不上熟悉的男女，琐碎的家常是决然不会多的。于是更多的时间是沉默，而沉默在这样的男女间是有些危险试探意味的。为了掩饰，尹顿频频端起酒杯，不时浅浅抿上两下，可脸还是不争气地红了。在尹顿的理解里，她这样的表现应该不单是羞涩，一个三十多岁有过经历的女人又能做出怎样的羞涩，反倒更多的是惭愧。此时她人在此，脑海的天幕中却不时闪现出丈夫的身影，他无辜的睫毛在她心间眨动，扎扎的，扫着她疼。

　　尹顿没有后悔来到这里，虽然有些犹豫。决定来这里，她有和自己赌气的成分，更多是对似乎照得见的未来的几许改变的期待。

　　又能通过一次赴约改变什么呢？可能更多的就是一种情绪的需要吧！

　　男人在精心营造这顿精致的晚餐时，也在营造着他的情绪功课。他展现在尹顿面前的样子，与之前截然不同。他始终带着欣赏，像在舞台上，努力把身上的光晕抛开，让尹顿成为绝对的主角。他总在恰到好处的时候，为尹顿投递去关切和怜惜，哪怕是夹一筷菜，递上一根汤匙，飘来的一个眼风，尹顿一一起获，细细感受着，心里在回忆她那纸上的爱人曾在何时有过这样的关照。当初她迷恋过他什么？

　　是为他用穿透内心的男中音大段吟诵《生死恋》的对白向自己示爱时的那道光亮吗？是为他只为和自己共度一个情人节的夜晚，为了短短五个小时的相守，不远千里赶到另一座城市找自己，手里握着一包已被旅途折磨得七零八落的玫瑰，憨憨地望着自己笑时的感动吗？是为看到他怕吵醒自己，而光着脚在厨房准备早餐的温情吗？是怕看到两人每次激烈吵架后，他着急无助地在原地转圈时的心疼吗？……

　　但这些都成为曾经了。结婚后，他煞有介事地说，"我们都是老夫老妻了，别再做小年轻做的傻事。哦，我们已经走过纸婚了……

哦，我们走过棉花婚了……"

每当尹顿求着他和自己多说两句话时，他爱做着思考状说，嗯，嗯，你今天种牛痘了吗？

对于这样的话，一次两次，尹顿是乐不可支。次数多了，就换来尹顿的抱怨。现在尹顿已不再抱怨了，甚至不会再缠着他多说话。

可是两个堪称伴侣的人，没有交流，怎么往下走呢？

想到这些，尹顿出神了，目光变得迷离，表情有些含混不清。而与之约会的男人顺势接住了这个表情，他的手自然地覆盖在尹顿的手上。

"想心事呢？"

那手掌是干燥温暖的，尹顿分明看见戴着江诗丹顿手表的手背上茂盛的汗毛，有几根冒冒失失地钻出来，倾倒在他热情的皮肤上。尹顿打了一个激灵，迅速将手抽开。

"哦，没什么！我在想，你推荐的这个地方真不错，下次也请我家先生来感受感受。"

尹顿的眼睛不敢看对方，红起来的脸已暴露出她说的不是出自真心。

"今晚我们在这里，应该有我们的话题。把另外的时间留给别人。"

"是啊，今天是祝贺的气氛，主角是你！"

她把酒杯举起，掩饰着不安。暗红色的液体在灯光的作用下变得扑朔迷离，一如她的未来，一如这个春天的夜晚。

"今晚，你就是我的主角。我的快乐来自你。"

尽管从一个老男人嘴里甩出这样的文艺腔，怎么听都嫌做作和肉麻。但女人那星星点点的虚荣还是如春草，见点润意就疯长。尹顿的脸更红了，她低垂眼眉，细密的睫毛如同丝羽般顺滑的扇面滑出一抹温柔，漾在了男人眼里。

"这几天，我总克制不住地想你，做什么都没心思。你说你该不该负责。"

男人趁着嗔怪的尾音未落，将手自然地扣住尹顿的，起身站在尹顿身后，将身体俯下，像发情期的公鸡一般把她覆盖在身下，发福的肚腩碰到尹顿的腰身，呼出的气息搔在她的脖颈上，像麻醉针一样，令她渐渐陷入恍惚，呼吸变得困难起来。

尹顿心里清楚，她需要抵御的只是自己，与眼前这个男人无关。

手机响了，尹顿获救般地没等第二声铃声响起，就把手机抓在手里。

"你在哪儿呢？家里电话没人接，和张宇在一起呢？"

"哦，不，妈啊，我在外面和同事吃饭，一会儿就回。"

"那你忙吧，早点回去，别让张宇惦记。我和你爸挺好的，你就放心。"

尹顿和父母每天一个电话，雷打不动，尹顿不打过去，他们就打来。

放下电话，尹顿的心里空落落的。她还以为是丈夫的电话。尹顿觉得自己就像贪玩的孩子，因为想尝试新鲜，总是心有不甘，站在悬崖边缘，再向前一步就是万劫不复。她希望今天阻挡自己的手来自丈夫。他却是一个极力维护双方个人空间的男人，每天准时打电话到尹顿的住宅，碰上尹顿不在家，他绝对不会马上将电话打在手机上，他觉得那样的控制感太强。但超过十一点没有尹顿的消息，他就会给尹顿发信息。而他要外出不在家，必要给尹顿电话或信息。所以，老公外遇的概念，是从未出现过尹顿的脑子里的。

丈夫对结婚纪念日总是在记忆里或增或减一天，每次提醒，却还要强词夺理，"我们天天都在纪念。"可对于尹顿的生日，他却比尹顿自己都记得清楚，尹顿嗔怪他，那是有意提醒自己又老了一岁。他说人要不老，不成妖精了。还是一切照旧。

每次生日，他总有笨拙的礼物给尹顿：一条满是风情的红色情趣内裤，开玩笑地穿在灰狼公仔身上；一张尹顿的星座音乐碟片被他贴上了一张流着口水的狗嘴贴纸，他说那是他献上的热吻；一个硕大的纸盒上，标着"危险品易碎"的字样，打开来是一个一个套在一起大大小小的钱包，拿出最里面的小如拇指的那一个，里面放着一枚一分硬币，加一张小纸条，写着：请交给警察叔叔。他解释这是送给家中财政重臣——"小财迷"的礼物。可在家中，他们的经济是独立的，尹顿从未搞清楚过丈夫的红色和灰色收入到底是多少。

生日宴上，香槟酒是丈夫的必选，然而每每尹顿刚被丈夫的精心准备感动得发誓重新做回好老婆，撩拨得春心萌动，刚想有所表示时，不胜酒力的他只靠一杯酒的摧残，就闭着眼，边往卧室移步，边脱衣服，边嘟囔着，"你先让我睡会儿，就一小会儿。"不到三分钟，尹顿就能看见丈夫将身体蜷若婴儿状，发散出重重的鼻息声。看得尹顿好心情顿消，恨不得将刚才一露峥嵘的娇媚贴在头顶的天花板上。以后，尹顿有了经验，从丈夫仰脖喝下一杯香槟开始，她就冷冷地在边上报数，总也超不过五百，他准定沉入梦乡，屡试不爽……

当被细碎的时光忽略过去的生动被一幅幅检视时，尹顿重新翻拣体会着那点隐藏的动心，脸上有了笑容。她看见刚才被打断的男人讪讪地坐在那里，正酝酿着又一波次的肉麻攻势。她努力不让自己笑出来。

她在想他那位目前身在国外的太太，如果看到自己法定的丈夫和另一个女人在这么手段低劣地调情，不知会做如何感想，还会不会优越感十足以某某夫人的身份自足。他们人后的夫妻生活是否也是寡淡无味。七年之痒算什么？想来他们的婚姻生活起码也有三个七年之痒了。天下夫妻的婚姻生活不过如此，自己的不应该是最糟糕的！

十点四十二分，尹顿迫不及待地拨出丈夫的号码，她知道丈夫应该已知道她不在家。声音里涌起一股久违的甜蜜。

"老公，我在外面参加个应酬刚刚结束，这就回家。"

"怎么回？打车告诉我车号，我半小时后往家打电话，到了和我说一声。"

她的电话，令这场精心刻意的约会戛然而止。好像片场中，两个酝酿好情绪的男女主角刚开口说一句台词，就被导演不满意地喊停的那份不自在。

待她收线，男人已恢复了一个官员一名学者般的正襟危坐，但他的声音有了暮气。

"真羡慕你家先生！看来你们的生活很富有烟火气嘛。这样，我开车送你。"

此时的尹顿一扫从前的消沉，甚至阴沉，更没有在这个男人面前的拘谨，变得明亮活泼，而这样的变化只在一顿饭之间，实在不可思议。

"羡慕？羡慕他允许太太和别的男人约会？"

尹顿揶揄的话一时让男人猝不及防，正要开口说什么。

"今天，我应该感谢你！"

尹顿是真心的。确切地说，她感谢的是这场约会！

"那过几天，我再约你？"

男人显然会错了意。不会有什么以后了，起码和这个体面的男人。尹顿含义丰富地笑了，再没有多余的话。

她要向丈夫坦白这个春天的故事，告诉他自己想要的。她还在计划，以后和丈夫共度周末，都要怀着和情人约会般的心情，不能像从前，好像老妈子上工……她还在不停地计划，她要投入地重新开始自己的婚姻。

在这个春天的晚上，尹顿似乎明白了，改变别人不如改变自己靠得住。至于结果，至于还会不会有类似的约会，尹顿不去想。

她没有让男人送。当她走上夜幕下的街头，她觉得自己的步子有了小女孩般的轻快。

足尖下的转身

  有将近一年的时间了，每晚收拾停当，姚惠洁都会追着各种相亲电视节目，将频道转过来转过去地看，什么《非诚勿扰》《百里挑一》《谁能百里挑一》《爱情连连看》《我们约会吧》《转角遇到他选择》等等，每天什么时候播出，什么时间重播，一周播几次，她觉得自己可能比广电总局还清楚。这些俗烂的节目可以一直陪伴她入眠，有时甚至牺牲宝贵的美容觉，追到半夜，还意犹未尽。哪怕第二天睁着熊猫眼萎靡不振也在所不惜。

  至于中了什么邪道，她也说不清。要知道那档大型相亲类节目《非诚勿扰》火遍全国、成为公众话题的时候，她还十分清高地告诉别人，自己从不看这些烂俗节目，简直是在浪费生命。不知为什么，她这个几近体育盲的人，却单单对女子体操情有独钟，每当电视转播这类节目时，她都会鬼使神差地寻找到频道，用摇控板交叉换着频道，津津有味地看着，特别是对平衡木那些什么拉拉提、侧手翻、倒插虎等动作，她都稔熟于心。对那些体操运动员，她也能如数家珍地记住她们的名字：程菲、何可欣、邓琳琳等等。有一次在世锦赛上她看到程菲从平衡木上掉下来，忍不住竟"哎哟"惊呼了一声。她知道平衡木不是程菲的强项，程菲是跳马高手。平衡木的花冠是邓琳琳，在世界大赛上多次夺冠。姚惠洁常看着电视暗叹道，这腾挪躲闪，在方寸之间寻找出路的运动很像自己窘态连连的生活。

  此时的姚惠洁人近中年，婚姻生活中只剩下柴米油盐，对爱情的想象空间已被挤压得几乎为零。自己怎么也会走入浪费生命的大军队伍中？甚至有了瘾着了魔。这样的变化让她自己也百思不得其解。

每次看相亲节目，她更多是带着戏谑和娱乐精神的。台上那些伶牙俐齿的女嘉宾，做作，毫无矜持，甚至有些神经大条，直白到让人脸红，妆容厚重几乎看不清本来面目，看起来更像是希望上镜并博眼球的末流演员。在这些节目里的男嘉宾的角色定位千差万别，有的是草根，专为受虐而来；有的是所谓富二代，或者花样美男，带着高人一等的娱乐姿态来选美审丑的；最为难堪的是一些中老年人，带着一副时不我待、只争朝夕的态度，不管萝卜白菜一堆撮，火急火燎拉女配，全然是求偶的物理属性，没有了爱情的情致和美好。

偶尔，一些顺眼的俊男靓女的所谓爱情告白和泪水也会让姚惠洁欲罢不能。虽然她知道这些都是年轻的荷尔蒙在起作用，不会超过五千个小时就会消散瓦解。虽然她知道那些令人眼热心跳的承诺都是脚不沾地毫无意义的呢喃，但她还是会心动。此时的心动不是还有奢望，而是回顾，曾经的花样年华里，自己有没有享受过如此的炽烈？又有没有男女嘉宾令人钦佩的定力和不为所动？有没有过眼前女孩子的娇嗔卖萌和哆言哆语？她唏嘘，她感叹，虽然这样的情绪不及她浪费时间的千分之一，可她享受烟花绚丽升空的瞬间旖旎，似乎所有的不堪、所有的等待都是为此铺垫。有一瞬间，她似乎想明白了，自己是以这样折磨人的方式祭奠，祭奠稀里糊涂、有许多遗憾的青春岁月，就像比自己还年轻的赵薇拍了导演处女作《致我们终将逝去的青春》，就像那部平淡却火遍海峡两岸的《那些年我们一起追过的女孩》，一个道理。无非自己的选择有些欲盖弥彰，有些蜿蜒曲折，有些施虐倾向。而女子体操转播则更纯粹也更真实一些，她常惊叹那些小姑娘身轻如燕、插花引蝶的身姿，更羡慕她们身上那股青春的气息，她似乎是想寻找到那股贴近而又久违了的气息。

姚惠洁也会犯神经大条，比如在她和丈夫两人满嘴油大口嗷吸着手中那一大碗为打发剩菜而下的面条的时候，她突然会问，"你爱我吗？"

听到这种毫无氛围与铺垫的发问，全神贯注正在吃饭、嘴里包满了食物的丈夫差点被呛住，于是他一边吞咽，一边张开满是食物残渣的嘴，皱着眉头狠狠剜她一眼，说："成天就这么两句！爱爱爱爱爱，行了吧？真神经到家了！"全然不顾自己的嘴成为那些食物残渣发射器，斑斑点点喷到她的脸上，桌上。

她悻悻然，用手背擦着那些痕迹，毫无满足感。

爱与不爱又怎么样？自从无意中发现丈夫在外有了私情，爱与不爱的，在她就失去了意义。明知道这种形式感的问题蠢到家，可下次一张嘴还是这句。因为她喜欢用这个词刺激对方。好像没有这句话，不能证明自己婚姻的合法性一样。

姚惠洁爱思考，成天一副心事重重的样子。可她所谓的思考，不解决吃，不解决穿，不解决任何实际问题，甚至缺少对未来的规划。用她丈夫从前的话说，她想的全是些闲得发慌的形而上的问题。

在现实中，惠洁什么也不敢信。拼不了爹拼不了婚姻的她，只相信奋斗。尽管奋斗也不是那么纯粹，但对她而言，也似乎只有"奋斗"两个字给予她一颗并不安分的心一点激励，让她对未来还有所期盼。她曾经在一个问题上纠结了很久。为什么从古到今，到现在这个毫无诚信的社会，爱情会是所有文学、音乐、绘画、舞蹈、戏剧等所有艺术形式中改变个人改变世界的似乎唯一的美好方式？但在现实世界中却又是最不堪一击的东西，是供红尘男女把玩手中的装饰，让生活还略有情趣的东西。一旦和现实利益发生触碰，最早被丢弃牺牲也是被鄙视的，就是爱情。似乎人类要靠对爱情的绝对虚幻才能维持生存。要靠一次或重复的沦陷伤痛才能心存美好。这实在是生活最大的悖论。

也许隐秘的平衡在世界各个角落暗香浮动？

电话让已睡下的姚惠洁有了不好的情绪。好像黏腻附着在身上，一时半会儿洗不下去。尽管不情不愿，还是有了不自觉的依赖，想抗衡却不知力量从哪里发出，细碎的声音却从她身下一点点窸窸窣窣燃起来，显示出不耐。

姚惠洁干脆起身，立于凌晨的窗前，拂拂碎发，将身上的睡袍使劲拢拢。冰凉的窗在夜色的笼罩下，有了白天见识不到的阔大与深切。她把脸轻轻贴在落地窗上，舒展地伸开双臂，瞬间的寒意与清醒传导全身，坚硬与脆弱，和她的心情一样贴切。

飞翔应该是她的姿势，惠洁一贯以为。她从第三十二层向这座城市俯视。她的不耐烦令俯视注解为她的姿态，以为可以将整座城市的真相尽敛。闪烁的霓虹，流淌的车灯如河流一般穿针引线将城市勾连，街心花园的射灯好像节日投向天穹的烟花，撞在玻璃上，一片破碎，骤然间开放了真相的花朵。

她睁大眼睛，使劲盯着脚下的土地，企图从那里找到真相。

她想不明白，为什么她在夜晚才能伸展自如，夜晚如同她的护身符，只有夜晚来临，她才可以慢慢将一切掩埋，消融，像游弋在开水中的六安瓜片，一丝丝舒展，了无筋骨，却绽放出润泽和芬芳。

她扒在窗上，看着地下，仿佛城市夜空洞悉真相的蝙蝠，更像挂在城市十字架上受尽煎熬、欲将灵魂交由上天拷问的雕像。

城市一点点醒来。

醒来的时候，姚惠洁已对电话的内容记忆恍惚。她只记得一米二长，十厘米宽的平衡木是她永远跨不去的坎儿。起跳，上木，跳步，转体，翻腾两周半，当右足尖落下，她的身体开始失衡，左右摇摆还是难以调整。当她像只蓝色的蝴蝶飘然坠落，平衡木却越升越高，直上云霄。她大喊着，听到心脏崩裂的声音，掩饰了尖利的叫声，她徒劳地张着嘴，向下，向下，向下……她惊醒时，脖子后面一片濡湿。

电话是丈夫打的。

他的电话是不带线的风筝，随飘随荡，不看时间，不讲路数。

姚惠洁和丈夫蛰居在城市两端，正常情况下一个月见两次，维持相互的体面。这是私情被发现后，不愿离婚的丈夫和姚惠洁协商的结果。他们不是一朝一夕的感情，他们相差两岁，却是由同一名医生接生，出自同一张产床。他们的父亲有生死交情。他们的渊源不可谓不深。然而，在这道分水岭上，他们是无法走下去了。

关于对男人的想象，姚惠洁已有了好像微恙般的不适，这些细碎的念头一经冒出，她有压不住的惭愧，好像被捉奸在床的妇人，却抵御不了，她知道一旦寡淡入心，任由刀斧横前也阻不住。

她常在想，自己喜欢上丈夫的理由，她耻于谈爱。难道是他下巴上迷人的凹陷，如同麦克·道格拉斯，刻下的是深情、沉稳，或者在外不足展示的性感？还是他充满磁性的声音？还是因为他们是《生死恋》中那个像水一样纯情的夏子和细雨一样绵密痴情的雄二？

"爱情是怎样来临的？是像灿烂的阳光，是像纷飞的花瓣，还是由于我祈祷上苍？……"

"爱情就像暴风雨一样，夏子，你我都无法抗拒！"

……

夏子和雄二已经远去，终将远去的还有这个叫楚天河的男人，就像小臂上划的那道浅浅的疤，当初的鲜血是多么惊心动魄，今天就只有这道浅浅的疤，淡得近乎看不出。结了痂的伤口，印子还在，伤口已成为过去。

这些也许都不重要，重要的是她不能失去这段婚姻。姚惠洁望着床头柜上女儿的照片。

十二年前，她和丈夫去九寨沟旅游，遭遇车祸。自己重伤，在床上躺了两年，是丈夫的精心照料让她重新站起来。然而，噩运再袭，她的生育功能受损。五年来，丈夫陪着她天南地北寻医访药，终于试管成功，生下女儿。

如今，女儿三岁。自打婚姻触礁，女儿被送回奶奶家，快一年了。

对这个千辛万苦得来的宝贝女儿，惠洁和丈夫两人都不舍得。说到离婚，丈夫抱着她，痛哭了三次。姚惠洁的心却越来越冷。

她会常常在纸上划拉两个数字：7、2.5。

七年的恩情，两年半的私情。她不知道如何在两边取舍。于是只能僵持。

丈夫的话越来越少。

这个家冷如寒窑。

姚惠洁接到夏表姐电话的时候，正趴在隔断办公桌上细心摆弄她的手指甲，染着性感的肉芽红，细细尖尖地恩宠着她，好像漾在深闺的怨妇。姚惠洁一边用锉子细心地修护着指甲的毛边，一边用眼睛睃着周边，掩耳盗铃似的怕别人窥见她上班的真相。倒是靠肩膀耳朵夹着的电话显得那么力不从心。

姚惠洁在教育局供职，一个得过且过的岗位。不做家务的日子，最大的收获，就是打造出她身上最性感的细节——手，修长的手指嫩白细腻，一抹闪闪的肉牙红并不招摇，却让看见它的人心旌摇荡。

楚天河好像说过，就是因为一双手，温暖的软软的手，把他留在另一个女人的枕边。这双手都干过什么？爱轻抚他的脸，像对娇宠的孩子一般，拿汤匙喂过他小米山药粥，在他发着烧，满嘴燎泡，回家面对老婆一瓶一瓶药，屋子里弥散着中药的苦腥味的时候。

"小嫚，我们到了！你上着班，先不急过来，我们先带着我爸找医生。"

夏表姐的声音是第二次听见，晋北口音很重，但亲热的气息还是一点点缭绕、沁入。

"在家照的片子带着！"小嫚是她的小名，惠洁是本名。她总愿意用无分量的飘然来理解生命。

"带着呢！让北京的专家给确诊了，就彻底踏实了。我们都有心理准备。就是……不甘心！"

夏表姐是惠洁母亲的外甥女，在遥远的鹿城，惠洁从未见过。惠洁从来对亲戚的关系疏淡，仅仅就是陪母亲回家才露面，一些亲戚仅从母亲的口中听到过，知道而已。对没有见过面的夏表姐更是如此，如果没有这个事，如果不是夏表姐突然来到她所在的京城，她们可能就是一个听说的关系。

从小到大，惠洁生活在很简单的家庭关系里。除了父母和哥哥姐姐，当然还有楚天河。她的世界对外部的接纳很差。即便她跟在父母的屁股后面回到老家，被他们拉扯着见亲戚，这个婆婆那个公公，这个姨姨那个舅舅舅母，姐姐哥哥的，让她除了眼花缭乱，没有别的感受。就算是被人拍拍脑袋，摸摸脸蛋，兜里塞上几块糖糖饼饼，她也开心不起来。她总想往父母的身后躲，怯怯地。即便面对那么多热情慈爱的长辈，她也不敢靠上前撒娇。那种天然的血脉中的亲切仿佛和她绝缘。她乖乖地拘谨地，甚至冷静地看。长大后的探亲访友，完全是为了母亲高兴。感情是相互的，惠洁的哥哥姐姐，也总被亲戚惦记着，可问到她，都是客套，并不走心的。

夏表姐的妈妈，也就是惠洁的亲姨妈。母亲说惠洁见过姨妈两次，一次两岁，一次四岁，还说姨妈特别喜欢她。擅长女红的姨妈给惠洁绣了了好多绣片，让母亲给外甥女做新衣裙时贴上。

惠洁不知道这些绣片的来历，但是她没忘记小时候那些飘在衣裙上，美丽的小鹿，漂亮的孔雀，飘逸的蝴蝶，可爱的辫子姑娘，诱人的西瓜、草莓……让她在伙伴们面前像骄傲的小公主一样，吸引了大家的目光，为惠洁挣足了面子。小伙伴们总是央求自己的妈妈来找惠洁妈妈学艺，比着画样子也来些仿版，可总是不如原版生动，配色自然。

虽然，不记得姨妈的模样，但只是看看照片，就让惠洁有了亲切的感觉。她总是和母亲夸赞姨妈的美丽。说到姨妈，母亲的开场白总是这样："玉彬是鹿城一枝花，很有名的。她的眼仁儿漆黑，眉毛细长弯弯的入了鬓角，她的大辫子乌油油的，又粗又长，在腰上一甩一甩的，耀花了多少小伙子的眼睛啊！"

母亲说得投入，惠洁的脑中就有了画一样美好的芳华姨妈。

惠洁懂事后，母亲再提到姨妈，就加了一段儿，话锋犀利："谁知她怎么就找了你姨夫。结婚几年，一年生一个孩子，四个姑娘大毛、二毛、三毛、四毛一字排下来，曾经水水灵灵的一个人变得枯瘦如柴。我劝她歇歇，养养身体。她信里说，你姨夫是北方人，就盼着生儿子。姨夫喝醉了就骂她连个窝都抱不好，没用的东西！她压力大得很，在婆家抬不起头。他们逼着她生，简直把你姨妈当了生孩子的机器。结果身体垮了，一个肾炎就要了她的命，才三十五岁。

"我去料理她的后事，她的邻居大姐拉着我的手说：'玉彬可怜，多温柔，多漂亮的闺女，最后瘦成了一把骨头。最小的孩子才八岁。'"

"最没想到的就是你那个没良心的姨夫。姨妈才走了不到四个月，尸骨未寒，就把一个寡妇娶进门。还好意思写信让我理解。可惜他到底是没儿子的命，那个女人带了两个女孩儿过来，一个七岁，一个五岁，还压根不随他的姓。可你姨夫对那两个孩子比对你姨妈生的四个好，过门一年，就把家中的财政大权交给那个后老婆。那女的没工作，不漂亮，除了三顿饭，就是黏着男人和打牌。你姨妈有工作又漂亮有什么用？却没人家有福气。刚一路支持你姨夫从一个工人拼上厂长的位置，要享福了，她却走了。还是命啊！"

母亲对姨夫一脸的厌恶和不屑。久而久之，一个现代薄情郎的形象也在惠洁心中确立，而她对红颜薄命的认识也是从这位姨妈开始的。

惠洁知道姨妈的离去对母亲的打击。姨妈之所以落户鹿城，还是因为母亲。

当年，外婆家孩子多，生活困难，作为老大的母亲，十几岁就参加了工作。当年自己调到鹿城，在那个新兴工业城市，各路技工学校正办得欢腾，自己厂里不仅学费优惠，重要的是只需坚持两年，便可进工厂拿二级工的工钱。这可是全国数得上的大厂，从此解决饭碗问题，衣食无忧，而且还有可能调回离家不远的总厂。

母亲就是带着这般英雄气概，将玉彬姨妈和另一位堂妹带到鹿城，以为自己带给两位妹妹一个全新的未来。她没有想到，自己很快又被调离鹿城，重新和妹妹远隔千里。更令她想不到的是，平时温顺的姨妈，在技校没上两个月，就退了学，到鹿城下面的一家县城印刷厂当了工人，并在那里结婚生子交代了一生。她只记得，当她听到消息千里迢迢赶去兴师问罪时，这位说话细声细语的妹妹很平静，说："我想像你一样早点挣钱养自己，养父母。"之后，再任姐姐如何规劝，她也坚决不变主意。

母亲说，自己很伤心，回去的路上哭了一路。她怨自己，把十五岁的妹妹就这样独自丢在了生活条件尚属艰苦的鹿城，她怨眼皮子浅的妹妹，不按照自己为她设计的一条看起来平顺、甚至有鲜花点缀的道路去走，母亲更多觉得亏欠。

姨妈去世那天，母亲平白无故从座椅上摔下来，手臂上划开了长长的一道口子，在卫生所处理了半天。当天晚上下班，就接到姨妈家发的电报。

姨妈走后，母亲一度想带走一个孩子抚养，甚至已做通父亲的工作。但姨夫不答应，一句"她们不是孤儿，还有我这个当爸的"，就把母亲一厢情愿的念头堵了个密不透风。于是，母亲一直坚持给姨妈的四个女儿寄钱，怕她们受委屈。钱虽不多，也是情意。寄钱也颇费周折，不寄给姨夫，全部寄给姨妈的朋友转交，又不放心，给最大的孩子写信确认。母亲工资不高，也是上有老下有小，负担也重。怕丈夫不高兴吵架，攒点钱到处藏，什么袜子、饭盒、粮袋……煞费苦心。就这样一寄十年，直到老四参加工作。

因为四个孩子，惠洁的母亲和姨夫一直保持联系。惠洁没见过夏表姐，却听母亲说过，夏表姐是四个女儿中最漂亮的，最会来事儿的。因此不仅深得姨夫看重，连那个继母也待见她。那三个妹妹性格内向，对刚丧母，父亲就把新人娶回家心里别扭，和继母处不来。继母挑唆着姨夫把自家小院加了隔墙，四姐妹住一边，他们两口子带着女方的两个女儿住一边。也只有夏表姐可以两边出入，代表姐妹们给父亲说说生活上的困难和要求。

母亲尽力回避谈到姨夫的优秀和能耐。但从母亲和四姐妹来往的信中，惠洁了解的是另一个版本的姨夫。

姨夫叫冯树才，长得高大精干，是早于姨妈进印刷厂的工人，因为能干也会说，是姑娘青睐的对象，事业也有出息。他很快从普通工人到跑销售，而后当上了干部，成了领导。当年他和姨妈结婚，可是人见人羡的郎才女貌，最佳组合。

在 20 世纪 80 年代，他领导下的印刷厂创下了可观的效益，成为市里乃至省城的标杆、典型，让新闻媒体争相报道。当地还一度出现

火星居民的地球梦

热议的"冯树才现象"。当然，这一切姨妈都无缘看见，她只和姨夫共过苦。

姨夫四处作报告，成为红极一时的模范。据四姐妹描述，家里的奖状证书，墙上挂的，抽屉里放的，厚厚一摞子。只是红归红，他在仕途上并无大跃进。"政协委员""人大代表"的头衔给过他，政治待遇有一些。最初对父亲有些怨气的四姐妹也开始享受父亲带来的荣耀，和母亲的通信中，优越和自豪洋溢在字里行间。每每母亲劝她们好好读书，她们都不以为然，觉得有个好爹万事不愁。气得母亲常常在父亲面前发牢骚："这个冯树才哪里会教育孩子，成天给孩子灌输的都是什么乱八七糟的，把孩子都耽误了。一个一泡尿转三圈的县城，他以为自己多了不起？简直是井底之蛙！"

姨夫话不多，却心思缜密，在家更是一言九鼎，家人对他是近乎盲从的崇拜。回到家，热菜热饭会有人端到手上。每天起床，脸盆里是温度适合的洗脸水，牙刷上的牙膏也已挤好，衣服也是干干净净备好挂上衣架。每天回家听到的都是小心翼翼、精心选择过的让他高兴的话。这也是为什么只有能说会道的老大才有资格当"发言人"的原因。

姨夫尽管在子女教育上失策，说到底是个有责任感的父亲。在他的一路经营下，四个姑娘加上两个继女虽都没有考上大学，却都被想尽各种办法，安排了正式工作，就算在 20 世纪 90 年代，也实属不易。也正因为如此，惠洁母亲的牢骚越来越少，逢年过节，冯树才总会记得打个电话给这位大姐带去问候。母亲和几个外甥女联系时，也总是叮嘱她们关心照顾好父亲的身体。

五十来岁的姨夫最后当上了政协一把手。然而官场上的事情总是说不清，一路风光的姨夫正是在这个位置上遭遇滑铁卢，栽了。没几年，他被纪委审查，并收审半年，却又没有任何结论地被放出，接着失意退休。

这一段，在惠洁和家人的记忆中，永远是模糊的一块儿。因为当他们得知消息的时候，姨夫已被放出来很久了。本来，随着四姐妹一个个出嫁有孩子，她们和母亲的联系渐渐也少了，也就是过年过节的简单问候。原来，不等母亲问起姨夫，几姐妹都会主动夸耀她们的父亲，颇为自得。而母亲听到，马上会条件反射般想到自己苦命的妹妹，心里多少有些失衡，也懒得多打听。后来，母亲主动问，换来的也是几姐妹言简意赅的几个"好"字。母亲曾产生过疑惑，父亲还劝说，"这说明几个孩子大了，有自己的生活，注意力转移了，有什么可大惊小怪的！"

这个消息，母亲最终是从南方的舅舅嘴里得知的，一样的含糊不清。一个人的人生起落就在几句语焉不详的话里，没有字字落定砸实的银铛入狱，没有为什么，没有怎么办，没有伸冤，没有平反昭雪，就那么悄无声息淹没掉了。

既然冯家不提，惠洁父母也绝对不会问。母亲知道姨夫一家顾惜脸面。对此，踏入社会多年的姚惠洁把姨夫的遭遇定位为根基到底不深厚，行为不严谨，被人抓了小辫子，于是成为权力倾轧遭人暗算的对象。沉默是保全一切的良方。倒是一向用老脑筋思考问题的父母，有些想不通。

没过两年，便有了姨夫生病的消息。

当得知姚惠洁住在五环，夏表姐在电话里说："小嫚，太远了，要不周末你别跑了，上了一礼拜的班，好好在家歇歇。我爸他们单位给我们在前门联系的宾馆，靠着天安门，很方便。周末我们想转转景点，看看鸟巢水立方什么的。周一看了医生，我们就准备回去，我爸单位派了车子，也方便！"

尽管没有见过面，但惠洁对夏表姐口气里时不时冒出来的优越和自得，还是非常熟悉的。之前，她和母亲通过长途，母亲嘱咐她，一定代表全家去探望。谁都知道，得了这种恶疾，以后再见面的可能性都不大。母亲甚至在电话里反复强调，虽然没见过面，但礼数一定要周到。她了解女儿，是个面子冷、和人熟络起来需要很长时间的人。

有了母亲的指示，惠洁和表姐通了三次电话，表达了一定要去探望的坚持。几番在电话拉扯，最后放下电话时，惠洁的耳朵根红透了，滚烫了许久。她知道那是自己最不擅长的。

周末，惠洁和丈夫相约一早出门。在对外这个事情上，惠洁和丈夫出奇地团结配合。两人先奔大药房，按照之前在网上做的功课和药师的指导，买了灵芝、孢子粉、虫草胶囊等一堆包装漂亮分量极少的"安慰剂"似的补品，然后就在前门大栅栏那条著名的商业街游逛，静候要带着父亲等人逛景区的夏表姐回来。

大栅栏曾经是一个繁华的商业区，已有近500年的历史，近年在政府主导下，复原民国初期风貌。流光溢彩的旧式牌楼下，各式打着老字号的商店却早已失却了老北京昔日精髓和韵味，以前的前门大街，看得见电车在狭小的胡同里面停靠，两旁满是小店，虽不齐整，却是满耳满眼的京腔京韵和老北京的物件儿。如今，马路很宽，不似从前熙攘，一切都变了模样，昔日的悠闲惬意，一点点儿被现代化的气息干扰侵蚀。小火车成了观光车，大街两旁多被外来品牌占据，街上多是些慕名而来的外地观光客。

正在惠洁意兴阑珊时，夏表姐的电话来了。她们约在前门地铁C出口见。

见面需要穿过前门地下通道。从地铁站出来，不远处便是气派威武的正阳门。

通道里，到处是各式各样的小贩。卖手把国旗和旅游交通图的小贩，把手里的国旗挥舞得呼呼啦啦，旁边卖小玩意儿的地摊，各式电动玩具被上满发条，小猴子起劲地翻着跟斗，一个匍匐瞄准前行的战士，一下下艰难地挪动着他的屁股。唐老鸭扭动着，用它特有的嘎嗓子起劲地唱着：我爱北京天安门，天安门上太阳升……

按照之前提醒的外貌描述，惠洁顺利找到夏表姐。此时她坐在出口的墙沿边，正和一个操着一口胶东口音的中年妇女说话，那女人一边说着，一边拿眼睛警惕打量四周，一副随时准备拔腿走人的架势。

之后惠洁才知道，那是一个卖假发票的。夏表姐之前已和她谈好，现在正在一手交钱一手交货。夏表姐是做财务的，把发票拿在眼前，对着阳光照了又照，还不放心地悄声和惠洁耳语："你看这章对吗？我们那里的和这里不一样，不知道北京市怎么规定的？"

说实在的，惠洁压根不懂，但她却装得像个内行似的也像表姐那样对着光看了又看。周到的表姐还让妇女提供了病历检查报告等全套手续。妇女显然很专业，一个个医疗专业术语出口，让你觉得她混迹医院起码两年以上。

他们的周围不时还能听到推销发票学历证的低喃声，寻声望去，一男一女两个中年人，相隔不远。男的唑着一根苞米，女的拿着本旅游地图作掩护，一边溜达，一边迅速扫视着每一个经过身边的路人，感觉没危险的，在你即将擦身而过时，就低声问一句，眼神却并不和你交流，若无其事的表情。一时间，惠洁有些恍惚。就在北边不远处就是这个飘散着皇家气韵的国家政治文化中心，著名的标志物——天安门。

和夏表姐一起去往她住处的路上，惠洁才知道，姨夫的病情被当胃病治疗，耽误了半年。直到人剧烈消瘦，疼得止痛针完全无效，当地医生才说疑似胰腺癌。一路辗转到北京一家著名的肿瘤医院请专家会诊，当天便被判了死刑。医生说完全没有开刀的意义，并且很惊诧，说半年前的片子就很典型，为什么又拖了这么久，还纠缠于确诊的问题。

从医院出来，细心又讲效率的夏表姐就通过医院看到的小广告电话，和刚才那个卖发票的联系上了。她说姨夫的病明确了，也不用再做各式各样的检查。但姨夫的单位说了，在北京检查的开销可以报一部分。这个女的全套资料拿下来，虽说比别家贵上五百块，可是回去这几张纸就有两万多，报账心里踏实。

今天，谁也没去景点，姨夫的身体根本撑不住。姨夫只是不愿意让初次见面的惠洁看到他现在的病容。而夏表姐一早，就拿着父亲的病历出门了，找到来前别人推荐的一个老中医，买了一些中药，想带回家吃吃看，好歹也算在北京看过了，以后想起来也安心无憾。

惠洁心里涌上阵阵含义复杂的酸楚，说不出来。此时，她也才有机会好好打量表姐。早听母亲说夏表姐是四个孩子里最漂亮最能干的，所言不虚。她虽已四十多岁，却保养得很好，有双永远笑盈盈的眼睛。精致的妆容，遮挡住了岁月留痕。可能是因为她爱笑，眼角细密的纹路多少暴露了年龄的秘密，这是厚厚的脂粉难以掩盖的。听表姐说话是种享受，不多不少恰到好处，只短短的一段路，便让两人开始建立了姊妹间的亲切感。

惠洁不识路，随着表姐在胡同里七拐八拐，终于到了一家名为同心旅社的地方，老房子，非常一般的装修。楼下门厅接待处，大大方方写着：标准间 130 元/天，全天热水。进得楼里，四处闹闹腾腾。没提防，两个嬉闹追打的孩子撞到避让不及的惠洁，差点摔倒，亏得夏表姐扶了一把。每一间房子都暴露在外走廊上，地上墙上都是斑驳的痕迹。完全不适合病人的休息，也没有像一般来京的病人选择在离医院近的地方住，完全像满足观光客的需求而做的选择。正疑惑着，耳边又传来夏表姐的轻语："继母说没来过北京，说想转转。本来我爸单位给安排了更好的住处，我们觉得还是这里好，去哪里都方便！"惠洁笑笑，却没有接话。什么时候了，这位表姐还这么爱面子。

姨夫住在三楼。透过窗户，惠洁看到一个男人蜷在床上在休息，显然，那张一米二宽的标准床铺对他来说是宽大不少。沙发上坐着一位烫着头发的女士，正在专注看电视，音量不大。她把身子使劲往屏幕前凑着，暗红色的花外套，显出她的高大。他们一定是姨夫和他的妻子了。

夏表姐快步走在前，边招呼着屋里的人，边打开房门。

惠洁眼前的姨夫远没有传说中高大，消瘦的身形似乎也消减了他的身高。人显得憔悴不堪，但头发梳理整洁，甚至看得出梳子的齿印。一件棕红色的西服对于他有些不合体的宽大，对于姨夫这个年龄的男人少有尝试的西服色彩，让惠洁在未来日子里长久记住了衣服的主人。

听说姨夫晚上疼得根本无法睡，只有白天能打个盹，休息一会儿。惠洁和丈夫就觉得分外歉疚，想早点告辞。

一堆补品和装在信封的礼金，姨夫推辞了很久，青黄的脸上有了一抹红意。还是夏表姐劝说，"这是大姨和妹妹的心意，收下吧！"

他坚决要请惠洁两口到下面吃饭，根本无法商量。出门前，夏表

足尖下的转身

姐避着在卫生间的父亲悄悄问继母，"药吃了吗？"

"你们回来前刚吃下，今天他让我专门加了两粒。但我看，也顶不了多会儿。"

惠洁能想到，是止疼片。

从同心旅社到餐馆大约有 200 米，夏表姐和继母一左一右搀扶着姨夫，走了十来分钟。

饭桌上，姨夫的精神慢慢转好，竟然也谈笑风生，一点点驱散了大家的不安。继母和夏表姐望着他笑，没有一点勉强。

姨夫说了很多话，吃得很少，只喝几口热汤。

他说话语速平稳，声量不高，有着不容置疑的威严。惠洁长得太像母亲，刚见到，真吃了一惊。他说大姐刀子嘴豆腐心，脾气虽然不小，但对人是真心实意好。

饭桌上就姨夫和惠洁丈夫两个男人，聊天的话题就天南地北了。但几乎每个话题，都被他很自然地引导，引导到他的经历，他曾经的辉煌。他爱说，"我当 XX 的时候……"此时，他更像一位令人尊敬的领导，对下属循循善诱。

惠洁丈夫的话本来就不多，后来就当成了坚决的聆听者。

高大富态的继母坐在姨夫身旁，安静地吃饭，安静地笑。不时转过脸看看丈夫，还是安静温顺地笑。

夏表姐也笑，爽朗地笑，很认真地听，给父亲的话做着解读。

止疼药的效力到底有限，即将饭终人散时，他向惠洁告别，提出先回。走前，他当着大家的面嘱咐夏表姐："看看小嫚他们还要加点什么，一会儿你去结账。"

夏表姐脆脆地应着。

惠洁的丈夫刚刚离席已结过账，大家都注意到了。

晚上和母亲说起，母亲好一会儿没说话。后来才说，"人一辈子，图什么？心平！不平也要把它抹平喽！唉！"

一米二长，十厘米宽的平衡木是她永远跨不去的坎儿。起跳，上木，跳步，转体，翻腾两周半，当右足尖落下，她的身体开始失衡，左右摇摆还是难以调整，当她像只粉色的蝴蝶飘然坠落，平衡木却越升越高，直上云霄。她大喊着，听到心脏崩裂的声音，掩饰了尖利的叫声，她徒劳地张着嘴，向下、向下、向下……突然，她被什么稳稳托住了，摸摸，很硬，翻身看去，竟然是那条一米二长，十厘米宽的平衡木。

有一天，姚惠洁收到夏表姐的短信。姨夫去世了。

周末，是惠洁和丈夫例行的见面。第二天要上班，晚饭照旧是为处理剩菜而下的面条。

屋里又响起丈夫吸溜面条的声音，他从不为发出的声音太大而难堪。

姚惠洁用筷子戳着碗里的面，想了半天，才说。

"我想把女儿接回来。"

"什么？"

"我想把女儿接回来！……"

今天的姚惠洁喜欢听别人介绍她称楚太太。

她的梦里依然会出现平衡木，依然会坠落，但她不怕了，她要像邓琳琳那样，坠落了再爬上去。

拉住你的手

他再次从同一个噩梦中醒来，大汗淋漓。深蓝色的睡衣显出焦灼的灰意，湿哒哒地黏在他的身上。

天还没有亮透，却也足够观照四周。

他如释重负地出了长长一口气，逐渐使自己平静下来。

他转头看着身边的妻子。还好，他的噩梦没有侵扰到她，还在睡梦中。长长的睫毛微微颤动着，眉宇间竟然残留一丝忧郁。略显血色不足的唇微微翕着一道缝，透出洁白整洁的牙齿。唇上翻翘着的干皮透出疲乏的憔悴。即便在睡梦中，她也要搂着他的"胳膊"——空空的袖管，好像生怕他随时离去。他用脸颊轻轻贴贴妻子的，悄悄将袖子抽离。他不敢立即起身，好在妻子的睫毛动了两下，翻了个身，并没有醒。

他下床来到旁边的童床边。那个牵动着他所有神经的小家伙正安静地躺在那里。花瓣一样的嘴唇不时裹喼着，似乎还对妈妈的乳汁意犹未尽。小小的鼻子里吹出丝丝的哨音，不甘寂寞地宣告着她的存在。他在心里盘算着，等大家都醒来，一定让妻子用湿布给女儿清理鼻孔。他靠在床栏边，静静地看着女儿，甚至连眨一下眼，都觉得浪费。只见女儿吭哧了两声，嫩茶尖般的手就开始抓向粉粉的小脸小鼻子，嘴一努一努地。谢天谢地，她没有醒。

他多想帮帮孩子，可他就这样看着，幸福地看着。

每一个噩梦醒来的早晨，能看着妻儿在身边安然入睡，是他最大的享受。

脑海里却有了另一番场景。

长着五个肉窝窝的小手与他的手掌对贴在一起，一点点移动爬升，这是孩子最喜欢和爸爸玩的游戏，他在盼着和爸爸的手一样，宽大温暖厚实。小手在阳光的映射下有了透明的质感，粉粉的，仿佛看得见皮肤下肌肉的细腻纹理。一瓣瓣指甲闪烁着珍珠的亮泽，一点一点，一点点爬升，一点点移动，试探般。

小家伙在沙发上爬伏着，努力仰着头看着眼前的男人。口水顺着他嘟嘟的小嘴遗漏下来，闪出晶亮的白线。嘴里咕哝着，发出语焉不详的呀呀声。每当这时，他会忍不住抱起他，左手牵拉着孩子的右手，像跳交谊舞般在屋里缓缓旋转起来，嘴里哼着曲子，打着节拍。这个动作让小家伙顿时兴奋不已，高兴地笑啊叫啊，把头使劲顶住男人的胸前，口水更加肆意妄为，很快就把男人的衣服濡湿一片。他却浑然不觉，反而把头轻轻抵在孩子身上，贪婪地嗅着孩子身上的乳香气，深深沉醉。他不想停下来，干净甜美的乳香搅动着他身上所有神经，他听得见身体里的坚硬一点点松动，所有的疲倦分崩离析，他的脚步越来越轻快，眼里的柔情越聚越多。

那是他的宝儿，拿什么都不换的宝儿。他们的身上流着相同的血脉。为了迎接这个宝儿，他盼了太久太久。当他成为梅涣丈夫的第一天，他就和这个相恋六年的女人说，他想尽快成为他们孩子的父亲。出身农家的他，传宗接代是结婚的第一要义。

然而，做父亲的愿望实现起来并不容易。

他和梅涣是大学校友，大四做毕业实习时两人相识了，进而发展成为一段恋情。也许因为毕业在即，前途未卜，那时，他们做什么都有点可着劲的意思。总之，这段恋情发展得如火如荼。

这个算不上漂亮、干瘦甚至有些苍白得略显病态的女孩，最打动他的竟然是她常常紧抿的薄唇。她的嘴没有年轻女孩的丰润，没有立体明晰的唇线，甚至还有点微微外翘，唇色总是淡淡的粉，显得血色不足，总之与好看不沾边。而他是可以被称作帅哥的，清朗干净的笑容是他的招牌，很多女孩都为此迷醉，也让他成为大学四年当仁不让的校园金牌主持。其实，年轻的他当时对爱情并没有太多的认识，好多东西都是无缘无故的。只是当他在一次活动时，无意间瞥见在角落里安静的梅涣紧抿的唇，他从那里看到了执拗和坚定。他的视线就被锁定了。可这样拨动心弦的激情，并不能保证他不是爱情的逃兵。

大学末期的恋爱像校园流行曲，为了抓住那一点可怜的慰藉，学生恋人们爱起来忘乎所以，无所顾忌。可随着毕业的各奔东西，消失得也如一阵旋风，影踪全无。他和梅涣的感情不是没有经受过这样的考验。他是定向生，尽管不知具体去向，但毕业后一定是到部队当兵的，而梅涣不是。他也曾想过，毕了业他们就要各奔东西，分手是自然而然的事，毕竟爱情存在现实的空气里，阻隔不了时间和空间的侵蚀。况且他们的恋情也招致梅涣父母的强烈反对。因为梅涣作为独生女，她是一定要回到父母身边的。

梅涣的表现却令他惊诧。当他渐渐开始疏远冷淡的时候，梅涣却一改从前的被动，随时让他感觉到自己的存在，却没有压力。

他躲着不去食堂吃饭，可回到宿舍，总会看到桌上热气腾腾的饭菜，旁边还摆着洗得干干净净的水果，且搭配合理，花样翻新，细心的梅涣知道他最爱吃水果。夏天的男生宿舍，跑鞋的臭味、脏衣服的汗味、烟味，让屋子里的气息复杂不好闻，可他的蚊帐里总是挂着各种花草的香囊，隔天一换，从不间断。被这样的淡淡的花草香味熏染，暑热的烦躁消失殆尽，神清气爽，这是梅涣做的。毕业前，需要整理的资料很多，他最不擅长这事，常常丢三落四，要不就是东翻西找，资料七零八落，杂乱无序。每当这时，她总是像仙女一般出现在他面前。先在宿舍里放上他最喜欢的音乐，然后，麻利地收拾，很快一个个分类齐整、颜色各异的文件夹摆在他的写字台上。为他做事，梅涣的神情从来都是自自然然的，亲切淡定，不显刻意。即便在一起，她的话也不多，更没有眼泪的纠缠，抿着的唇，好像诉说着她并不在意他的疏离。

他却从中一点点强化了梅涣的好，爱情在他的辞典里明确定义为让人舒服的感觉。是的，二十多岁的他突然过早悟出，男女相恋并不需要地动山摇、撕心裂肺的悲欢。毕业后，他参军到了西藏，而梅涣

火星居民的地球梦

到北川县城当了老师。梅涣的父母怕两地生活让女儿受了委屈，怎么也不答应两个年轻人交往。他们的交往无奈从地上转入地下，父母托人为梅涣张罗了多次相亲，均以失败告终。六年下来，他们的坚持让老人屈服了。

婚后，他们依然过着两地生活。梅涣在工作上要强，婚后考上了华东师范大学的研究生，毕业以后又到外地交流进修，工作学习的忙碌让要孩子的愿望一再搁浅，但这个愿望却在他心里无限放大。在他看来孩子还并不仅仅是传宗接代那么简单，还是他和妻子感情的纽带。多年的两地分居，让他在看待和梅涣的感情时有了一些不自信，作为丈夫，他亏欠的太多了。他有个不能说是自私的想法，有了孩子，夫妻的感情会更稳定，既然两地分居的问题一时不能解决，有孩子陪伴在梅涣身边，也是对他的安慰。可这些话，他没有对妻子多说。

他爱梅涣，越来越爱。

梅涣的追求也是他的幸福，再说他不是不知道独自抚养孩子的艰辛，他不能太自私。他只是在认真地做着准备，戒掉了相伴十二年、被他称作"老伴儿"的香烟，告别了他钟爱的啤酒，滴酒不沾。几本厚厚的育儿手册也常年摆在他的书架床头。为此，他没少受部队战友的揶揄，只是笑笑，不为所动。他只对梅涣提过一个要求，就是只要怀孕，都不许以任何理由拿掉。

转眼他们已结婚四年，梅涣也三十一岁了，孩子却没有到来。此时梅涣看着周围同事同学的孩子一天天长大，想做母亲的愿望也越来越强烈。在丈夫回家探亲前，梅涣悄悄到医院做了全套体检，她盼望着这次能圆了他们的梦。

事与愿违，她被查出了慢性白血病。

拿到结果，梅涣惊呆了，不是因为病，而是医生说的话："赶紧治疗，此时坚决不能怀孕，否则大人孩子都有危险。"

拿着检查报告单的梅涣没有回家，却来到丈夫在家时他们夫妻每天散步的梅园。仅仅在两个小时内，梅涣做了她人生中一个重大的决定。

梅涣怀孕了，没人知道她生病的消息，她也没有做相应的治疗，这一切都为了孩子。怀孕的反应很大，吃什么吐什么，连喝水都会吐。梅涣却不在乎，她把吃东西当成她的事业，投入执着。每天，她会按时坐在电脑前，和丈夫视频聊天，虽然怕辐射，只能很简短，但她还是不厌其烦地汇报着自己的每一个生活细节。看到丈夫满足幸福的笑容，也是她的幸福。然而幸福的时刻总是有限，丈夫那里的网络常常中断，好些时候不能上网，要不就是丈夫执行任务，有些日子联系不上。但她的幸福一点也不会消褪，她每天记录自己身体的任何一项变化，隔两天就去邮局给丈夫寄出，当然，这时所有的不舒服都略去了。

可能因为肚子里的孩子拼命吸取母体的养分，她的病情发展也很迅猛。她常常晕倒，身上的出血斑越来越多，面积也越来越大，青青紫紫再也遮掩不住。梅涣的父母终于发现异常。医生告诉老人，终止妊娠，立即治疗是唯一的解决办法。

梅涣哪里肯依，四个多月了，她和孩子骨血相溶，和病痛鏖战。在做 B 超时，她看着孩子一点点发育，甚至在不久前惊讶地看到了腹中小家伙清晰的轮廓。那天她哭了，甚至开始焦虑，她在想孩子的手指是不是齐全，她晕倒的时候会不会让孩子呼吸不畅，会不会影响发育……她脑子里的问题越来越多，也越来越恐惧，不爱流泪的梅涣，变得爱哭泣。母亲的天性，让她不停地警告自己不许晕倒，她买来各种自己不喜欢却富有营养的食物，忍住一阵阵的反胃，把它们勇敢吃下去。她命令自己在最短的时间破涕为笑，怕孩子因她哭而眼睛不好，长得不漂亮，受不良情绪的感染，变得不快乐……她有那么多害怕，她也因为孩子的存在变得越来越坚强。

生命力太强悍了，在梅涣这样的斗争中，孩子长得很快。结果显示，胎儿一切正常。梅涣抚摸着腹中的孩子，感受着孩子的每一次波动，她相信那是孩子和母亲的交流。她怎么可以放弃？她不能，即便是搭上性命，她也不能。

他回来了。在得知妻子病情，他以最快的速度赶到妻子身边。看到梅涣更显苍白的脸，再看看她微微隆起的肚子，他将病床上妻子的手贴在脸上，掩面哭了。

那一晚，他坐在病房外的长椅上一夜未眠，身上透出浓浓的烟味。一大早，他跑回家认认真真洗澡，换了衣服。回到妻子病房前，他还仔细地用牙刷刷着舌头，不忘喷上口气清新剂。他知道妻子不喜欢烟味，他不想和从前有什么不一样。

他没有告诉妻子，离开部队前，他找到师政委。面对这位一直赏识他、倾力培养他的老领导，他犹豫着说了家里的情况，到后来，干脆说不下去了，空气里是难熬的沉默。谁都知道他进藏工作以来，一直都是公认的干起工作不要命的厉害角色，他最瞧不上那些成天泡病假、千方百计往内地调的同事。已是副营长够随军条件的他甚至在琢磨做妻子的工作，等孩子大一些，也到西藏驻地教书。在他看来，西藏和沿海城市的差别会在他们这辈的努力下，越来越小。

然而他今天不那么坚定了，他做了最坏的打算。

也怪，作风强悍的政委听了部下的话，也沉默了。走之前，政委没有看他，说，"先回家好好照顾，什么也别想，这也是任务。其他不用考虑。"夜色下，他看见政委眼睛里的一抹晶亮。

他给妻子扯了扯被角，尽量让自己的语气平静。"把孩子做了吧！等把你的病治好了，我们还会再有的！"说话间，他不敢看妻子的眼睛。

梅涣死死盯住丈夫布满血丝的眼睛，看了好一阵。"谁也别想把我的孩子拿走。"一字一顿。说完，扭过头去，闭上眼睛。病房里长久地沉默，他的眼里晃动的满是角落里那个紧抿着唇的梅涣的样子。

梅涣输血的次数越来越频繁。几进几出医院后，在生产前的两个月，她再没有离开过医院。他好几次听到治疗的护士在背后议论："5床的病人真是不要命了，好多药物都坚决不用，说是怕影响胎儿。可这都报了两次病危了。要是孩子生下来，妈没有了，不是更惨！"

他早已不再去关心曾经朝思暮想的孩子会是怎样，会是男是女，他一点都不愿想。他只希望梅涣活着，他甚至对孩子有了隐隐的恨意，是他剥夺了母亲的健康甚至生命。他知道这是一场最残酷的赌博。

终于挨到孩子出生的日子，那是个让人窒息的日子，梅涣早产。

此时的梅涣躺在重症监护室，全身浮肿，皮肤一压一个坑。脸上嘴唇已脱了血色，像覆盖了一层虚假的粉料。氧气罩不离口鼻，隆起的肚子与她的身躯相比，却是骄傲地大。产科血液科的医生进进出出，严阵以待。医生前一天就和家属们有了交代，做好最坏打算。

他轻轻地擦拭着妻子虚汗淋漓的额头，伏在耳边轻轻说："别担心，一切都会好起来的。"妻子冰凉的手指搭在他的手上，点了点。虚弱地说："你说，我这样能抱动咱们家宝贝吗？"眼角滑落的泪水，却遮掩不住她眼中瞬间的神采。他的喉咙被重重地堵住了，只是一个劲点头，他想说会的，却听不见声音。床头柜上的花瓶中，独独怒放着一支猩红的玫瑰。那是他送给梅涣的。

产房外没有更多的声音，只有头顶的"手术中"的红灯执着亮着。什么消息也没有。他和梅涣的父母焦灼地等在门外。突然，值班护士接到电话："啊？大出血？好，我去找张医生。"听到她慌张的脚步越来越近，他猜想这一定是妻子的消息。他近乎粗暴地一把拉住护士，早没有了往日的温雅。"别拦着我，等消息。"不待他问，护士使劲挣脱他的手，厉声说。

他感到心在一点一点沉下去，沉入冰荒，再难拾起。

手术室的灯终于灭了，大门缓缓打开。泪眼中，他看到缓缓推出的手术床，挂着的血浆袋证明着生命的迹象，后面的护士怀中抱着一个包裹。此时，他再也无力承受，眼前一黑，倒了下去……

是男孩，只有四斤九两，降临人世的第一声啼哭，没有男孩子该有的大嗓门，却是百转千回的细弱压抑。梅涣产中出血，血压近乎掉到限值，然而因为医生们手术方案严谨，准备充分，终于从死亡线上挣扎回来，就又被送入重症监护室。昏睡中的妻子没有第一眼看见陪伴了她八个多月的孩子。二十多天后，她才第一次见到儿子，却也无力抱抱。此后就是漫长的治疗，骨髓移植手术。当他把妻子接回家时，孩子已经快五个月了。梅涣被医院视作奇迹，称作"最勇敢的妈妈"。

儿子小名壮壮，名字里饱含着亲人们的殷殷期望。先天发育不良又没有母乳的喂养，他一直很瘦弱，常常生病。当梅涣把这个可怜兮兮的小家伙第一次抱到怀里，她的泪水就再也停不下来。只要可能，就一直抱着孩子，谁也换不下来。

梅涣一天天康复起来，他也作为特例，被批准调到绵阳，他不知道这是政委动用所有关系的结果。虽然还是分居两地，虽然他的事业前景已不如从前，但他很知足。病愈后的梅涣把所有的精力给了儿子，小家伙也一天天结实起来。每到周末他回家的日子，是这个家庭最快乐的时候。和自己生命中最重要的妻子和孩子在一起，哪怕日子再平淡，也是他莫大的幸福，他们是他永远的宝贝。

他盼着儿子快点长大。和孩子在一起的时候，他喜欢把孩子的小手放在自己手上比大小。壮壮像理解爸爸心思似的，总是把小手摁在爸爸的手掌上，一点点爬升，每当五大五小十个手指尖对在一起时，他就会发出银铃般悦耳的脆笑。

如果没有那场天灾，他认定自己的生活将会一直这样平静下去。他常给儿子念的童话书，总是这样写道：在经历了重重磨难后，王子和公主幸福地生活在一起。

哦，他的公主，哦，他的小王子！生活一定是这样。

壮壮要六岁了，他和梅涣已带孩子通过了考试。九月，小壮壮就会成为附小的学生。学校是县里最好的小学，为了把儿子送进去，梅涣还求同事的丈夫帮了忙。

地震那天午饭间隙，梅涣还跟丈夫通了电话，告诉他，自己带的课要模拟考试，她要加班给学生们再补补课。所以，她把壮壮送到镇上姥姥家，晚上再去接他。他还嘱咐妻子注意休息。他告诉妻子，天热了，他抽空给壮壮买了他喜欢的水兵服，只是尺寸不知对不对。妻子拿他打趣："你成天在家给壮壮比个子，家里的墙上都让你们画满了道道，你给儿子买的衣服准没错，能精确到毫米了！"

然而，一个多小时后，他的世界全变了。

在搞清楚灾情的方向，他的部队接到命令在第一时间集合起来，奔赴灾区救援。出发前，他拨打妻子和岳父家的电话，都没有打通。他的心揪起来，慌慌的。可一切容不得他多想，也不敢多想。

他的部队到达的灾区并不是灾情腹地，可受灾的情况远远超过了想象。此时越来越多的消息传来，岳父家所在的镇子是灾情最重的地方之一。他没有停下来，他带领战士冒着余震的危险，辗转于废墟之中。他小心地把手机放在左胸口袋里。

两天过去了，他的手机没有响起。他带领的小分队从废墟中成功救出二十三条生命。快六十个小时过去了，他没怎么吃东西，更没有怎么休息，他不敢停下来，给自己一点思考的时间。一个八岁的男孩被救出来，他看见孩子的左手掌被水泥板砸得血肉模糊，搭在胸前。当他心疼地抱着孩子往担架上放的时候，孩子用微弱的声音对他说："谢谢叔叔！"他再也不能控制自己的情感，紧紧抱住孩子，顿时泪流满面。

他终于拨通了妻子的电话，电话是梅涣的同事接的。他预感到有什么要发生，却不敢问。同事告诉他，梅涣很安全。事发当时，梅涣正组织她班上的学生排队到另一座教学楼做实验的路上，空旷的操场救了她和孩子们。他终于忍不住问，"梅涣现在哪里，怎么不接电话，壮壮和老人们怎么样？"那位同事的声音顿时低沉下来。

梅涣安顿好学生，马上往父母家赶，中途却被救援人员拦住了。他们说，梅涣父母的家早已成为一片废墟，专业人士正在那里紧张救援。因为余震不断，很危险，那里已被封了。不过从目前情况看，几乎没有人员还有生还的可能。梅涣怎么也不相信，在那里等到半夜，终于找机会到了父母住的楼下。正碰上救援队员抬着几具遇难者尸体走出来。她一眼看到壮壮的柠檬黄色的格子衬衫，那是早上刚换上的。一个已被地震损毁、看不清面容的遇难者紧紧搂着儿子，救援者怎么也分不开他们。儿子的身体完好，除了灰尘和擦伤，像平时玩累了趴在大人怀里睡觉那么安静。梅涣突然从搂着儿子的那双手指间发现了一抹熟悉的光亮。梅涣太熟悉了，这是去年，她和丈夫送给父母的金婚礼物，还是父亲亲手给母亲戴上的，母亲爱惜得不得了。一定是老人在灾难来临的那一刻，拼死保护外孙不被伤害。梅涣发出一声尖利的惨叫，晕死过去。她被送到医院，醒来后一直重复着一句话："我对不起你们！"

几个小时前，才接到消息，"伯父的遗体也被找到了。我们没有告诉梅涣……她这个样子恐怕再也经不起了。"

手机慢慢从手间滑落，他却浑然不觉。

那个想到却不敢深想的可怕预感终于被证实了，他的脑子此时一片空白。他想喊，却没有声音，他想哭，却没有眼泪。一瞬间，他失去了三位亲人，他的宝儿，没了。上周末，壮壮还拉着自己蹲下，非要和爸爸比个子。他用下巴顶住爸爸，不许他抬头，一个劲儿喊梅涣来做见证，愣让大家承认自己个子超过爸爸了。他还和父母讲起了条件，九月一上学，他就不和父母睡一张床了，他要像一个真正的男子汉那样，在爸爸不在家的日子里，给妈妈站岗，保护妈妈。说得梅涣泪光盈盈，她搂着孩子的小脑袋亲了又亲。

又是一个无眠的夜，救援工作仍然在紧张继续。他已记不清拒绝了多少次战友要替换他休息的请求，一直在现场忙碌，他要和这可恶的天灾搏斗，他要从老天爷的手中抢下更多生还的希望。终于，他眼前一黑，栽倒在地。

他被战友强行背回简易帐篷中休息。他不知道自己睡了多久，只有这个月朗星疏的夜空在发着一阵阵叹息。他不敢再睡下。在梦里，他能看到壮壮的身影，却总在把他拥在怀里时，醒了过来。他多想续上这个梦，和他的宝儿多待一待，再亲亲他鼓鼓的脸颊，用手指挠挠孩子胳肢窝下的痒痒肉，听着他哈哈的笑声，然后用全身的细胞去感受那稚嫩的躲闪的肌肤接触到自己身体时颤栗的心醉的抖动。可他失望了，无论再怎样努力，梦境断了就是断了，无法接续……一次次徒劳无功后，他脸上的肌肉已因痛苦和愤怒扭曲起来，他觉得无法呼吸，无法思考，他逃也似地离开了帐篷。

他坐在一个废墟上，颤抖的手摁下打火机，点燃一支烟，火苗浓烈得耀了他的眼。是的，在这个非常时期，他又捡起了香烟。在无法休息无法睡眠，感情时时受到油煎火熬的炙烤时，香烟成为他躲避痛苦，麻木神经的佳侣。

一根烟在不知不觉间已烧尽，他的脑子里满满的，涨得生疼，又好像空空如也，什么都不存在。香烟头从指间滑落，落在脚下，红红的火光在忽明忽暗的闪烁中渐渐黯淡下去，只剩下微弱的一点，他下意识想用脚尖去踩，刚刚抬起的脚，突然停住了。他觉得有什么异样。再次打燃火机，在扑朔迷离的烟火下，倏然照亮的情景让他全身的神经骤然间紧了：他的烟头落在了废墟中一只伸出的手上。那是只孩子的手，指甲全脱落了。想来孩子为了求救付出了艰苦的努力。那只手早已失去了生命的颜色，加上尘土的熏染，便像泥塑般凛然决绝。生的呼喊，生的希望全被这焦枯的废墟阻隔了。他无法再去想象它的主人，一个如花儿般的少年。他甚至让眼前的景象灼伤了眼，他发出一声低沉的吼叫，仿佛把胸腔挣破了般，在夜空里传了很远很远……他轻轻拿掉那枚可恶的烟头，掏出怀中的矿泉水，将口袋里的手巾打湿，轻柔而仔细地擦拭着，他想还以它生命的颜色，他又担心惊扰了孩子的梦乡，他希望那指尖还残存生命的柔软和律动，他仿佛看见了那指尖不易察觉地动了一下，他惊喜着，忽而又懊恼起来，他想那一定是因为他引发了孩子的痛楚，巨大的歉疚纠结于心……嘴角涌起一丝咸涩，此时，满脸涕泪滂沱，他已不能分清哪里是泪，哪里是汗。他默默脱下身上的迷彩服，轻轻盖在那只手上，深深地鞠躬，那是对生命的敬意……

几天后，严密关注抗震救灾的各大媒体出现这样一条新闻：参与抢险的某炮团教导员孙军亮，不顾余震频发，始终坚守在受灾严重的月亮湾镇中学抢险现场，为了挽救三名孩子的生命，在没有救援设备支持的情况下，他用双手换回了孩子的新生。当最后一名孩子安全撤离后，突发余震，孙军亮被紧紧卡在倒塌的水泥石块下，经奋力抢救，孙军亮脱离了生命危险，却永远失去了他的双臂……

又是一个明媚的清晨，从睡梦中醒来的他，仿佛被从窗帘的缝隙中钻爬进来的阳光灼痛了般，眯缝起眼睛。眼前的景象让他的唇角露出一丝笑意：女儿露夏爬在他的身边，乌溜溜的眼睛好奇地看着他。厨房里传出妻子梅涣用筷子搅动鸡蛋液的声音，欢快而实在。她从厨房探出头来，看着父女俩的样子笑了。"露夏，乖，快抱抱爸爸，问他早安！把懒爸爸叫起来，妈妈的早餐就要好喽！"露夏好像听懂了似的，在床上向着爸爸紧爬两步，一下因为双臂没有撑稳，扑到在爸爸怀里，口水糊了他一脸。张开的双臂好像拥抱一样，他的胸膛能真切地感受到女儿鼓着的小肚子在用力地起伏，小鼻子用急促的呼吸告诉爸爸，她想翻身起来。

他要帮助女儿。

他靠着背肌的力量，一点点将身体撑坐起来，然后将身体稍稍倾斜，女儿稳稳地滚落在他的身边，身体也翻过来了，此时她还不忘用乌黑的眼睛看着爸爸，并将右手的大拇指含在嘴里。他迅速坐起来，俯下身子，熟练地用牙咬住女儿胸前的绑带，把她拖到离自己近一些的地方，开始用脸颊摩挲着女儿的小手，父女俩发出快乐的笑声。

是的，露夏是他和梅涣的女儿，五个月了。

床边的日历赫然写着 2010 年 10 月 15 日。他扫了一眼，用嘴叼起柜上那支特殊的红蓝铅笔，在日历上打上一个大大的红勾。他想用笔记住那些没有噩梦的日子，加上今天已有六十八个红勾了。他知道此时，梅涣一定在注视着他，他没有回头。听见妻子打开的电视中播报的早间新闻传出：灾区的孩子们已全部从板房搬进漂亮结实的教学楼里上课……灾区的人民用他们的热情坚韧和勤劳的双手正渐渐平复着内心的创伤。

他的眼睛在寻找着，终于他看到了，嘴角也浮上一抹笑意。那是他的假肢，被妻子端端正正套着袖套立在衣柜旁。梅涣心细，尽管他早就不再介意，妻子还是坚持把它们放在稍稍远离视线的地方，让他能逐步适应身体和心理上的变化。自从那场灾难后，梅涣开始和心理学打上了交道，还抽空参加了心理咨询师培训，她的目标是当一名心理疏导志愿者。起码在家里，他已经能随时随地感受到梅涣的学习成果和她那片苦心。

他开始"穿"衣服，如今他已可以用嘴和脚趾去完成这项工作，尽管还不能算自如，却足以令他振奋。一切收拾齐整，他来到穿衣镜前，仔细端详着镜子里的人。猛然看见身后的梅涣，他和她都笑了。梅涣靠上来，下巴抵着丈夫并不宽厚的肩。

有请帅老公快快入席！她开着玩笑，手拉着他那只没有温度的手，他却感到了温暖和力量。

"张老师可向我告状了，说你康复训练做得太狠，他看着都心疼。"梅涣嗔怪地瞟他一眼。

"咱得循序渐进！下午，我带女儿陪你去电台《美丽人生》做热线，让她给爸爸加加油！你知道吗？说这个节目的收听率很高呢。"

他当然知道。回头看看在床上独自玩耍的女儿，小家伙咿咿呀呀地表达着她对妈妈意见的赞同，他愉快地咽下一口哨子面。昨天，他接到导播王小姐的电话，说一周前那个打进热线，因为失恋企图轻生的小邹姑娘，因为他的话，已经重回校园了。

好消息还不止这些。作为全军政工网军区站一名特约编辑，他接到省军区老政委的邀请，月底就要回到藏北，那个让他永远难以释怀的部队，做一次报告，开一次讲座。现在，他需要赶紧加强锻炼，让战友们看到的还是那个生龙活虎的副营长的样子。

耳边飘进隔壁校园里孩子的朗朗读书声，配着窗前鸟儿清脆的鸣叫，是那般悦耳入心，他加快了嘴中的咀嚼。

多风的季节

新兵小 A

呼啸的风声紧紧巴巴地拍打着简陋的木制门窗，发出洋洋自得的怪笑，一阵紧过一阵，坐在屋中不禁生出些惶恐来。

又是一个多风的季节。淡淡几个字不足以表述这风在中国最西部，在一个沙漠腹地所带来的威慑力，沙尘足以覆盖一切能覆盖的。

在这季节里平常的一天，小屋里静悄悄的，静得几乎让人无端发怒，只有偶尔铁马扎磨在粗砺水泥地面传来的"吱喳"声，表明屋中还是有生命的。

这是个"点号"，远离首区（即部队指挥中心）而存在，以保障首区与外界唯一的运输通道。那是一条在地图上找不到的铁路，每天道路的通畅就是靠许多这样的点号保障着。在巴丹吉林沙漠中，三天一小风，十天一大风是常有的事。大风来临时，肆虐的风沙足以把路基埋没，每当这时点号的保障作用便凸显出来，战士们用最原始的铁锹、铁镐、扫帚等工具与无常的风沙抗争着。它对内叫"21 号"，对外则称"三棵柳"，可想而知这样的点号在这个部队中还有很多。"三棵柳"的得名也有点意思，据说当初驻扎此地时，这儿光秃秃的，是三棵细细小小的红柳让战士满是失望的眼里注入了一汪惊喜。

要知道在茫茫大漠中看到了红柳就是看到了生气，于是"小点"得名。

"小点"经过一茬又一茬士兵的整治，已稍稍具有些景致。几间虽然简陋但不失齐整的营房被无师自通的战士们垒的围墙一包围，立马像模像样起来，院里两排共八棵钻天杨在夏天这样的黄金季节也能昂扬地吐出绿色，叶片哗哗地拍着手掌吸引你的注目；那三棵柳还在，只是已湮没在一株株一丛丛的红柳绿柳里，发散着它不卑不亢的油油生机。

"小点"上只有三个人，一个班长两个兵，通常的"点号"多则十几人，少则两三人，清一色的男人。为了显示这种寥淡，他们的发型都是短短的平头。此时三个大小伙子正百无聊赖坐在屋中，班长趴在桌前专注地写着班长日志，十八岁的新兵Ａ坐在床前的马扎上，细细地捏着被子的棱角，手上捏着，还拿眼睛偷偷瞟一眼班长，趁他不注意，忙将茶杯里的水倒在手掌上一些轻轻拍打在被子上。这样做的目的是为了让被子显得更平整些。早就知道新兵到部队的头一关就是整理内务，自己可得把这关过好。

小Ａ心里有些沮丧，通信地址明明写着ＸＸ市ＸＸ支局收，以为在城里当兵呢，谁知新兵训练一结束，就被拉到这么一个叫天天不应叫地地不灵的地儿来，统共三张面孔，走队列都是横纵一个意思，眼睛就犯腻了。每天除了整理内务，搞卫生加做饭，就是清理铁路路基，再就是侍弄那几棵宝贝树，人都闲得淡出鸟来了，于是做的所有事，班长都要求是"精品"：铁锹、铁镐擦得锃亮，地板擦得能照出影儿来，被子也叠得很精品，连那几棵树侍弄得都比他这城里兵长得透亮。小Ａ心里犯着嘀咕，手中却理得更勤了。

小Ａ的小动作一点儿也没逃过老兵Ｂ的眼。"练着吧，新兵蛋子！你的今天是我的昨天。"他一脸不屑加得意，又掉过头去倾听窗外的风声。床前的书本翻到哪一页，讲的是个什么事儿，统统未入他的眼，倒是那风声让他觉出了几分亲切：终于有事干了！大风来了，路基肯定要被埋，埋了就会导致铁路不通，铁路不通就会使首区交通瘫痪，那么必须抢清路段，要抢清就意味着会有基地及所属单位的紧急电话通知，有了通知就预示着有很多声音，有很忙碌的身影，自己也会随之忙碌起来，出大力，流大汗，那时候自己所有的不适应都将烟消云散，成为真正有用的战士！这样的念头没有让他有丝毫的愧疚，在他看来这些念头其他人也会有……紧紧自己的膀子，依旧是健壮瓷实的。他惬意而不可思议地幸福着，渐渐那风声在他耳中变成了悠扬的乐曲声，喜得他眯缝起本不太大的眼睛。

一切都如约而至，电话声、人声、铁锹铁镐击地的声音、风声、班长的招呼声，新兵A和老兵B稚嫩而愉悦的吆喝声……"点号"沸腾起来，这种沸腾在那天夜里到达鼎盛。三个人都变成了"沙人"，眼里、嘴里、头发里、鞋里都是沙，沙子吹打在脸上，生生地疼。但他们毫不在意，将所有的好心情投入到这场"沙战"中。连平时里不苟言笑的班长，此时也多了几分唠叨和亲切。

清晨，当他们目送火车鸣着汽笛远去，抛下满满的物质与精神供给之后，一切便又归于平静和正常。只有略带成就感的喜悦笑意会在这之后的几个晚上的睡梦中无法被驱走，已然停留在三个人的脸上。

几个月过去了，"小点"迎来了它的黄金季节。仍旧是蓝天、白云，一眼望不到边的黄沙，星星点点的红柳绿柳，以及眼前分外珍贵的翠绿。人的心情也随之舒朗，这真是个热情洋溢的季节。虽然每天张嘴说话的频率依旧不到三十次，但小A已习惯了这"点"上的寂寞，渐渐咂摸出当兵的滋味，愈发有了老兵的样子。内务水平已上"精品"线，手中的高中补习教材已翻得了卷了角儿，风声在耳中也变成了悠扬的乐曲声，一切都运转正常。

而变故一般都激活在正常中，所有故事都发生在这个欣欣向荣的季节里。新兵小A病了，先是无力、头晕，接着发起低烧，小小的卫生药箱里的红色、蓝色、白色的药片都试过了，就是没有什么反应。老兵B急得打起了转转，班长也把眉头拧成川字，脸紧得能挤出水来，扯着嗓门拨打电话，与周围大些"点号"的首长联系。

第二天，一辆吉普车停在院中，班长和邻点上的卫生员将小A架上了车。此时的小A的脸黄白黄白的，平时笑呵呵的、露着两颗虎牙的嘴紧闭着。老兵B目送着车子绝尘而去，心竟突突地加快了许多，连自己也说不清为了什么。

两天后，班长回来了。竟有些神不守舍，平日的爽利劲儿没有了，有些忧郁地拍拍小 B 的肩膀："小 A 坐火车到基地去了，由总站领导陪着去住院，大概要住一阵儿，医生说是白……白血病。"说着就有几分底气不足，后面几个字小 B 抻长了耳朵听也似含含糊糊听个大概，只见班长扭脸揉揉眼睛，勾着头回房了。从背影他发现班长本不高大的身影更小了，他意识到问题的严重性。一转身他也返回房中，从"点"上不多的藏书中，翻出《实用内科学》很快找出答案。"白血病"这三个字渐渐放大压在他的心上，一字千钧。

这天晚饭时分，"点号"没有像往常那样烟囱里升起喜人的白烟，一切都了无生气。老兵 B 和班长进行了艰难的交谈。

"他知道吗？"

"不知道。"

"现在情况怎么样？"

"精神好些了。"

"我们能做点啥？"

"常打电话。"

寂静，难熬的寂静。老兵 B 不大的眼睛里盈起了泪光。班长闷头抽烟，呛辣的烟丝激起舌上密密的小红泡，木木的，扎扎地疼，可他浑然不觉，依旧忘我地抽着，揉皱的纸烟壳弃在地上，像被丢掉的一段心事儿。

晚上，班长和老兵 B 很早就躺在床上。戈壁滩上的月亮仿佛就挂在他们床前，大大的，亮亮的，圆圆的，安安生生的，可是两人的心里并不安生。因而床也就不安生，"吱——吱——扭""吱——吱——扭"，响了很久，很久……

——妈妈，我都快忘了您的模样了。因为每天总在眼前的就只有两个男人的脸，有棱有角儿的，您的脸也快在我心中生出棱角了！

——妈妈，今天我把您送我的随身听拆了第十九遍了，连拆带装比原来提前了二十一分钟！这回可一个螺丝都没有落下。

——妈妈，班长告诉我，站里今年有三个考学名额，够条件的都可报名，考试后，择优录取。我想试试，这样我就不会觉得无聊了。

　　——我病了，妈妈。不过不用担心，只是头晕、乏力、不太有精神。班长他们有些小题大做，居然还惊动了站领导，把我送进基地医院。这里的人好多，男的，女的，老的，少的……我还没看过来呢！不知医生给我吃了什么，这几天我吃什么都香，饭量比以前增了许多，精神也好多了。除了下午没有精神外，现在什么感觉也没有了。这里有一点不好，让我待在这间玻璃房间不让出去，出门做检查还要戴上大口罩。好不容易才见那么多的人，真想好好说说话，我觉得自己的语言功能在退化。哦，听说您要来看我？美死我了！

　　——妈妈，您的样子又重新刻在我心里了。因为这里的医生护士对我可好了，笑眯眯的，每天都来看我好几次，还夸我吃胖了。看着他们的笑，我就想起您原来也是这样对我笑，这样夸我的，真温暖！我又认识了一个新朋友，住在隔壁，一样的玻璃房，六七岁的样子，满月脸，圆圆的大眼睛老盯着我看。我们的治疗步骤都一样，我一打针，他就冲我扮鬼脸儿，可爱极了！护士告诉我，他叫贝贝，是第三次住在这个房子里了。

　　……

　　——摘自小 A 的笔记

孩子贝贝

　　在六岁贝贝的心里，住院当然是一件新鲜的事情，除了身上有些难受和见不到小朋友有些让人沮丧之外，令他兴奋的是可以每天见到爸爸妈妈了。爸爸妈妈都是戴大檐帽的军人，在没住院的时候，自己只有在周末才能见到他们双双出现在幼儿园门前，那笑容虽灿烂却是久违的甜蜜。那"吧唧""吧唧"亲在自己小脸上的吻，湿湿的却怎么也不够。每次他都装作故意生气，把脑袋先埋在幼儿园阿姨胸前，好一阵儿不去看他们，小嘴抿得紧紧的，任爸爸妈妈急切地张开怀抱不停地唤着："贝贝，到妈妈这儿来，贝贝……"老师轻轻推着自己，微笑着说："贝贝，乖孩子，不是最想妈妈吗？去吧，去！"最后到底忍不住，贝贝以飞奔的速度跃进妈妈怀里，撞得妈妈闪了趔趄，索性趴在妈妈怀里委委屈屈哭上一鼻子，才算找了一个台阶收场。直到爸爸变魔术似的捧上一个小玩意或好吃的，他才扭扭捏捏吸着鼻子让爸爸抱着回家。周末两天一眨眼就过去了，贝贝想天天见到爸爸妈妈。好几次他都忍不住向老师哭问，是不是爸爸妈妈不爱自己？老师总是怜爱地拍着贝贝的小脑瓜："喜欢看星星吗？"贝贝点点头。

"老师也爱看，大家都爱看。贝贝的爸爸妈妈就是为了让贝贝，让更多的人看上星星，忙着研制卫星上天，让天上的星星更多更好看。他们还不爱你吗？"

贝贝不知道什么是卫星，但星星他确实爱看。于是他在晚上悄悄从床上爬起来踮着脚尖趴在窗前，望着星空。戈壁滩上的星星最多也最亮，哪一颗是妈妈爸爸研制的呢？贝贝郑重其事地想着，眼泪又流下来了，有点难受也有点骄傲。

现在好了，除了每天能见到爸爸妈妈外，他们还变着法儿地买来贝贝爱吃的零食、好玩的玩具和好看的卡通书，床头柜里塞满了，连床上也堆的都是。妈妈爸爸的嘴里贝贝长贝贝短，除了贝贝还是贝贝，仿佛要把这几年对贝贝的亏欠全都弥补回来。贝贝真是幸福极了，因吃了激素而胖得胀鼓鼓的脸上，毛细血管伴着他的笑容越发清晰了。

说起自己的名字，贝贝听妈妈讲，生下他还没取名时，贝贝爱哭不止，急得爸爸举着正拿着的"贝贝"牌牙膏，忙不迭地喊着："贝贝，不哭，哦……"他一听果真不哭不闹了，只睁着一双圆溜溜的眼睛安静地望着爸爸。爸爸对妈妈讲，"听人说越是通俗好叫的名字，孩子越好养。干脆就叫贝贝吧！"

只是有一点贝贝没想明白。一天晚上，贝贝做梦，梦见天下大雨，自己全淋湿了，很难受。睁眼就醒了，一摸小脸儿，湿乎乎的。

再一看妈妈倚在床上正望着自己，原来脸上全是妈妈的泪水。看他醒了，妈妈忙擦干眼泪，脸上浮起模糊的笑容，搂着贝贝，拍哄着：乖贝贝，好孩子，妈妈在这儿呢，再也不离开你了，睡吧！听见妈妈的话，贝贝心满意足地再次坠入甜美的梦乡。

还有一次，贝贝听见一贯温柔亲切的妈妈在房外与给自己治病的主任爷爷说话的声音越来越大，说着说着竟争执起来。妈妈好像哭着说："他还那么小，这项检查我们不做！"贝贝心里有些紧张，长这么大，贝贝没见过妈妈发火，说话总是轻言软语，哪怕是自己调皮惹大人生气了，妈妈也没高声过。于是贝贝的耳朵尖着，细心地听着屋外的动静。只听爸爸说："晓雯，别这样感情用事，主任是为了孩子好……"贝贝还没听明白，妈妈用近乎咆哮的声音嘶喊着："不，我不！"伴着话音一阵风似的跑到贝贝身边，紧紧抱住贝贝，很久很久不撒手，贝贝被抱得有点儿喘不过气，但他知道妈妈在生气，就一动不动任其抱着。

第二天，护士阿姨把贝贝送到一间无菌室，妈妈爸爸在那里，眼圈都有些红。当贝贝听话地按照主任爷爷叮嘱，安静地侧身弓腰躺到无菌床上，爸爸的大手覆盖在妈妈柔软的手上紧紧握住自己的小手，妈妈将脸藏了一点儿在爸爸身后，上牙紧咬着唇，却不错眼珠地盯着贝贝的小脸儿，仿佛要将他看到心里去。爸爸一手搂着妈妈，用手指轻轻击打着妈妈的肩膀，宽慰着她。这时，贝贝看见主任爷爷拿着一个有很粗针头的管子，手里摸着贝贝的脊椎骨，一边命令护士阿姨消毒，一边和蔼地对自己说，"贝贝最听话了，不动，爷爷给你抽点骨髓，一点都不疼。"贝贝突然有些恐惧，又有些生主任爷爷的气，谁让他气妈妈呢！他努力地看看妈妈，又望望爸爸，心里顿时安静下来。有爸爸妈妈在，贝贝什么都不怕。

"别动，别动，贝贝最勇敢了。"伴着话音，贝贝感觉腰椎上有针刺进去，好痛啊！他想哭，咧咧嘴，哎呦了一声，却看见妈妈那裹着泪花的眼睛，于是扯扯嘴角，小声嘟囔："妈妈，我不惹你生气，贝贝不哭。"任护士阿姨紧紧按住自己的身体，忍着，忍着。

终于结束了，护士阿姨轻轻将贝贝按正确的体位放好。冲爸爸妈妈说:"贝贝这孩子早熟,真懂事,唉……你们一定不要让他动,要躺十多个钟头呢!否则会有后遗症的。"妈妈擦着贝贝脸上的泪,又泪汪汪地、心疼地轻吻着他的小脸:"疼吧?孩子!"贝贝抽噎着,认真地说:"真的疼,怕你生气,所以贝贝忍着不能哭。"想想他又问,"什么是后遗症呢?"妈妈的眼泪再也忍不住了,扭过脸去。爸爸赶紧回答,"就是以后又会生病。"贝贝若有所思,"妈妈不要担心,我以后身体棒棒的,不生病。"妈妈抬起泪眼望着爸爸,喃喃道,"以后……以后……什么是以后?"

小屋恢复了安静,贝贝一手抓着妈妈细软的手,一手搁置在爸爸温暖厚实的大手里,沉沉睡去。他累了,嘴角还挂着一抹淡淡的笑意,许是为自己的勇敢自豪呢!

小 A 和贝贝

现在隔壁来了一个穿军装的年轻叔叔,他也像贝贝一样打针吃药。脸也像自己那样白白的,胖胖的,绷绷的。每天清晨起床后,他们都隔着窗户,贝贝伸出胖胖的有五个肉窝的小手,很爽利地冲叔叔飞吻,把眼睛笑得眯起来。叔叔也微笑着竖起两指在额际轻轻一擦,做个美国式的敬礼,神气活现,一天的生活就开始了。

透过那扇宽宽大大的窗户,贝贝还看见了很多:叔叔每天都看一本卷了角儿的书,要么就在一个本上写字,写得好高兴的样子。来看叔叔的人很多,都是戴大檐帽的,还有一个奶奶忙里忙外。叔叔愿意与来病房的一切人谈话,兴奋时眉毛一挑一挑的,和自己一样,哈哈大笑。叔叔还爱在没人的时候,在屋子里跑步,做俯卧撑……叔叔也有情绪烦躁的时候,这也是贝贝不太满意的一点。有一次,他发现叔叔一上午也没有跑步,做操,看书。侧身躺在床上,像睡着了一样。一会又从床上弹起来,用劲儿拉上大玻璃窗的帘子,脸色难看,好像还有泪光,根本不理睬贝贝这头热情洋溢的招呼,只是急于将自己与外界隔开。

叔叔应该比贝贝还勇敢呀，为什么会有泪呢？贝贝有点疑惑，也稍稍有些不屑，看来贝贝是最勇敢的！

从昨天起，贝贝更加关注这位年轻的叔叔。因为他昨天上午被护士送回来后，就开始像贝贝上次抽骨髓后的姿势躺着，孤单单的。没有爸爸妈妈守着，一定很痛，很难受！贝贝有些明白叔叔那天眼里为什么会有泪，不勇敢的原因了，小小的心灵承载起成年的同情，他想为叔叔做点什么。

——妈妈，路上一切顺利吗？原谅那天儿子和你赌气，一定让您回家。我知道您惦念我，从您红红的眼圈和临行前一天始终不停的忙碌，我就什么都读懂了。可是病中的爸爸更需要您的照顾，妹妹还小，您肩上的担子太重了，我实在不忍心再看您憔悴下去了。儿子是男子汉了，可以照顾好自己。能看见您依旧安宁细致的笑容，听着您温和亲柔的话音，儿子就心满意足了。

——入院最初的新鲜感已经过去，这几天我总觉得不安。从经治医生和护士的眼中，我似乎捕捉到点什么又像什么也没有。问起我的病情，他们总说只是有点贫血，没有关系。可背地我却见他们神情凝重小声讨论我的病情。每天都是主任亲自带着一群医生来看我，问我各种细微的症状和变化，足见他们的重视。如果我真的没有啥大毛病，为什么要住这么一间单人的隔离观察室，不准出病房半步？照照镜子，脸就像暄腾的馒头一样，苍白膨胀，不像我最初想象的那样健康。您离开我时，那副绝望的神情也令我读出了恐慌。

盛夏的骄阳并未阻退我身上一阵阵寒意，像丢失了什么东西似的，我无比想念起那个曾被认为是世界上最单调、寂寞、缺少色彩和语言的"点号"。班长板板的声音，在我的脑海中化作磁性富有感染力的"酷"，老B小小的眼睛也充满温情，还有热烈连绵不断的风声……一切都那么令我神往，真想和他们在一起！

——妈妈，今天儿子是入伍以来第一次掉了眼泪，因为我现在什么都明白了。前天上午隔壁贝贝的妈妈又在门外偷偷落泪，主任对她说："多陪陪孩子，多满足孩子的愿望。治疗效果不太好，还是有幼

251

多风的季节

稚淋巴细胞存在……"我为可爱的贝贝悲伤着，同时也大致明白了自己的病情。贝贝的一切治疗，一切症状都与我完全相符，我偷偷比较过我们的治疗医嘱，所有的名称都一样。为了印证我这种猜测，今天早上护士给我抽晨血时，我偷偷看了化验单。在诊断名称一栏看到"LEUKEMIA"。怕错了，我又看了贝贝的病名，英文字母完全一致。抽完血，我迫不及待翻开英语词典，查到那个深深印入脑海的英文单词——白血病：造血组织恶性增生性疾病……一般会出现贫血、出血、感染及发热症状……一般存活期六个月！！！我眼前一阵发黑，年轻的心脏仿佛停止了跳动，当我重又睁开双眼，身上一阵虚弱，泪水已不由自主地流出来。十九岁的我与贝贝都将不久于人世，而在这之前的每一天我们都在不自觉地惺惺相惜！天真的贝贝还不知道他的命运，只留下他的父母暗自垂泪。我，一个才刚刚可开始懂得欣赏生活、珍爱生命的男孩，就要独自去面对生命的洗礼了，为什么这样残酷，生活对我来说并没有真正开始呀！……

　　——妈妈，昨天我抽了骨髓，医生让躺着不动。他们还是那么和蔼温和。可这已经没有意义了，我开始不停地思考，该怎么办？各种各样的念头冲击着我的脑海，一片混乱，烦躁、疲惫、绝望一切向我袭来。无意中，我看见隔壁雪亮的玻璃窗中闪着的一双纯稚的大眼睛，贝贝，我的小弟弟。他一个劲儿地冲我招手，见我注意到他，忙将手中的一张纸展开，上面是一行稚气的铅笔字：叔叔，很疼吗？请不要动，否则要得后 yí 症，就是以后还要生病，这是护士阿姨说的。

　　"遗"字因为不会写，用拼音醒目地标注出来。我望着他勉强笑了。见我这样，他很受鼓励，又趴在窗台刷刷写起来，很快又一张纸举到窗前：你想妈妈了，对吧？因为有爸爸妈妈陪在身边，贝贝才能忍着疼不哭。不过没有关系，有贝贝陪着你。看完这段话，我心里一阵发酸，忙不迭地冲他使劲点头。多好的孩子呀，在厄运降临时，会以一颗童稚的心灵关爱周围的人们，关爱着世界。看着他翻出所有的玩具和卡通图片，比比画画，起劲地为我表演和讲解，我的心承受着前所未有的震荡。视线模糊了，思路在一点点清晰，我知道自己该怎么做了！

小 A 和贝贝成了真正的朋友，生死相依的朋友。他们交流的舞台不再仅限于透明的窗玻璃。在天气晴好时，他们会到各自的阳台上待一会儿，在那里倾心交谈或传递着友情的信物。小 A 一扫阴郁的神情又恢复了从前的开朗率真。贝贝告诉小 A，他的理想是当一名画家，可是生病后再没机会去上课。说话间贝贝小小的脑袋在戈壁蓝天中充满渴盼地昂着，空气里有了些沉闷的味道。小 A 的心动了动，却没有表示什么。只一小会儿，贝贝重又变得兴奋起来，他讲起爸爸妈妈还有他找不见的星星……

那天小 A 睡得很晚。夜里，他借着皎洁如银的月光，在纸上不停地画着，红橙黄绿青黛紫各色彩笔在这样的月光下染上了憧憬的薄纱。

第二天贝贝一睁眼，就发现玻璃上贴着的一幅画，这是一幅在贝贝有限词库中所能搜索到的最高赞辞——最美丽的画：在深邃的夜空下，一对穿军装的夫妇牵着小男孩走在洒满月光的小路上，仰望星空，无数的星星围着头戴皇冠的卫星唱着歌儿跳起舞，冲着男孩和他的父母微笑地眨着眼。这幅画成了贝贝的至爱珍藏。小 A 望着贝贝兴奋的样子，心也明朗起来，嘴里吹着口哨，却是那首《因为你快乐所以我快乐》的旋律。

渐渐地，贝贝手里有了一叠小 A 赠送的画作，小 A 一点点接受着贝贝带来的快乐。医务人员和贝贝的父母都被他们这两个热爱生命的孩子感动着，为他们唏嘘着，谁都不明白这其中的变故——这宽大透明玻璃后的变故。

戈壁滩迎来了最壮丽的季节——秋天。高高的胡杨树下洒满金黄的叶片，踩上去厚厚的，软软的，沐浴着暖洋洋的阳光显得晶亮透明。它们与清爽的蓝天白云一道合成戈壁上空旷的秋色，此时的温情脉脉，也预示着冬天将不再远了，风的季节将再次来临。

小 A 就是在这样一个午后与主任谈到了他的想法：他无法长久离开自己那人数不多的"点号"，不想将大把的时间浪费在医院，况且自己近来感觉不错，想必贫血已治愈，小 A 故作轻松。望着小 A 年轻的眼眉，主任沉思良久：治疗已两个月了，情况不是太好，好在病情尚稳定，继续治疗估计进展也不会太大。这么一个年轻的孩子将他禁锢在这方寸天地，朝气活力将会慢慢流失，就像花儿失去养分会慢慢枯萎。从目前看这孩子对病情还蒙在鼓里，精神不错，也许让他去干自己可心的事情，可能还会延伸这份活力。尽管这得靠奇迹神话来演绎，但我们也只有如此期盼了。于是主任郑重地写下医嘱，同意小 A 回去带药观察，但必须一个月后再入院进行复查，又千叮咛万嘱咐小 A 应该注意的事项。小 A 望着主任的眼神有些复杂，但他只是郑重地行了军礼，转身离去收拾行装。主任看着小 A 的背影，取下花镜擦拭良久，轻轻地叹息着命运无常。

行前一天，小 A 和贝贝又相约在阳台上，一番对话在此展开。

"我要回'点号'了。天凉要起风了。"小 A 神往着。

"'点号'在哪里？等我病好了，可以去看你吗？"贝贝有点舍不得。

"在一个叫'三棵柳'的地方，等到明年多风的季节，让妈妈带着你来，叔叔那会儿的身体一定更棒。"小 A 脑海中"明年"一闪即逝，他毫不犹豫地回答。

"我会想你的，一定让妈妈带我去看你，看棒棒的叔叔。"贝贝流泪了，鼻子一抽一抽，肩膀一耸一耸的。

小 A 第一次跨过那道厚厚的禁忌，穿过透明的窗玻璃来到贝贝身边，将他紧紧搂在怀中，轻轻拭去他眼角的泪珠。

贝贝嘟起小嘴响响地在叔叔的脸颊上亲了一口，伸出肉肉嫩嫩的小手指，勾住叔叔粗硬有力的小手指："拉钩上吊，一百年不许变，我们明年见。"

小 A 的心战栗了，他强忍住泪水，重重地在贝贝额上一吻："叔叔等着明年看贝贝长高没有！"喉结艰难地滚了滚，就再也说不下去了。只得将手中几本厚厚的儿童画册飞快地塞到贝贝怀里。

小 A 又回到久别的"点号"。那天，他没打电话告诉战友，只想悄悄归队。当他从火车上下来时，愣了：班长带着老兵 B 和一个一

火星居民的地球梦

道杠如自己一般年轻的战士列队欢迎着他，老 B 快步上前献上在戈壁难得的一束鲜花，牵牛花、指甲花、串串红、大丽花……虽然从美学角度讲，这不是一束颜色搭配合理的花儿，甚至显得杂乱，然而在这样的戈壁，这样的"点号"，却显得弥足珍贵，分外清丽。战友的苦心犹见一般。

随之而来的是起劲的掌声，在小 A 耳中它像潮水声一般清晰，令人不能平静。小 A 眼前浮现出自己胸佩红花刚从新兵连分到"点号"上的场景：一样的列队一样的笑脸一样的掌声，可那时耳中的掌声怎么就像稀稀落落的爆竹声不让人感到热烈呢？小 A 后悔着，泪水已模糊了双眼，他顾不上许多快步上前，紧紧搂着亲爱的战友，抱成一团……

有序的生活重又开始了，小 A 格外珍惜在此生活的每一天。他和战友们谁都不提生病这回事，大家共同守护着不再是秘密的秘密，仿佛有了默契一般。班长和老 B 总是安排小 A 干些力所能及的工作，于是小 A 心里就多了点安稳和沉静。这次回来，小 A 发现班长的话明显多了，时不时也冒出几句笑话。老 B 也比原先爱笑了，小眼里透着的全是亲切。没事的时候，小 A 就爱看那个如自己一般年轻的战士全。他也像自己当初似的爱说爱唱爱看书，也常拿一双纯净的眼睛偷偷去瞄一眼班长，在内务上做点小小的手脚……所有的一切都和当初自己如出一辙，看着看着，小 A 就心生很多感慨。

大风在小 A 来到的第十八天时不请自来，"点号"又出现了常规的忙碌。小 A 这次不再听从班长和老 B 的安排，铆足了劲儿扛着铁锹，第一个往大风里冲，顿时就湮没在沙尘中，愣将班长及老 B 的大声呼喊抛在身后。

也许这一天让小 A 等得太久，也许这天风太大。当这天夜间战斗结束时，只有小 A 没有回来。班长带着老 B 和新兵全发了疯似的打着信号灯循着路基分头寻找小 A。终于在天蒙蒙亮时找到他，小 A 已昏倒在路基旁多时了。透过满身满脸的黄沙，依稀看见他脸上挂着的笑意，手中还紧紧攥着铁锹，班长和老 B 再也忍不住，抱住小 A 失声痛哭……

在冬季最后一波寒流即将过去时，十九岁的小A走了，走得平静而安详，因为春天已经永远驻留在他心中。走前，他对陪伴自己的妈妈和班长、老B他们交代要将自己的一部分骨灰埋在"点号"，他要守望这片自己曾经生活和战斗过的地方。

　　冬去春来，又一个多风的季节来临了。一位神色凝重端庄的青年女军官来到这个"点号"，来到小A的墓碑前。她是贝贝的妈妈，是替儿子来探望小A的。她的耳边不时回响着贝贝临终前的声音：

　　"妈妈，我是不是快要死了？"

　　……

　　"死就像睡着了一样，对吗？"

　　……

　　"那我就做个梦去看叔叔，因为我跟叔叔拉过勾的……要起风了！"

　　……

　　"爸爸，妈妈再见了，我要做……梦……了……"

　　年轻的女军人再次环顾四周。"点号"一切依旧，所有的生机都处在萌芽状态，只有红柳迫不及待地点染起这片茫茫黄色，一切都预示着崭新的开始。女军人从背包中小心翼翼地取出一张纸，压在小A的碑下，直起身，深深吸了一口这初春的气息，转身坚定地走了……

　　那是一幅画：在一片姹紫嫣红的花丛中，一位战士拉着一个小男孩的手走在一条通向远方的铁路旁。小男孩一只手牵着一面风筝，风筝飞得很高，很高……画下写着稚气又不失认真的几个字：我们一起走过'献给小A叔叔'贝贝……